那些中学生喜爱的美文作家书系

生态散文卷

在乎
山水间

王必胜 ◆ 著

人民日报出版社

北京

图书在版编目（CIP）数据

在乎山水间 / 王必胜著. -- 北京：人民日报出版社，
2024. 10. -- ISBN 978-7-5115-8424-3

Ⅰ. I267

中国国家版本馆 CIP 数据核字第 202465KX56 号

书　　名：在乎山水间
　　　　　ZAIHU SHANSHUI JIAN
作　　者：王必胜

出 版 人：刘华新
责任编辑：陈　红　周玉玲　刘思捷
封面设计：刘　远
版式设计：格律图文

出版发行 人民日报 出版社
社　　址：北京金台西路 2 号
邮政编码：100733
发行热线：（010）65369509　65369527　65369846　65363528
邮购热线：（010）65369530　65363527
编辑热线：（010）65369844
网　　址：www.peopledailypress.com
经　　销：新华书店
印　　刷：大厂回族自治县彩虹印刷有限公司
法律顾问：北京科宇律师事务所　（010）83622312

开　　本：880mm×1230mm　　1/32
字　　数：208 千字
印　　张：11.5
版次印次：2025 年 3 月第 1 版　2025 年 3 月第 1 次印刷

书　　号：ISBN 978-7-5115-8424-3
定　　价：58.00 元

如有印装质量问题，请与本社调换，电话（010）65369463

目 录

辑二
崤城花木深

在乎
山水间

在乎
山水间

自　序

仁者乐山，智者乐水，自古亦然。

山水名胜，自然物事，田园草木，古人今人，盖爱之。时下，人们闲暇日增，游历交往甚隆，户外行旅，自驾组团，说走就走，生活观念变化，现代科技加持，旅游（驴友）渐成时尚，"诗和远方"为时髦而走心的借口。

古诗云，江山留胜迹，我辈复登临。故国神州，家园万里，锦绣风华，人文风流。体验大千，见识美好。无论远行，还是近访，每有感受，形诸笔墨，几年下来，不觉有了数十篇之多。不独名山大川、都市大邑，那些藏在深闺、原汁原味的生态，鲜为人知的人文故事，更能激发文思，勾起写作冲动。

这些篇什，涉笔于东西南北、高山大原、海陬边陲、国中域外。有烟雨江南、有僻壤边地、有黑土地、红色文化……人文胜迹、生命百态、行旅感怀、寻访随笔，不拘一格，力图写出我心中的烟火人间，表达对自然的敬畏、对生命的敬重。

行旅之于文学，或者游记的文字，是文学版图中重要一支，虽没有明确界定，却源远流长，佳作不断。中国古有徐霞客，西方有马可·波罗，他们的作品直接以游记名之。另有《桃花源记》《岳阳楼记》《醉翁亭记》《永州八记》等，以记为题，大雅文章，流芳千古。苏轼、王安石、张岱等人的山水游记，精粹、隽永、传神，是古代文学翘楚，也是描写大自然、记录生态人文的游记典范。

余不才，虽不能，却神往。可是，当下游记文学渐近式微，一则不太提倡，偶有出彩游记，也被当作非虚构文本，而冲淡了其特色个性；再者，把游记当配角，认为描写山水的文字，多为游山玩水之作，不登大雅之堂，当然，也有泛泛之作，流于宣介报道般浅陋，为人诟病。眼下，生态文明得到空前重视，游记文学特别是书写自然山水的生态散文、美文，渐为兴起，这是对建设生态文明、建设美丽中国的强力支持。故此，我以为，游记文学、生态散文，生逢其时，大有可为。

本书结集时，想到醉翁先生的名句，面对江山胜迹、良辰美景、民胞物与，醉翁先生醉意阑珊，爱山水，爱风物，直呼人之乐，在乎山水之间，于我如此会心——山水之乐，风情万种，取一瓢饮，借先生句——在乎山水间，望先生海涵。

最后，感谢那些造访过、留下文字的山山水水，感谢"娘家人"——人民日报出版社同人抬爱。

写于甲辰夏，京华。

在乎
山水间

清流啊，清流

汩汩泉水，在村头流出一方水塘，水中荷萍参差，小舟自横。塘边芳草萋萋的湿地，小径蜿蜒，直通油菜花田头。正午阳光下，熙熙攘攘的游人争先品尝泉水，嬉戏的孩童，男女赛车手，悠闲的村民，组成了一幅热闹的水乡图。乌木泉旁，一根高10多米的乌木直插天穹，远远望去，古意幽然，像雄壮的武士，守护着清水田园的安宁。

汉水的襄阳

"襄阳好风日"（王维）。行走在襄阳街头，这句千百年来广为传诵的诗句，油然而出。或许你认为这是句大白话，不觉有何高妙之处，可就是这平实的一句诗，把对一个城市的感情和盘托出，让人过目成诵。

遥想当年，唐朝大诗人王维从洛阳经襄阳南下，因与诗人孟浩然的交谊，他在这里逗留数日。二人气味相投，文风相近，自然风光更是触发了蓬勃诗情。某一天，站在汉江边远眺近观，或泛舟江上，景色宜人，交谊如醪，彼此唱和，王维吟出了这流传千古的句子："楚塞三湘接，荆门九派通。江流天地外，山色有无中。郡邑浮前浦，波澜动远空。襄阳好风日，留醉与山翁。"这是一个壮游者的情怀，也是对一方风景人事最热烈的褒奖。

如今，一个城市的好风日，颇被人们期盼和看重，也是大众对城市生态、宜居环境的基本要求和共识。中国内陆城市成百上千，有不少临江近水，但其程度多是有限的，规模格局也有限，特别是在北方，多为季节河，枯水期长。一个城市的风日之好，水是重要的因素，有了充沛的活水资源，有了江河流经贯穿，又有悠久的文化积淀，这个城市的面貌和形象就灵动而丰饶。水为城市之魂，有水是城市之幸，而襄阳就有这个幸运。

我们是幸运的，1200多年后，踏着王维足迹而来。6月，天闷暑燥，这里却凉风习习，因了这一江清碧，缓解溽热。行走在汉水边，在老街墙头，在绿树草地，也在郊野名胜中，领略唐诗意境中的古城风情，风日之好，气候宜人。细雨和风相伴，鲜亮花木为伍，更有古老汉水，幽幽清碧，人文华章，灼灼风流。

汉江是长江最大支流。中国的江河湖泊，多因地而得名。"汉水临襄阳，花开大堤暖。"（李白《大堤曲》）汉江穿行襄阳城，绵延古城数十里，是天然的护城河，最宽处可达250米。汉江源于陕西汉中宁强县，1500多公里的长度，流经陕西西南，下行鄂西北，再经江汉平原，从武汉汇入长江。自汉中始，至汉口终，一个"汉"字，接头尾之地，有意无意，烙下了一个民族的特别印记。

汉水，北望中原，襟抱荆襄，南接长江，是当年楚国的重心，是三国至宋明以来的兵家争战之地。

自西周开始，经魏晋以后，这里逐渐成为交通要冲，战事要地。秦岭巴山与江汉荆襄，高地与平原，互为犄角，纵横捭阖，征战生息，无数历史故事在汉水流域上演，更有诗人骚

在乎
山水间

客盘桓往返，留下了诸多名诗华章。尤其唐代以后，诗人云集，留下不少吟唱汉水楚地的名篇佳作。汉水中游名气最大的城市是襄阳，城因水而繁茂，水因城而闻名，互为依存，相得益彰，又有唐诗加持，文化助力，襄阳成为荆楚大地城市的翘楚，诗章高地。

汉水苍苍，古城悠悠，源远流长的江河文化，兴旺繁茂的城市文明，瑰丽多彩的诗文华章，在襄阳，聚合为一个明丽的亮点。

汉江历史，何时起始，没有确切记载，但不可否认的是，同黄河长江一道，它孕育了汉民族的兴盛，滋养了华夏文化，也承接了中华文明的源头。据史书记载，汉水古为沔水、夏水，是华夏汉民族的文化之源，也是诗书经史等中华文明的滥觞之地，是诗经、楚辞的交汇聚合之地。《诗经》《楚辞》中有关篇章，多见以汉水作题名，如《汉广》《汉江》，揭示出汉水文化在中华典籍中的分量。章太炎认为，中国称为华夏，就因华山、夏水得名。史学家吕思勉说："夏为禹有天下之号，夏水亦即汉水下流。"汉水，其长度排不上中国河流前列，但其历史文化，特别是诗文传统、诗赋脉流，成为一个独立而特别的文学景观。

向晚时分，月影婆娑，一行人散步于江边。住地南湖宾馆就有房屋建在这片水面一角，说是与汉江接通，不远处护城河与汉水相连，可夜游汉江，一睹芳容。从街头公园自由地进入江水景点，小道逼仄，人流如织，黑灯瞎火中，高一脚低一脚行进，视线却停留在水面。微风轻拂，波光倒影，流水幽幽，透过车水马龙，隐约可见对面城南商业区的襄城，不远处，街头的广场人们欢聚，唱跳舞蹈，声浪鼎沸，喧闹的节奏与静静的流水，形成反差。

月色里，静中有动，听汉水汩汩波流，看江水逶迤，更是一番滋味，忽地想吟咏汉江，书写江水的诗文。"江流天地外，山色有无中。""江畔何人初见月？江月何年初照人？""人生代代无穷已，江月年年望相似。""野旷天低树，江清月近人。"……诗写自然，勾勒人生，尤以唐诗写景抒怀的名句为多，此时，听一江流水滔滔，更有月光照拂，解读世上绝美诗文，美妙人生，岂不快哉。

悠悠流水，不舍昼夜，流出了日月，流出了人文。诗章辞赋之于汉水，是一个硕大高台的纪念碑；襄阳之于文人墨客，是一个不尽宝库。当年的王维、孟浩然、李白、岑参、白居易们，用诗文交友、抒情，留下众多名篇。如今，不朽的诗文如同好的向导，引领人们穿越，也还原对汉水文化的想象。

当年，李白一首《襄阳曲》，历数古城的风华，写尽了襄

在乎
山水间

阳风采："襄阳行乐处，歌舞白铜鞮。江城回渌水，花月使人迷。山公醉酒时，酩酊襄阳下。头上白接篱，倒着还骑马。岘山临汉江，水渌沙如雪。上有堕泪碑，青苔久磨灭。且醉习家池，莫看堕泪碑。山公欲上马，笑杀襄阳儿。"诗意与情感饱满，让人恨不能做一回诗仙，醉卧江畔，闲居山水。汉水清澈如许，诗人流连忘返：白居易的"楚山碧岩岩，汉水碧汤汤"（《游襄阳怀孟浩然》），岑参的"不厌楚山路，只怜襄水清"（《饯王岑判官赴襄阳道》），丘为的"临泛何容与，爱此江水清"（《渡汉江》）。写尽汉水美貌风采："遥看汉水鸭头绿，恰似葡萄初酦醅"（李白《襄阳歌》），"汉水清如玉，流来本为谁"（元稹《襄阳道》），"汉江波浪渌于苔，每到江边病眼开"（罗隐《汉江上作》）褒奖了汉水如玉清流的品性，更为神奇的是，诗人曾患眼疾，每到汉江见到青绿的汉水，病眼就奇迹般睁开。诗为情感之物，诗者倾注了全部情感。汉水一江碧绿，令无数唐代诗人折腰赞扬。名篇佳作，千古流传，汉水襄阳，芳名远播。

诗文华章背后，掩映着众多名胜古迹，它们如无言碑刻，记录历史，展示人文情怀。在青石幽幽的老街，宋代"九街十八巷"风采依然，瞻仰美轮美奂的宋代绿影壁，抚摸当年楚汉遗存的石器陶片，感受汉水千年洗礼下一代古城的风雅。来到松柏掩映的古隆中，走近幽远森然、面山而居的习家池，沧桑的昭明台，江边巍然耸立、文脉高标的王粲的仲宣楼等。古城宗宗文物，见证了汉水文化的风流，成就了襄阳一代名城的历史仪范。

夏雨时有时无，洗得卧龙山翠。香樟高大挺拔，当年诸葛孔明手植的一棵香樟、劳作的躬耕地和读书处，以及刘备寻访时的三顾堂，无言地诉说着人事代谢。诸葛亮年少时隐居于此，躬耕苦读，后因被刘备真情所感，为之作"隆中对"。"三顾频烦天下计"，友情感召，出山远行，从汉水到长江再到汉水，他辅佐刘备，成就一世伟名。在古隆中楼牌两旁，分别刻有他的座右铭："淡泊明志""宁静致远"。千古名臣，一腔情怀，肝胆相照，高迈豪义，拳拳之心，烛照后世。

在襄阳，同样视名利为粪土，布衣粗衫，与诸葛亮同时代的还有庞德公，也有李白赠诗称颂"迷花不事君"的"孟夫子"孟浩然。汉江苍茫，沧浪濯缨；清水澄碧，汉水有意。汉水洗涤了高士仁者的风霜尘埃，成就了他们的武功文事，家国情怀。"高山安可仰，徒此揖清芬。"李白为孟夫子人格点赞，一代大儒高士，一世英名，曜曜其华，如汉水之清流，历万世而芬芳，也成就了一个城市的英名。

"人事有代谢，往来成古今。"天地行道，自然有灵。"汉

在乎
山水间

江天外东流去，巴塞连山万里秋。"悠悠古城，滔滔汉水，一座城市与一条江流，自然景象，历史沉淀，人文风流，是它们或他们得以精彩而优秀，至为重要的因由。

2014 年 10 月

清流啊，清流

这是南方众多绿水环绕、田园阡陌的一个乡镇，是川西平原上有特色的一个古镇。她有一个不同寻常的名字：清流。

受四川作家陈新邀约到成都，说是春天来看油菜、赏梨花，权当休息了。这油菜、梨花，虽是春天尤物，遍及中国，但在成都平原上是何等景象，令人神往。

那天，下榻之处是新都区的一个有如单位院子的地方，叫活水园，又像农家庭院，名字好听好记。园不大，周遭也就一个操场跑道的长度，亭台楼阁，塘水清幽，人间四月天，杨柳鹅黄，大白玉兰高举，水活花艳，活水园名副其实。傍晚，春雨淅沥，仿佛为从干燥北方过来的我们洗尘。夜晚，闻听溪流吟唱，邻村的鸡狗和鸣，感受南国春日惬意。

清晨去看梨花，小雨时有时无，这里是黄龙千亩梨园，"泉映梨花，自在清流"几个大字，吸人眼球，文雅句工，寓意深藏，是清流之名的文学诠释。清凉的风，夹着丝丝细雨，吹面不寒。

梨园广袤，五瓣白色梨花，绽开枝头，水灵生动，也有绿叶托起的花骨朵，含苞待放。一沟一畦，累累树丛，疏密有致。清流镇种植梨树80多年，近年着力打造黄龙梨园等特色景区，形成了偌大的"梨花原"。以"原"名之，可见其规模阵势。盛花时节，十数万株梨树妆成白色海洋，恰似"忽如一夜春风来，千树万树梨花开"的古诗意象。因清流的地下泉水丰富，梨果口感好，其优质品种是宝石梨、黄金梨，市场知名度高，故一年一度的梨花节，主打文化旅游，搞观光农业。梨花节成为清流一件盛事。

登上观景台，天地间白花一片，蔚为"花海"大观。近看，树龄多为五六年，每棵树上又分出数根枝条，枝干褐色，五瓣白花中夹有细如芝麻状的黑花芯，白包黑，清新淡雅。对于梨花，我有天然爱好，不妖不艳，素雅俏丽，是花中朴实的君子。宋人周敦颐只提及"水陆草木之花"的菊、莲和牡丹，殊不知，这梨花也可比之三者而靓丽清艳，尤其是早春三月，它以热烈而素雅的妆容，报告春天的到来。

穿行梨花园，一座建筑格外令人瞩目，这是清流文创园。清流历史久远，可以追溯至北宋神宗元丰年间，是为西蜀古镇。悠久的历史，丰富的生态，淳朴的民风，优渥的物产，吸引了有梦想的年轻人。一个3000平方米的旧劳保制品厂房，被改造成了全新理念的文化创意园。大棚式的车间，变为温馨别致的工作坊。十多人的小团队，多为90后青年，相同抱负，共同理想，有地方政府支持，决心在乡村创业。经过调研论证，确定了"清流文创"的理念——打造美丽乡村，开发传统文化和清流文创产品，培养新的文化业态，吸引众多青年创业者，提升百姓的文化生活。不到两年时间，"清流造"初见成效：泉水梨、苦瓜茶、梨花饼等产品相继问世。他们与成都高校合作，文创产品向传统民间艺术发展。同外面热闹的"梨花原"上熙熙攘攘的人流相比，这里不免有些冷寂，然而，听他们的介绍，看他们坚定的目光，加上知识的优势，相信他们的目标一定能实现。祝福他们。

也许是这样的理念引领，集旅游、休闲、娱乐、文化于一体的民宿"三色坊"，文人雅士的沙龙式庭院"清流苑""大书房"等，渐成规模。绿荫掩映的青白江畔，一座雅致院落正在装修，书房有近万册藏书。在田园山水中创设一个静心阅读的地方，让书房成为大众的精神绿地。这个创意，是近年来清流镇振兴乡村的一个有意义的举措。坐在温馨的"大书房"露天院子里，听镇上的书记如何"三顾茅庐"，请来成都的美术家杨老先生领衔这个"大书房"创意的故事。两位当事人，都说这是一种缘分，文化结缘，知识引路，张扬"文创"理念，一拍即合。于是，各方文化大家在这里贡献智慧，想象着一个又一个的"清流文创"，使这里成为古镇水乡的文化高地。振兴乡村，需要文化造势、借力。镇里请来名人，利用高端资源，在青山绿水中飘飞书香，提升文化品位，让乡村文化融入现代生活中，无疑是新农村建设的正路。"清流文创"，惠民生，接地气，亲近自然，让大家的工作有了新的思路，提振了精气神。

清流在古时泉眼多，曾有"四百眼泉水成清流"之说。现知名的就有黄龙泉、汤家泉、佛陀寺泉、乌木泉等10处。翠云村的乌木泉景区，因当年挖出阴沉木、泉水甘甜而远近闻名。汩汩泉水，在村头流出一方水塘，水中荷萍参差，小舟自横。塘边芳草萋萋的湿地，小径蜿蜒，直通油菜花田头。正午阳光下，熙熙攘攘的游人争先品尝泉水，嬉戏的孩童，男女赛车手，悠闲的村民，组成了一幅热闹的水乡图。乌木泉旁，一根高10多米的乌木直插天穹，远远望去，古意幽然，像雄壮的武士，守护着清水田园的安宁。

"泉映梨花，绿意葱茏；清明和顺，文采风流"或可作为这梨园风景的注脚，也可为"清流"二字的语意诠释。前一句是当地官宣词，后一句是我拆文藏字的戏言。在清流，我多次问及名字来历。有说，古时候地名，流传至今；也有说，因丰水之乡，清水长流，其意寄寓一种期待，或许后一说贴近本意。循名责实，找不出答案，不免展开想象。想象着，这清流的引申义，古时官人的行为政绩、文人的口碑行状，被认可，被传诵，就有了清流之谓。所以，清流雅望，清流濯缨，是正直、清纯的品格，是君子之风，为历来有识者所崇奉。顾炎武的赠诗中就有"读书通大义，立志冠清流"之句。"清流"一词，其社会内涵，在当下很有现实意义，可看作对一种正能量精神的期许和向往，也不妨作为我们认知它的一个路向。

可以说，清流，清明和顺，文采风流。这个注解，也是从那些青春热血的创业志向，那老一辈文化大家的成就，生发的联想。

所谓文采，是说清流镇，包括新都区一带丰厚的历史文化，也是送给出生于本地的现代著名文学家，被誉为现代"流浪汉文学之父"的艾芜先生的。在他的创作生涯中，有长篇小说、散文、剧本等，计千万多字作品。他22岁从家乡出发，南行中缅边境，漂流到南洋；后回国，走重庆，到桂林、厦门，去上海，参加左联，与沙汀联名写信向鲁迅求教小说创作，并得到重视。新中国成立后，他又多次南行，为当代文学奉献了流浪题材的佳作。他的处女作《南行记》是最早反映滇缅边境底层生活的作品。在当代文学史上，沙汀与艾芜，是常被提及的文学双璧。

坐落在翠云村的艾芜纪念馆（故居），青砖黛瓦，简洁朴素，大方雅致。因刚建不久，陈设稍显简单。那些图片、实

在乎
山水间

物、图书，那些故旧交谊和故乡情感，将一个拥有真挚文心，一个历经磨难、初心不改的文学大家、故乡赤子，充分地再现。在与巴金先生来往的信件中，鲁迅先生评价艾芜是"中国最有希望的青年作家之一"。艾芜说："人应该像河一样，流着，流着，不住地向前流着，像河一样唱着，笑着，欢乐着，勇敢地走在这条坎坷不平、充满荆棘的路上。"家乡的风情、亲友的深情、故乡人的坚韧性格，在他的作品特别是散文中有生动的表现，他把人生的磨砺，对理想的追求，改变命运的强烈愿望，倾注在笔端。他的作品深受劳动者和底层人民的喜爱。故乡的人们在他的故居修建纪念地，并出版了纪念文集和《艾芜研究》，从清流走出去的一代文学大家，让他的文学成就高扬，文学精神照拂故乡大地。

　　与清流毗邻的桂湖，是明代大文豪杨升庵的故居，是国家重点文保单位。杨升庵，即杨慎，"升庵"为其初号，是明代三大才子（另两人为解缙、徐渭）之首，一阕《临江仙》"滚滚长江东逝水，浪花淘尽英雄……"流芳后人。他是有明一代，在文学、散曲、经学、医书、史志多方面的集大成者，著作达400多种，清《四库全书》收入了他的著作40余种。除了闻名的《临江仙》，他的《西江月》弹词，曾是冯梦龙小说《东周列国志》的开篇词。他一生坎坷，正直刚烈，敢批鳞请剑，被明世宗流放滇南 30 多年。在滇南潜心著述，仍关注民生，用诗文痛斥庸吏的不端，仅为治理滇池水害，减轻徭役，就写有《滇池涸》《海口行》等诗文。杨慎的父亲杨廷和，为明朝内阁大学士，官至首辅。杨家家风严明，几代人孝义清廉，在桂园的陈列物中，"四重"家训为其代表："家人重执业，家产重量出。家礼重敦伦，家法重教育。"桂湖的门匾上有"清白丹心"的题字，是对杨慎一生的评价。2018 年，杨慎诞生 530 年，成都美术界创作一幅长达 12 米的《清白与丹心》人物画，是对他一生清廉正直、治国齐家的致敬。清白一生，丹心一片；先师表率，后世敬仰。

新都两日盘桓，此地好景之说，信也。

清流啊，清流！风景这边独好，文脉如此深长。

2019 年 9 月

在乎
山水间

婺源看村

有人说，这里是中国最美的乡村，最古老的文化生态村；也有人说，到婺源要看村。此言不虚。

婺源的村落是上饶的名片。出县城不远，即见幢幢民居，绿树掩映。村头曲水环绕，水车、老樟树、石桥、洗衣女，一派幽静恬然的田园风光。有诗为证："古树高低屋，斜阳远近山。林梢烟似带，村外水如环。"车窗外的一个个村子，远远望去仿佛是漂游在绿色大海中的一叶叶白帆，也如一幅幅泼墨山水。

婺源的村落建筑多属徽派风格。徽派建筑特点是，依山傍水，白粉墙黛青瓦，檐斗高翘状如马头。婺源民居主要看"三件宝"，也就是"三雕"，即石雕、木雕、砖雕。我们到江湾看民居，进晓起看树，寻访延村、思溪，做客思口，尽赏婺源村庄的不同内涵。

江湾有 4000 余人，在婺源是一个大村。进得村头，牌楼拱立气势逼人，商铺林立，感觉不像一个村，而是一个镇。深入民宅，走进青石路的小巷，房屋回环往复，小径通幽，方知老屋旧宅气息森然。看到几家祖上为商人的大户人家，房子高古雅致，二层二进。后屋多有天井，并置一大水缸，据说缸与房屋同寿，水经年不换，喻示家道绵长，香火不断。有一家缸沿上绿苔依依，水也清亮，轻轻抚摸，颇觉神奇。江湾村为访客必到之地。此地多江姓，历史上出了多位名人，有经学家、音韵学家、教育家、佛学家等。小小的村庄，竟建于初唐年代。这里的几个村子都如此年长。晓起村，规模小些，但历史也从唐乾符年间算起。据说这村名有来由，传说当年村上的应考者闻鸡起舞，破晓即起，谓之"晓起"。还有延村，稍晚于江湾、晓起，建于宋元丰年间。千年沧桑，老而弥坚。晓起全村为古樟树所环抱，树木葳蕤，溪水清流，极显人丁强旺。而村后的那棵老樟树，是老者中的树精，有如人瑞，它的周围用竹木拦起了篱笆，有了特护。

老树是村头活历史，而"三雕"是静态的艺术化石。山水灵秀的婺源，植物群落丰茂，木柴、茶叶、山货，连同雕刻艺术，共同成为人们早期经商活动的内容。他们北上西行，加入徽商队伍。他们或赚钱而归，建房盖屋，修路架桥；或读书入仕，荣归故里，留下一件件精美的民间艺术品。于是，民宅、官邸都讲究雕梁画栋，稍好者雕砖，再好者刻木，更好者凿石。于是，一件件一桩桩或粗或细、或文或野的雕刻，在一些相同名字比如"余庆""聪听""笃经""成义"等的民宅中，保存下来，成为散落于民间的艺术瑰宝。延村有最大的古建筑

在乎
山水间

群，有 56 幢民居为明清时所建。民居中的雕刻，既有古典中式的福禄寿图，又有西洋的材质，以及百叶窗式样，主人曾留学海外，带回了西方文化的别样风格。思溪村建于宋庆元五年（1199 年），村中俞氏客馆房屋宽大、木雕精美多样，最为突出的是，客厅隔扇门上，阳刻了 96 个不同字体的"寿"字，连同屋内其他处的"四寿"，组成精美的"百寿图"，为木雕艺术的绝佳精品。著名的"百柱祠堂""通济桥"等建筑，也融会了雕刻艺术精华。

当然，还有人文传统，这是撑起婺源村落文化的灵魂。有俚诗赞曰："山间茅屋书声响，放下扁担考一场。"读书传家是这村上的传统。不用说宋代理学大家朱熹从这里走出去，不用说众多乡村都冠以书乡的称谓，也不用说仅一个理坑村历史上出了余懋学、余懋衡尚书二人。老宅处处可见进士第、尚书第、司马第、天官上卿的匾额等，读书、习文，维系了乡土人脉，也赓续了祖上的文脉，更主要的是，让小小的偏乡僻壤成为一个世人瞩目的所在，成为一个有研究价值的、极富人脉和文气传统的"世上遗存"。

走进村落，婺源的至美，仿佛有了更实在的依托。而今，婺源人搞生态游，推广文化传统，注重旅游与开发，平衡传统与现代的关系。在纷至沓来的游客面前，在古朴和清幽被浮躁和喧哗侵扰之后，在受到汹涌的时尚文化冲击之后，古老的乡村如何应对，如何在现代文明面前既持守又发展，是一个新课题，也是一个难题。希望婺源人有更清晰的认识。

2005 年 11 月

在乎
山　水　间

"楠乡"寻绿

　　莽莽苍苍的绿色林海，诗意盎然的名字，你怎能不被"竹溪"吸引？竹溪，鄂西北山城小县，名字让人不由得想到生态景观和山水风景。

　　在华夏版图上，竹溪地理位置近乎居中，经纬度大略交叉于中国地图的中心点。西北面的秦岭，挟汉水逶迤而来，西南与巴山交臂，东通荆楚，南抵神农架，秦、渝、鄂交界，三方四面，接壤互通，形成一个特殊的地理区位，遂有了山水自然的奇妙和人文风情的独特。

　　山因水而媚，水因山而丰。这里是南北气候区划过渡的分水岭，秦岭巴山在这里形成犄角之势，是汉江最大支流堵河的源头、国家南水北调中线工程重要水源区。境内有大小河流197条，林地面积390万亩。绵延起伏的山脉，莽莽苍苍的森林，曲曲折折的溪流，玉成一派生态自然的奇妙之地。竹溪所辖的3300多平方公里的面积，森林覆盖率达到76.8%，植被覆盖率83.9%。汉水泱泱，五河交汇。汇湾、泉河、竹溪河、柿河、堵河齐聚，在新洲镇一带形成"五水归一"的景象。竹溪有各类植物204科，被列入《濒危野生动植物种国际贸易公约》的野生植物有62种，珍稀的树种有桫椤、红豆杉、珙桐、小勾儿茶等，在拥有的十八里长峡国家自然保护区等四个国家级、省级的森林公园、湿地公园中，可见它们的身影。物华天宝，造化天成，山高水长，为竹溪的生态的丰茂，添薪加柴。

生态为时下热门话题，人们衡量幸福指数也注重对生态的考量。住在水泥丛林的人们关注生态，也就计算蓝天晴日多少、尘土雾霾大小，而竹溪一年中空气质量为"优"的天数比例达97%。置身这片绿色世界，没有生态的焦虑。明丽的蓝天，洁净的空气，养眼的绿色，是这里最珍贵的生态福利和幸福指数。

行走在这片绿色世界，忽而路断林密、山重水复，忽而流水人家、柳暗花明。竹翠，溪清，万物生动，很好地诠释了"竹溪"二字的含义。那天在通往万江河的路上，时隐时现的小溪，崎岖蜿蜒的山道，板桥掩映，奇花生树，炊烟人家，稻禾清香，依稀感受到当年陶渊明笔下的桃源胜景。听说，不远处就有一镇名桃源，远古时期这里为古庸国，武陵、桃源，曾为当时的地名，而桃源古镇的许多物象，可当作陶公笔下现实版的风景。夜宿新洲镇，山前碧波清澈的高山湖，秋月高悬，更发思古之幽情。在这秦巴山脉、汉水流域盘桓的唐代诗人，其不少名作恰是眼前景色的写照。"明月松间照，清泉石上流。""野旷天低树，江清月近人。"古今相通，思接千载，诗

在乎
山水间

意与现实同美。绿潭青草、修竹茂林，或隐或现的山居灯火，岚烟缥缈，宿鸟啁啾，交织成一幅生机盎然的图画。

当年的商贾从巴渝、荆襄之地，北通长安，走出了如今仍斑驳可见的鸡心岭古盐道。以盐茶为主的商道，蜿蜒千年，风雨沧桑，留下了不尽的人文话题，也为竹溪自然生态注入了神奇的内涵。

然而，人们津津乐道的是被称为楠木故里的地方。山中半日穿行，是为了这片珍稀的楠木而来。离县城40多公里的新洲镇烂泥湾村的高坡上，偌大树群形成绿色阵势，枝叶纷披，高者30余米，矮者也两层楼高，树干修直，遒劲密匝，并不规则地生长在水汽氤氲的半坡中，静静地凝望着群峰。这是湖北省境内最大的野生楠木群。被誉为国树的金丝楠木，为国家二级保护植物。材质好，柔韧度上佳，防虫拒腐，历久不朽；透气性也高，尤其是纹理，呈各类图形花样，色泽高贵，暗香袭人。自古以来，楠木在民间被誉为树中黄金，也被视为名贵林木的公主，是历朝历代的皇宫建材，皇帝的龙椅、床榻，有时也会选用上好的楠木制作。

眼前的楠木丛，400多棵大小不一的树，集中在近8亩的地上繁育。最大的一棵已有400多年历史，被尊为树王，粗壮的身躯要三四个人合抱，四周专有栅木护卫。几棵稍细的老树，横七纵八，各自顶天立地般伫立，黛青亮色身躯，在秋阳中尽显勃勃英姿。"霜皮溜雨四十围，黛色参天二千尺"，杜甫的古柏诗作，庶几神韵相似。近看，躯干的不同纹理，如衣料花纹，也如木耳状，大的似一幅抽象山水扇面，小的如硬币，因树龄不同，色泽各异，细腻与粗犷、平滑与粗糙，不一而足。有人称道楠木树纹的美，是树中极品，体现了大自然的鬼斧神工。楠木根部却有结痂，几乎树树不落，令人好奇。这痂块，好像受了什么重创，"创口"大小不一，大的长约一尺，宽有一拃，其形状像葫芦或柚子。据说这是楠木的自然生理现象，名为"满面葡萄"结瘿。楠木傍坡而生，枝叶多在顶端，形成宽大树冠，身子却光溜赤裸，经风沐雨，而长长的根系外露在石块与泥土间，交错缠绕，长年受山泉浸泡，根蒂泛绿，在杂草污泥中，如蛇蟒蛰伏，因此多了一些神奇传说。山泉、石块、泥草，还有水汽、阳坡，形成了适宜它生存的环境，阴湿、草稀、土少，却也顽强生长。要不是亲见，难以想象名贵如斯的黄金树、公主树，如此负重隐忍，令人敬畏，令人唏嘘。也许，当其成为板材有了实用价值时，它雅致脱俗的品性才可显现。其实，楠木对生存环境要求高，多生长在南方的高山密林和水源涵养优良的地方，生长期长，一般 60 年至 90 年成材，是林木中寿星，最长者可逾千年。有资料称，贵州的一株楠木，经专家鉴定，已有 1300 年的历史。

竹溪古时为大庸国，公元前 611 年，楚庄王灭庸，大庸版图统一为楚。历史悠悠，风华赓续，遗存积淀，也风化消散。而楠木似乎没有得到特别关照。在竹溪的植物王国，它始于何时，不得而知。至少，晚近才有竹溪楠木成为皇宫客人，如同公主出嫁，走出深闺的记录。清代同治年间修纂的《竹溪县志·古迹》中说："慈孝沟距县城六十余里，地势幽狭，两岸峭削，水出柿河。其地昔年多大木，前明修宫殿，曾采皇木于此。"关于"皇木"采伐、进贡的细节和场景，多年来人们在不断寻找史料依据。后来，一处石崖诗碑的发现，使"皇木"开采之事得以确实。在竹溪南部鄂坪乡一个山沟，半个世纪前，村民偶然发现山头峭壁上字迹斑驳的石刻，考证出这与当年采"皇木"史实有关："采采皇木，入此幽谷，求之未得，于焉踯躅；采采皇木，入此幽谷，求之既得，奉之如玉。木既得矣，材既美矣，皇堂成矣，皇图巩矣。"此为嘉靖三十七年（1558 年）光化县知县廖希夔所撰。当年，为修复紫禁城，宫中下旨在南方找寻上好楠木，秦巴山区、汉水流域为其首选，近邻的光化县廖知县受命一路西寻，在竹溪柿河一带的东湾村慈孝沟里找到。"官差玉成，岂不快哉？欣喜之情，溢于言表。"一则仿《诗经》的文字，赫然立于楠木的发现处，流传乡里。往事成了史迹，先民之功，后人敬仰，这诗、这石，不经意间留下了历史证词，也丰富了楠木故里景观的故事。而今，这石刻成为省级保护文物。

从楠木丛林往下，有数百级陡峭的阶梯，缆车必不坐，正好体会自下而上瞻望的感觉。回头望，那片楠木林，高与天齐，而青黛如玉的树冠，在袅袅山风岚气中，如一片祥云，兀自飘然，无论春夏秋冬。

2016 年 10 月

在乎
山 水 间

在松阳，邂逅一场大雾

这是一场美丽的邂逅吗？

一片片，一团团，影影绰绰，密密实实；灵动如飞絮流烟，飘洒如轻罗细纱，闯入你的眼际，沾上你的发根。一会儿是我们追着它的行迹，一会儿是它在撵着我们，肆意地飘进车里，像捉迷藏似的。山路时隐时现，不经意间，我们走入了这云雾迷蒙的古城——松阳县。

时值初冬，浙西南山区的松阳，正是雨水旺季，淅淅沥沥的小雨，夜来昼去，在山中凝结为雾，在进入海拔千米的岱头村途中，巧遇了这铺天盖地的雾。

说来也是小心眼儿，对这自然界平常物事，打小就熟悉，因为关乎健康，有着特别的敏感；更不待说，刚刚饱受北方多日雾霾的纠缠，甫一到此地，碰见了有点吓人的弥天大雾，本能地敏感：该不是恼人的霾吧？幸有主人释疑，尽管常识告诉我们，眼前大雾是自然水汽蒸发而成，眼前茂密的植被，青山绿水，根本不会有人们担心的PM2.5和污染源，但是，见多识广的同行们，不无疑惑。这也难怪，环境恶化，不是个别地方，人们对自然物象失去了应有的判断，也丧失了一些信任。

这里可不一样啊，主人并不责怪客人的敏感。客人们也被眼下的事实纠偏。眼前，这绿色世界里，迷人双眼，让我们疑虑的，却真真切切的是雾。有人脱口说出，是清雾，天然清洁，没有杂质。遂消去了疑惑，相关话题也热闹了。说这是充沛的雨水，在山风岚气的沉浮升降中，化为水汽，凝结成雾，迷蒙、缠绵。说这雾，要是在北方大都市来一遭，不知会受到何种追捧，让那些闻雾色变的人真正领略一下大自然的馈赠。说在这雾里看花，我们有眼福，悄然遇见了自然奇景。原本有点恼人的雾，变得可爱起来。是的，有清雾相伴，我们仿佛置身仙境，近处藓苔花草，时有时无，对面山廓树影，虚虚实实，泼墨山水，鬼斧神工，雾气升腾，光影明灭，有人搬来"忽闻海上有仙山，山在虚无缥缈间"的名句，又说起"氤氲起洞壑，遥裔匝平畴"的古诗。仿佛理解人们心思，这雾，并不急于散去，在众人的兴奋中，如嬉戏的孩童，不离不弃。

穿行在大雾的世界，享受着遮天蔽日的清凉，有水汽淋漓的畅快，毕竟，这雾气来自大自然，因为清洁、清爽，不禁张开大口深呼吸，空气也透出泉水的清新和甘甜。私心想，自然风景、风花雪月，在前人那里都可为文，不知这雾有否专门的文字赞颂过？也套用一句文学俗语，这是绿色生态、大自然的厚爱；聚日月之精华，集天地之灵气。当然，置身这浓郁而近乎严重的雾世界，最能触动你的，或许是儿时的怀念，奔跑在旷野大荒中追赶过云雾的人，记忆中的乡愁，也许就是从这些久违的自然现象中引发的。可巧的是，我们一行正是在"记忆中的乡愁"主题感召下，从各地来到松阳，寻找美好的乡村记忆的。

寻找是美丽的，也是艰辛的。山路崎岖，坡陡弯急，汽车爬也似的上行。迎面突然来一车，双方只好摸索着倒退才通过。上山公路是在悬崖上开凿的，沿山谷前行，两侧一会儿是深壑，一会儿是绝壁，每一次错车都令人心惊，在雾中人们看不清真相，也感觉不到惊险。车行险要处，人们屏气静虑。云雾茫茫，容易联想这雾与山的神话，幻想着有一个送福仙子，用洁白的雾幔当哈达，为造访者送上吉祥的祝福。此情此景，容易让人做这本能的祈愿。不一会儿，雾稍消散，一些景观在我们脚下展现，乔木挺拔，灌木摇曳，苔痕斑斑。高大的如橡树、樟木、榕树、杉树，以及楠竹等，被雾气浸润后，生气淋漓。

在这绿色王国中，水是主角。忽然，前面有如雷声鸣响，一条粗壮的瀑布倾流而下，在密集的树丛中犹如一条白色长龙。众人欢呼，纷纷下车近距离照相抓拍。长达10多米的瀑布，溅起水汽雾花，打湿了手机镜头，大家也全然不顾。据介绍，这瀑布仅是山中常见的一个，来过多次的当地朋友也叫不出名字，属季节性的景观。是的，山有多高，水有多长，山水自然，和谐共生。

到了山顶的岱头村，雾小多了。一大半天，雾都相伴相随，在这时才稍有停顿，我们可以看清"村文化讲堂"字样，农户门楣上的褪色对联，以及村头叶氏祠堂的一些旧时痕迹。忽然，雾消停了会儿，又变成了毛毛细雨，再一会儿，雾，重新结集，弥散开去，似乎在考验我们的韧性。

村子不大，转了一圈，还是关于雾的话题。主人介绍，这个季节，大雾是常客，多在上午，天和地都湿漉漉、水灵灵的。依山坡而建的村庄，古朴得有些破旧，因水汽重，村中石板路上绿苔很厚，斑驳墙缝中开着无名小花，村头修建的一个农具陈列长廊，以及落差很大的流水沟渠，显示着这方土地的生气和杂色。

松阳多雾，得益于水量充沛，植被丰茂，生态保护得好。再细细分析，松阳多山地，有"八山一水一分田"之说，森林绿地覆盖率达到了高标，松荫溪和小港溪，一南一北，两水相拥。松古盆地，气候温和，风水和美，这云雾与山雨，成了山区秋冬时节的一大物象，而辅之以森林茶园、古老乡村、美景生态，遂成为独特的自然景观。当然，还有那近百个散落于山坳中的百年老村，田园阡陌，人文胜景，吸引着八方来客。如今，古城松阳渐为外界熟知，每年有不少游客光临，看古村落是一大景观。雾里看花，可以当作介绍松阳风光的一个关键词。

　　回到北方，小雪节气前后遭遇一场重雾霾侵袭，更是怀念松阳的雾。

2015 年 12 月

翠微峰顶

"却顾所来径，苍苍横翠微。"1000多年前，大诗人李白这句诗联是在终南山中与朋友同游的路上，相携及田家，美酒尽狂歌，饱享田园风光后写下的。而今，我来到其名为翠微峰、远在赣东南的一座山头，晚秋时节，拾级而上，山峦起伏，层林尽染，一派翠微与金黄交映生辉的景观处，远眺山峰奇瑰，近观萧疏秋景下的翠微峰，不禁想起李白的这一名句。

苍苍翠微映古今。翠微山位于江西宁都县，离县城五六公里，可当小城一座休闲的生态后院。

宁都是赣州面积最大的一个县，其名头可了不得，是中央苏区前期的政治军事中心。发生在这片土地上的革命故事俯拾皆是，浴血烽火，红旗猎猎，书写了无数动人的诗篇。著名的宁都起义和宁都会议，是影响中国革命的重要事件。当年第一、二、三次反"围剿"的指挥中心和主战场就在这里，气派的反"围剿"纪念园正在进行最后的修缮与布置。毛泽东、周恩来、朱德、王稼祥等曾在这里浴血奋战。

这里的山水回响着历史的声名。是啊，回望走过的路，翠微红黄，杂然相偕。一片苍茫，一簇锦绣，让人不禁感慨：落红不是无情物。红色岁月、红色文化，哺育和浸染了这方绿色

在乎
山水间

的天地，为中国历史书写了可歌可泣的篇章。莽莽苍苍，云卷云舒，历史大道，风云际会，这一切汇入过往，也汇入眼前的苍翠之中。

宁都属丘陵地貌，其山系为罗霄、武夷一脉。翠微山景区与周边的锦绣峰，连成了九山十八峰，1994年被批准为国家级森林公园。来到翠微主峰下，你会在"绿竹入幽径，青萝拂行衣"的清幽中，在山石奇瑰、古树参天的气势中，想象着眼前诸多形貌各异的山石与峰岭的有关故事。当然，你会感叹这大自然的鬼斧神工，你会被这金精山、青龙岩、龟岭脑、锦绣谷、凌霄台等丹霞地貌的奇特景观折服，主峰下的金精洞深邃幽长，曾是道家的一个福地，20世纪50年代一部反映新中国成立前山地剿匪战的电影《翠岗红旗》，就是在这山中拍摄的，至今仍是当地人津津乐道的一大记忆。

山不在高，有仙则名。这方山区，风景独具，幽静森然，加之人文历史的映衬，为世人瞩目。自五代以来文事兴盛，就有"文乡诗国"的美誉传诵。汤显祖、文天祥等曾踏访其间，留有诗章。后来，清初那批学子一场"占山为学"的故事，让这方山水有了奇妙的风采风骨。

有清一代，文人学士精神禀赋独卓，著名的文学家辈出。因近代以来的经济发展之故，文化的重点向江浙一带集聚。文学家们的创造不胜枚举。在清初散文界，宁都籍的魏禧与汪琬、侯方域，并称为"清初三大家"。其中魏禧邀集了九位志同道合的乡党，在翠微峰上，掀起了不大不小的动静。这就是著名的"易堂九子"的故事。

翠微峰高百十米，平地突起，独峰巍峨，只有东南侧壁立而上的一条路可达顶端。从远处看，如一高耸的笔尖，独秀于天。300多年前，清统治者南下，社会乱象丛生，这块山地上的文人学子性情倔强，不仕清廷、不合俗流，以魏禧为首，计有其胞兄弟魏祥、魏礼以及李腾蛟、邱维屏、曾灿、彭任和南昌的彭士望、林时益众人，其中多有狷介之士，不见容于时俗，其文章或言论，或讥讽时世，或抒写胸中块垒。因志同道合，在魏氏三兄弟的率领下，九位士子登上翠微峰顶，闲居荒野，研习《易经》，读史传道，开办学堂，为名重一时的"易堂九子"。

想象着那样一个时辰，寒风凋零了这块翠绿的山峦，而在高天旷野之中、一柱峰巅之上，有琅琅书声飘散在大化八荒，何等的潇洒清脱。他们沉醉于清风明月，布衣黄卷，听山风松涛，辨析时事，臧否人物。九子多诗文高手，他们研究历史，酷爱《易经》，于是取山名为"易堂"。其领头者魏禧，博学强记，个性倔直，一生研习史学，留下了《左传经世》10

在乎
山水间

卷、《魏叔子文集》22 卷、《魏叔子诗集》8 卷，而一篇《大铁椎传》曾入选当代语文教材，影响较大。另一位李腾蛟年龄最长，文名甚重，曾是明末廪生，著有《半庐诗文集》《易堂三处士稿》，其名被列入《清史稿·列传文苑》。

幸而在这峰顶上有一块篮球场大小的平地，石壁渗有清泉细流，天地仁义，自然造化，有了地又有了水，这些潜心于学的书生，少了生活之虞，可以阻隔世俗的侵扰。他们开荒而食，结庐而居，招募学子，一时间，应者逾百人。史学经书是九子的同好，唯以《易经》当作习文行事的圭臬。兴馆讲学，阐述史学，从易经儒学中辨析时事，阐发人生，一时间，易堂学风渐成气候。饮朝露而餐风雨，孜孜于经史研习，高标孤傲的士子风骨，继承了书院学堂授人施教的风格，而又以独特的地形之势，把学问做到了天地之间。不合俗流的侠义之风，兴学传业的豪放之气，"易堂九子"的声名为天下志士仁者所尊崇，也成为宁都史上一张独特名片。

向晚时分，准备攀登而上，从逼仄得仅容一人侧身的石梯向上，不过十多步，说是大门已关，被劝返。暮色中远眺，山风呼呼，暮霭重重，巍峨直立的翠微峰，恰似一个硕大的纪念碑，不着一字，尽显风骨。从一份资料上看到，易堂主人们胼手胝足，建造了颇具规模的易堂、勺庭、吾庐，十数间房舍的学堂遗址，依稀可辨。而今，斯人已去，物非人散，"易堂九子"的遗风，他们创设的学问之道，留下了佳话，为人称颂传扬。

下山时，不时回望那高入云天的峰峦，落叶萧萧，山道崎岖，回味那奇特沉重的九子故事，一行人无言，没能登上易堂亲炙风采，是多么遗憾啊。

2013 年 12 月

防城港杂拾

一

不管你到没到过这个地方，防城港——如此直白明了的名字，你会过目不忘，当然，还有那迷人的海岛、气派的海港、西南边陲的海防口岸，以及那众多的人文景观。

这个城市恐怕为全国地级市中较年轻的了。它始建于1968年，当时作为西南战事海上运输线的一个起运港，有"海上胡志明小道"之誉。作为县级市，早在1984年5月，与北海市作为一个整体，成为中国14个对外开放的沿海城市之一。一年后设立地级建制的防城港区，到1993年，升格为地级市，有了现在的大名。

因为其年轻，知道的人不多，或者说深知的人寥寥；也因为知者甚少，这个沿海边防城市，保留了许多原初面貌，有着不一样的人文生态，渐为时下大众旅行的一个热门去处。

这里位于中国大陆海岸线的西南端，背靠大西南，面向东南亚，南临北部湾，西南与越南接壤，海岸线长约540公里，是西南门户，边陲明珠。

望文生义，可见一斑。海防之城，边陲之地。门户，明珠，你会有无限的期待与遐想。

薄暮时分抵达，问及这里的环境，比如，我们来到海边，已嗅到海的味道，却没见海的影子，急于与海亲近，然而被告知有点距离。早起后沿周边街道观港城晨景，南国世界初夏风情，是在多个小食摊、小市场的叫卖声中开始的。走过一个个树密花繁的小区，清新空气中，听闻鸟语花香。一些商品房工地，高大的脚手架和大型的广告，展现出大都市的繁华和喧闹。新楼盘的设计有些档次，沉稳的浅灰墙面、庄重的楼顶设计，让人感受到城市建设者们的匠心。建筑是个脸面，因为看过太多俗气的千篇一律的城市街区，对于一个城市的品位特色，总爱从建筑和街道来观察。所谓诗意地栖居，不只是概念，也是事实，要有具体环节做保障，特别是一个新兴的建设中的城市。

城在海中，海在城中，人们这样形容防城港，展开的是一幅诗意的画卷。我们作为外来者，也更急切地寻找这种感受。问当地朋友，海在哪里，不是说这里有亚洲最大的海上红松林，有细柔的海滩，有优良的港口吗？心急的内地来客，夏暑之日，总是把对海的感觉，不加掩饰地表露出来。

不急！毕竟是新来乍到，毕竟一帮子舞文弄墨的人，走南闯北找素材。好客的主人，循着惯常思路，让那有标志意义的

在乎
山 水 间

"名片"，也是关乎民生、亮丽高光的一方"风景"，首先展示出来。我说的是，防城港的重点工程——防城港核电站。

住地在港湾外围，去核电站有二三十公里路程。出城不远，穿过一座高大的斜拉大桥，从车窗望外，忽见三个大字"中国梦"，赫然悬挂在桥顶弧形梁上，与那蛛网似的粗壮钢拉绳，组成特殊景观，耸立云天，气势不凡。

行进在钦州湾盆地，间或有丘陵山道，旷野葱郁，众多的桉树，引发同车人关于树种绿化与环保的话题。田园、村落不时闪现，虽没有阔大海面的壮阔场景，却在各类植被的变换中，感受海湾风景。不一会儿，几排白顶浅蓝的房子，在阳光下耀眼，防城港核电站坐落在光坡镇红沙村，一个半岛的东侧，杂树野草，簇拥着几排不算高大的厂房，远离人烟，满眼绿色，一片安静，几近静寂。

有关资料称，防城港核电站规划建设为6台百万千瓦的核电机组。自2010年7月30日，一期工程正式开工；2015年10月，一号机组实现并网发电；2016年1月，投入运营。同时，二期工程加紧进行，采用了装机容量为118万千瓦的华龙一号技术。截至2018年10月，二期工程三号机组穹顶吊装完成。据当时估算，核电站一期工程投运后，每年可提供150亿千瓦时安全、清洁、经济的电力，创造总就业岗位逾84.2万个。二期工程建成投产后，年发电量将突破345亿千瓦时，环保效益相当于7.8万公顷森林。几年的时间说长不长说短不短，可见的技术指标和参数，表明了它的实效和收获。听介绍，核电技术要求特殊，环境要求高，水文、地质、环保等，都有严苛的选择条件。当地朋友说，防城港核电技术的自主性和国产化，已成为华龙一号被看好的原因。作为少数民族地区，发展核电工程，为这个西南边防之城，增加了骄人的亮点。

在展厅，实物模型和图表数字，引人注目。同参观一些重点建设工程一样，听讲解，看图片文字，声光电的组合演示还原工程的原理，解读高科技发展的现状。我们原本数理化知识贫乏，在这些高尖端的科技面前，更近乎文盲了。比任何一次参观大工程都显得无知和好奇，我们只是静观默听，时不时隔着窗户看外面的塔座、管线等设备。核电站的先进性，比如清洁、节能、储量大、高效能等，自不待言，但风险性也存在，切尔诺贝利核事故和福岛核事故酿成的惨案，使人们担心后怕。即便是在展厅中，我们的好奇、疑问，也离不开它的安全、材料寿命、辐射后遗症等。现代化高科技服务于人类，惠及民生，也带来风险和挑战。个把小时的参观，留下一份敬畏和崇敬，这是勇敢者的事业，也是智慧者的行为。

在乎
山水间

过去，人们闻核色变，关于安全保障，是我们执着的记挂。广西防城港核电站的选址是经过严密考虑的。附近的地壳安全稳定，所在的北部湾海域属于边缘海，台风频率和出现海啸的可能性都极低，同时，勘探查明，其核电站地基没有土壤液化及滑动、倾覆、塌陷问题。安全要做到百分百万无一失。随着核电的广泛运用，它的神秘面纱渐渐被揭开，更多地为公众所了解。核电的运用，是国家经济发展命脉之所系。

有意思的是，后来看到一份材料，防城港核电站成为青年学子进行科学实验和课堂教学的一个基地。广西大学资源环境与材料学院的师生来到这里，通过知识讲座、现场参观、动手操作、在线答题等多种形式，从环保、节能等方面，了解核电站的安全和效能。同时，核电站也利用多媒体向公众解答，化神秘为日常，普及高科技，促进科学与社会民生的联系。一个不被大众所知晓的神秘物，渐为大众所理解接受，成为少数民族地区经济发展的抓手。

对我而言，参观核电站，已不是首次，多年前，我曾造访大亚湾核电站。神秘、无知、紧张、好奇，是那时的感受。如今，国内已有近20座不同级别的核电站顺利建成。人类开发自然，科学而智慧地利用核能，高端领域、科学前沿，都有我们前行的脚步。每一次创获和进步，都是人类的幸运，也是每一个具体领域和具体区域的福祉。

　　站在这个陌生、也许不会再来的地方，我很想认识那些年轻的核电人，在这个远离市区、静寂的海湾，他们进行着众多人并不知晓的工作。种种原因，很可惜没能与他们交流，我心有不甘。作为局外人，或者旁观者，对那些建设者、开发创业的人，是好奇与感念共存的。一个多月过去了，找出那几天的微信朋友圈，照片上的图表、文字和模型，让我重温这个时不时出现的想法。

二

　　"大海阔无边，苍茫万顷连。"

　　防城港东兴江平镇的京族三岛，是由巫头、万尾、山心三个小岛（像一个人，有头、尾、心三部位）组成的，为我国少数民族京族主要的聚居地。京族三岛面临北部湾，背倚十万大山的风景区，与越南一水相隔。京族三岛是海水冲击而成的沙岛，后因 20 世纪 60 年代围海造田和筑堤引水，成了与大陆相连的半岛。

　　站在十里海滩上，我们遂了来时心愿，这"城中的海"的盛名，是从有着"美丽金滩"之誉的京族三岛的金色海湾中体现的。据介绍，三岛的特色是沙滩、树林、鹤群。长长的海岛公路上，我们见识了丛丛葳蕤的树木，也许是季节之故，翩翩飞舞的鹤群只留在想象中。

远远地，有偌大的海滩美景广告和指路牌。不巧，天光晦阴，海水略显暗淡，然而，那块被叫作金滩的地方，柔软的沙子，温顺的水波，细吻着脚下各类小生命，小蟹、小螺蹿来蹿去，性急的同行们，光脚疾步扑向海水。近处，不少显然有所准备的女游客，她们臂膀上的彩色纱巾，在辽阔的天地间飘舞。几个女游商，来回叫卖水果，一篓细茸茸的红牡丹和青圆的椰子，鲜红兼绿青，在这阴沉天色中，生动、鲜亮。而那一身民族服饰，那顶葵叶斗笠——京族妇女出行的标配，在海滩杂色中，更显靓丽。

不无遗憾，如果天气晴好，可以看到京族妇女们敏捷地在沙滩上与那些小生灵周旋，甚至还可遥望对面水天一色的越南海景。潮汐时分，京族妇女们在这里捉沙底下隐藏着的沙虫，一种鲜美海味。据说，当地人更钟情一种名为风蟹、俗称"沙马"的小海鲜，其营养价值高，有"一只沙马一只鸡"之说。金滩上往往可见此景：挖"沙马"时，一些快手敏捷地与其"斗法"，往往从沙洞的高低新旧发现其踪迹，但稍不留神，也可能被"沙马"的狡猾打败，无功而返，这时，喧闹的笑声，洋溢在海滩上。

更多的感受，只能在岛上的京族博物馆里寻找了。

京族博物馆，其实是包含了京族生态博物馆与京族非物质文化遗产馆的"三馆合一"，3000 多平方米的场地，展现了京族的发展历史和文化传承。京族生活在海边，以渔业为生，故有"海洋民族"之称。从住宅看，京族经历了早期的"棚篷屋""高脚棚屋"，到后来的"栏棚屋""百条瓦房"，再到如今的现代化住宅。沧海桑田，换了人间。最近的资料表明，京族有人口 2 万多，是中国人口较少的民族。

以渔业为生，长年漂荡在海洋风浪中，"大海是故乡"。京族人性情奔放，爱好歌唱，在京族的传统节日哈节期间，京族群众会穿上民族盛装，载歌载舞。"哈"字，有多义，表示动作，可作为唱；表示名词，可以是歌。唱哈就是唱歌，所以哈节又称"唱哈节"。哈节的演唱，有祭祀，也庆丰收，或迎年节，多在特有的"哈亭"里盛大开展，神话故事、先祖历史、情爱友谊、美好愿景等，是"哈"的主要内容。根据不同地方和不同族规，时间有三天的，也有一周的。哈节伊始，京族三岛，人们盛装参与，尽享这民间艺术嘉年华。2006 年，"京族哈节"被列入第一批国家级非物质文化遗产名录；2011 年，"京族独弦琴艺术"被列入第三批国家级非物质文化遗产名录。

但这古老的民间艺术，也曾历经坎坷。1962 年春，戏剧家田汉来到巫头村，看到哈亭关闭，演唱者零落，他写了一首诗，幽默地描述当时境况："正是钦州春播愁，北风时雨到巫头。沙田薯秀称先进，浅海帆多占上游。织网林中亏汝力，弹琴月下待郎求。哈亭可惜清规在，欲唱情歌不自由。"幸有一代文化大家的笔墨留存，传为佳话。

从远古遗存，到鲜活的现实，文化是一棵大树，虬枝纷披，瓜瓞绵绵，恰如眼前的这株老红豆。

这里是万尾村的一个京族村落，不大的场地，浓枝绿荫中，一株标有 130 年树龄的红豆树，如高寿长者，守望日月，守护京族儿女日月风华。红豆是"诗国之树"，百年老树更像文化泰斗，吟唱生命之歌。以此树为轴，民居杂陈，又置有歌圩、戏台、哈亭，在一方巨石上刻有"国门文化大院"几个字，昭示了海岛文化村落对悠悠中华文脉的传承。

闻声寻看，身着京族服饰的村民，在红豆树下开始演唱，展现的正是非遗艺术。先是京族男女表演了哈歌。大鼓急促，圆锣高亢，一位男性哈歌开场，一队女性身着大红绣袍伴舞，温婉柔美，地方腔唱内容虽不甚明了，却可领略京族哈歌的韵味。连我们带队的白团长，此时也陶醉于音乐中，径自在红豆树下席地蹲坐。高潮是非遗瑰宝之一"独弦琴演奏"。演奏员在一个木制底座上架起琴，有时也直接在身上摆开。用特制的竹片或贝壳，弹拨琴弦，发出强弱不同的音调节奏。独弦琴属弹拨弦鸣乐器，结构简单，音调丰富。琴身多用大半个竹筒或长方形木匣制作。长约一米，一端插上一根圆木柱子与琴身垂直，另一端以把手系上一条弦线，与小圆柱子相连。因独有一根弦而得名，京族也叫匏琴。有资料称，它是一种古老乐器，《新唐书》中记有"独弦匏琴，以斑竹为之，不加饰……"这种独弦艺术，如今有了革新，材质更为多样，以红木、紫木代替竹子做琴身，以牛角制作摇杆，科技含量也有了提高。重要的是，有独弦琴专业艺人收集整理了专门乐谱。京族非遗艺术瑰宝，融入中华文明的大合唱，大放异彩。

三

如果以立市年龄看，防城港市正值青壮年期；如果从城市的历史脉络看，它又是一个饱经风霜、"苦难与风流"的长者。或许这是个蹩脚的比喻，但这里是一个能让人细细品味的地方。

波光帆影下的防城港市，契合着时代大势，独特的区位优势，享有盛誉——

"中国唯一一个与东盟海、陆、河相连的城市。它地处华南经济圈、西南经济圈与东盟经济圈的接合部，是中国内陆腹地进入东盟最便捷的主门户、大通道；与越南最大特区芒街，仅一河之隔，它拥有 5 个国家级口岸，其中，东兴口岸是我国陆路边境最活跃的口岸之一；另有西部第一大港——防城港，与全球 190 个国家或地区通商通航，2012 年吞吐量突破亿吨。

"中国极具潜力的沿边开放城市。2016 年，国家批准为构建开放型经济新体制综合试点试验地区。2018 年，获批为全国边境旅游试验区。

"防城港是北部湾经济区的新兴港口工业城市。拥有近 540 公里的海岸线，腹地广阔，开发成本低，环境容量大。一批世界五百强企业落地，形成钢铁、有色金属、能源等群体规模，如核电站、一号和二号机组已投入商业运营，盛隆冶金企业跻身中国企业五百强……"

历史是绝好的见证人。边防之城，悠悠岁月，苦难与辉煌、征战与一统、交恶与和合，在这块边陲之地，演绎过，交织过。历史留下的故事，或可成为社会前行的动力，或可当作一块维系民心的精神高地。

西湾海堤的伏波文化园，有纪念东汉大将军马援的 25 米高的雕像。英勇善战的马将军，光武帝时以老迈之身南征平叛，几次在北部湾遇险突围，后在江山半岛开辟航道，大败交趾，建功立业，史上留名。他的精神有如大海降伏波浪，所向披靡，他被奉为"伏波将军"。他的事迹被口口相传，民间故事《三箭定风波》《伏波显灵授功田》等，讲述了他善战多谋、老当益壮、马革裹尸的故事。平乱后，他重耕织，兴文化，建运河，为百姓做事，被后人景仰。孙中山赠友人诗联中曾赞颂："平生慷慨班都护，万里间关马伏波。"

边防之城，故事也是历史。20世纪70年代末，防城战事纷扰，友邦交恶，而靠近前线的防城港下辖的东兴市，首当其冲，留下了深深的创痕。如今，虽已风轻云淡，而那些痕迹，不堪回首。

东兴街头那堵烟火烧燎的焦灰土墙，我们是下午不经意路过的，如果不是当地朋友特意指点，很容易忽略。周边只有小商铺，一条背街，行人不多。这是一座两层楼的房子，墙体弹洞累累，窗门裸露破空，草木杂生，一个派出所制贴的"战争遗址"铭牌，赫然在目。因与越南仅一水之隔，经受炮火肆虐，当时的惨象，可想而知。从外观上看，这是一所普通民房。当年不少文字记录了那场自卫反击战的实况，流弹伤及，百姓遭殃。俱往矣，眼下熙熙攘攘的边贸风景，喧闹杂色的街市，更显得这个遗址的冷清。那是一段不能忘却，却已经翻去的历史，只留下了这座值得纪念的战争废墟城市。

漫步在国门边境口岸一带，东兴的街道本不太宽，被各种纷扰的门脸占据了空间，更显逼仄，却也有序。街面上，食品店多，游商也多，人头攒动，脚步匆匆，即使在胡志明纪念亭内，也有不少歇息的商贩，还不乏搞笑幽默的行为艺术。作为当年有"小香港"之誉的东兴，繁华与萧疏，是与时代社会紧密相连的。饱经创痛的历史，让边防之城的人们对安定与和平，有着更大的期待、更深的体会。

还有那块百年沧桑的大清国一号界碑，这个重量级的文物，立于北仑河出海口一个叫竹山港旧码头的小坡上，高1.7米，清光绪十六年（1890年）二月立。为时任清政府界务总办、钦州知州李受彤所题。当年清政府谈判代表为邓承修，与法使（越南当时为法国殖民者占领）谈判，据理力争，终将界碑定在竹山，以北仑河河心为界。百年老界碑石，斑驳苍颜，色泽如许，见识了边防港口的风风雨雨，兀自在这小小高坡上傲然。大石无言，我们肃然。

海边的天气多变，阳光炽热，一会儿又飘来太阳雨，淅淅沥沥地为碑石文字洗尘。就近傍着一棵老榕树躲雨，看着关于石碑文字说明。近处十数米，一桥之隔就是北仑河，水不大，缓缓浅流，露出礁石。河岸上，有沿海陆上公路的起始标志，以及一尊红蓝相间、交叉呈人字状的"山海相连雕塑"，高达数十米，颇为壮观。

河水哗哗，碑石无言，雕塑耸天。来回走过小桥，再回望那方界碑石，气象俨然，树荫森森，四周静寂，一种莫名感受不禁生起。

想起一句诗：沧桑千秋事，悠悠一望中。

2019 年 8 月

邂逅三门峡

三门峡于我不是衣胞祖地，没有日常交集，初次造访是因一次文学活动，来去匆匆，却有了好感，是一次美丽的邂逅。

豫西三门峡，山水形胜名城，生态集大成者。在北方高纬度版图上，这样一个尽显江南秀色的城市，实不多见。有黄河穿绕，有长江水系境内通结，有小秦岭逶迤绵延。作为地名，它承载了独特历史，西周分陕，崤函关道，仰韶风华，叹为观止。著名的黄河大坝，半个多世纪雄峙巍然，大河安澜，带来良田丰饶，民生福祉，也带来生机盎然的百里湿地。如今，生态立市，多有大手笔、大动静，山清水秀，人文风流，被誉为"黄河明珠"的三门峡，更亮丽生辉。

春日晴和。晌午时分到达高大轩敞的酒店，多功能厅有十数米高的壁画，《黄河安澜》图气势宏伟，大河奔流，山水生态，成为画面主题，也是城市的生动缩影。来市区路上，一桥雄跨，长河为湖，水光潋滟，于新奇中添几分疑惑。九曲黄河浪淘沙，西北一线的泱泱浑水，这里清碧如许，雁飞鱼跃，岸芷汀兰，传说中的三门峡生态好生了得，清水碧波也为黄河正了名。近年来，百里长廊开拓了黄河湿地生态景观，山水好风，成为对水质要求高的白天鹅的过冬之地。白天鹅是城市的宠儿，每在秋冬时节，上万只白天鹅光顾，妆成一大景致，"白天鹅故乡"之称，名副其实。

三门峡闻名遐迩，我是既熟悉又陌生，古有渑池的仰韶村、灵宝的函谷关，今有万里黄河第一坝——三门峡大坝。60多年前，大坝建成，贺敬之的《三门峡·梳妆台》诗作，讴歌"黄河儿女"青春气概，成为一代人的情感记忆，"望三门，三门开，黄河之水天上来"。诗情激越，传诵至今。长河安澜，山水诗美，提升了三门峡的知名度。同样的山水名胜，我家乡有长江三峡，二者名实庶几相近，是华夏江河文明两颗宝石，各美其美。三峡，鬼斧神工，风景奇险，是长江一大名片；三门峡，相传洪荒年月，大禹治水，劈开人、神、鬼三大门而得名，昭示了先民挑战自然的神力。自然人文、史实传说，于每个行旅访客，平添一份幽怀乡愁。

坐在偌大的湿地公园广场，右边林木森森、花草茵茵，左侧长河大湖、碧水清波，背景板上"黄河之约·绿水青山三门峡生态文学周"的大横幅，格外醒目。依水傍湖，天幕苍穹，以生态之名，向黄河致敬，与文学牵手，展示了一个现代城市的人文情怀，也激活了这座生态城市的最大动能。

阳光生动的上午，蓝天白云下的天鹅湖，如一方明镜，风烟俱净，流光耀金。"水皆缥碧，千丈见底。游鱼细石，直视

在乎
山水间

无碍。"放眼对岸，绿植簇拥中，"黄河母亲河"几个大字，绚丽惹眼，生态、文学与大自然完美结合。坐上天鹅号游船，亲近河水，涟漪荡漾，水道宽润，不禁想到宋人王观的诗："水是眼波横，山是眉峰聚。"长河碧波，妖娆灵动，山辉水媚，这是一个水岸城市的生动表情。

三门峡的表情，我以为因河水滋养，生态加持，故山清水秀、灵动绰约。"城市表情"，是可以捕捉的，体现的是生态环境、幸福指数。三门峡市区坐落在黄河南岸阶地上，三面临水，形似半岛，素有"四面环山三面水"之说。百里湿地长廊，植被丰茂，串联几大主题公园，成为一条城市绿飘带。去湿地公园行走，最惬意的是沿长廊，亲水，观景，缓步，风和水柔，廊堤蜿蜒，绿道森森，滩涂斑斓，有花草相随。偶尔邂逅近飞鸟、花蝶、蜻蜓，移步换景中，尽得野趣。或有鸥鹭划过水面，悦耳的鸟鸣应和着晨练者的声息。清晨的三门峡，在大自然的韵律中被唤醒。市区几大公园，连缀为城市生态群落。天鹅湖湿地公园，跨东西城区，分双龙湖、古城、沿黄生态林三个区域，水面和滩涂湿地占地达2000多亩，是以天鹅生态资源为特色的城市后花园。另有陕州公园、黄河公园、人民公园、虢国公园，各以不同景色，丰富黄河明珠的生态景观。

千年以降，滔滔黄河在大西北黄土高原九曲回环，浑水黄汤，水患伤民。60多年前，反复论证的国家工程，历时三年多，在三门峡市东北20公里处建成，一座高百十米、长700多米的黄河大坝横空出世，泄洪冲沙、发电灌溉、调节气候、清淤净水，利民惠民，也成为远近闻名的景观。

登上大坝，青山连绵，湖水苍茫。说是坝，也是桥，横亘坝中的"一步跨两省"界石，是"景中景"，驻足于此，往前是山西，返回是河南，人们饶有兴致地争相留影。石上文字说，这是黄河滩上截流石。风雨沧桑，洪荒千古，沉淀了天地自然精华。截流，也是担当和重托，可以说，它是万里黄河、黄河大坝的见证者、护卫者。大坝墙上镌刻有关于三门峡的古诗文，助添了人们的游兴。唐代魏征曾有诗赞叹三门峡："仰临砥柱，北望龙门，茫茫禹迹，浩浩长春。"风景人文总相宜，景观也要文学助，不乏为时下一些景点之特色。

正值周末，参观者踊跃，观光电梯要排队等候，不少是全家出行。坝底是宽阔的场所，可仰看巍巍大坝气势。通道上有文字图片，毛泽东同志"要把黄河的事情办好"的潇洒题字。大坝排洪时，高位落差，"黄河之水天上来"的情景图，大水激流中的砥柱石、梳妆台，图文生动，还原了当时场景。正值枯水季节，浅缓的水流中，有三两苍鹭、鱼鹰闲步觅食。河道分岔出不少的小河沟，没了大水衬托，砥柱石兀自静立，梳妆台偏于一隅，"黄河儿女"梳妆奋发、中流击水的诗意，只留在文学想象中。

三门峡大坝构成了偌大的山体水库，涵养了城市的公园湿地。天下黄河，清碧万顷。水是万物之源，是生态的灵魂，守护好源头活水，才有青山绿水，生态优美。

灵宝市的小秦岭，是豫、晋、陕三省交界的生态"金三角"。黄河出壶口，下龙门，一路南行，遭遇华山阻挡后陡然向东，形成了几字形路线，在小秦岭成掎角之势。作为秦岭主体的东延，小秦岭山深林密，水源丰沛。五条黄河一级支流，沙河、阳平河、枣香河、十二里河、双桥河，丰富了三门峡大坝水源。河南最高峰老鸦岔，2000多米，山高水长，生态优良，国家一、二级保护动植物达数十种，如罕见的林麝、红豆杉等。

小秦岭作为全国有名的金矿产地，20世纪60年代开始开采，一时成为当地经济支柱，后因过度开采、无序开发，废弃的矿渣、遗弃尾矿和采空区，引发多处地质灾害。2008年，枣香峪乱石沟金矿区，发生了一次约5万立方米的地表崩塌，山体滑坡，树木斑秃，轰动一时。豫灵镇的黄河小支流双桥河，水体受采矿作业污染，成了泛着金属光泽的"墨水河"。村民说，河水是五彩的，上游段为黄色、灰色、白色，中间有黑色、红色。

进入新时代，秉承"绿水青山就是金山银山"理念，自2016年始，三门峡市打响了小秦岭"绿色保卫战、攻坚战"，清坑口，拆设备，清矿渣，栽树种草，还山青水绿。据统计，有1000多个坑口被封堵关闭，1.4万个生产设备被拆除，75.7万株苗木为山坡添绿。老鸦岔金矿山1770号坑口，矿渣堆高30米、长500米，治理难度极大。治理人员集体攻关，以三字形、梯田式的办法，实现乔灌草搭配，绿化与美化的统筹，摸索出坑口治理的经验。

山路崎岖，汽车在颠簸中，沿无名山溪，来到小秦岭腹地。过了火石崖森林检查站，一座剑形雕塑，高逾三四层楼，"河南小秦岭国家级自然保护区"十几个大字，在葱茏的山林中，威仪有范。这一带，地势较缓，山峰对峙，前行百十来米，山泉浸湿小路，一个直径两三米的洞口，杂草簇拥，有积水浸出。作为最早封堵的老坑，留下原貌，是为了特别的记忆，也让作为造访者的我们有直观的现场感受。

当年，坑口作业时，渣土泛滥，机器轰鸣，林草损毁，溪流污染，"山是疤痕累累，人是灰头灰脸"，林木呻吟。人们期盼改变。经多方努力，小秦岭生态保卫战打响，应时顺势，从源头治理，一定程度上拯救了母亲河，擦亮了三门峡"黄河明

在乎
山水间

珠"的形象。

教训深刻，却也是财富。为此，生态立市，成了三门峡人的明确思路。生态守护，既堵住污染源，又有绿化跟进，秉承可持续发展理念，既有减法，关停堵封，又有加法，建立维护好公园湿地，植树种树。那天从老坑口下来，大野绿色弥漫，又新添小规模的树丛，这是保护区新开的生态试验园。虽刚起步，但品种多样，精心呵护，成为小秦岭又一景观。春日融融，银杏树直挺，水曲柳柔细，栎树、栾树蓬勃结实，几朵紫荆和丁香，在春风中轻柔摇曳。过去是童山濯濯，河水污染，山溪断流；如今树密林茂，绿意盎然，大绿中再添新绿，生态环保更上层楼。

循此思路，小秦岭生态公园、动物科普馆相继建成。小秦岭动物科普馆陈列有60多种动物标本，承载了研学实践与修复守护的功能。在小秦岭核心地，在山重水复的密林中，集中了保护区多个生态保护场馆，展示多样丰富生态，又为培养人才做基础建设。守护生态自然，珍爱山水形胜，珍爱自然物事，是小秦岭乃至三门峡市的人们的生活情怀与生活日常。在小秦岭动物科普馆前，一条不大的溪流，对岸绿色中，一头黄色小鹿，情态可掬。我们都以为小家伙不怕生，可是，那只是一个标本，或者是雕塑，且不说形象逼真与否，那是主事者对生命、对自然的珍爱。

三门峡三日，匆匆即兴几句，感谢一次难忘的邂逅：

生态立市三门峡，黄河清碧大坝安。百里长廊留天鹅，逶
迤秦岭绿荒川。一石分陕周召异，二步前后豫晋连。道法自然
文宗地，崤函关上拜先贤。

2023 年 7 月

在乎
山水间

悠悠红水河，怎一个爱字了得

受邀去广西大化县，不怕人笑，这个县名我是第一次听说，虽说走南闯北，八桂大地有过多次造访，但未曾听闻大化，真是孤陋寡闻啊。

当然，此地1988年才设县，当属年轻的县份，在地域区位上没有多大优势，鲜为人知，这或可自我安慰了。

年轻的大化，有奇特的山水，是布努瑶史诗《密洛陀》的故乡，正在新时代砥砺奋进。所以，文人采风大化行，有了理所当然的由头。

从北京来这里颇为不易。先乘飞机，再坐汽车，先高速后省道，一早出发，傍晚时分来到县城。查百度，这百越之地，多山多水，所谓山雄水柔，山川形胜，也是中国西南一隅喀斯特地貌的景观带。作为地方耀眼的名片，有奇石，有长河，有大山深弄，有瑶乡风情，林林总总，如同任何一个地方，优美的风景和独特的人文，是差不多的标配，也是吸引人的地方。

正处在干旱高热的北方，时不时受雾霾之苦的我们，每每逃离水泥丛林，去南方山区，亲近自然，就是看山、游水、赏绿，享受生态福利。甫一到大化，就想到，会有一条河穿城而过，一个山水之城，山绿水丰，涵养万物，水汽淋漓，让空气和物象变得宜人养人，成为人们宜居之地，如时下最流行的说法，所谓诗意地栖居。

作如是想，是因为久居干燥的北方，水资源稀缺，干旱已是常态。而一些城市，包括南方县城，不少没有河流依傍，有的小小河沟也干涸断流，所以，城市优美与否、宜人与否，最佳的指标是水。无水不媚，有水皆活。没有河流的城市不是优美的城市。这让我想起了故乡湖北，曾经有"千湖之省"之誉，如今虽是传说，但湖北的一些县城，多有水绕城或水穿城的景观。而长江和汉水两大水系，联结了楚荆大地许多城镇，留下的诗文千古传诵，也成就了城市的芳名。比如汉水流域的襄阳，又如长江流域的武汉、荆州（江陵）等。我的老家荆门市，江汉平原北缘的一个古城，多是丘陵地貌，一条长长的小河穿行城中，亲近河水成了一生的记忆。流动的水系，城市之魂，自然人文历史，都由此而生。认识一个地方，特别是一个城市，河湖水系，是一个窗口。当我在大化县城住下后，虽已是掌灯时分，仍然向往这个城市的水流，期盼着与我们近在咫尺。因为是喀斯特地貌的山水景观，水的充裕和浪漫是无可置疑的。

果不其然，大化城关一条河流将其南北分开，三五百米宽的河面，算是开阔的了。可惜已是初夏，水流不大，但还算清

在乎
山水间

亮，深长的河滩显现出涨水时的状态，正在修建的亲水大道露出了改造的模样。一桥横卧，运送果蔬的车辆、晨练的人们，在不太宽的桥面上，来来往往。我从酒店出来，走到这无名桥上，看不远处另一座桥在维修，放眼望去，县城在一个长方形的山坳中，周围的山峰威列成阵，有名为将军山的，如同天然壁障，保佑着子民的安详平和。天光熹微，山梁在晨光中透出隐隐的轮廓，可以猜想出诸多的景观形象，而若明若暗的霞光，濡染万物，桥下清清的河水细长而平缓地流着，没有想象的水势。波光映着霞光，有如祥瑞安宁之气。

也许主人懂得北方客人的心思，第一个节目就是到红水河的景区参观。实在说，我们还没有搞清这个县城与景区的路线里程，也没有明了早上城关的那条河水与这有名的红水河之间的关系，就来到了这方水域有名的百里画廊景观。

红水河是河，也是库。说是河，是因为其作为南粤西江最大的干流，从云南到贵州然后到广西再去广东，六七百里的路程。说是库，是因为筑坝发电，建成了大型水电站，其水面开阔无垠，就其纵深而言，长达 50 千米，最宽处约 500 米，深水区有 40 多米，形成了偌大的山地湖泊。红水河历史悠久，有多个名字，在广西一段为此名，大化是它的中游，这一带，流经地方多为红色砂贝岩层，色泽红褐，遂有红水河的名号。

我们是在两个不同的时间，先后亲近大化有名的水上景观的。两次踏入同一条河流，前后也就多半天，不禁想起古希腊赫拉克利特的"人不能两次踏入同一条河流"的名言。想来有点意思——"一切皆流，万物在变"，特定的时空感受，我们走进了同一条河，确切地说是同一水系的两处景观：一处是红水河的百里画廊，一处是岩滩水库。

满眼是水，四面皆绿。水，绿得透，绿得净，也绿得深沉。岸上的植被对映成趣，绿得广袤，绿得放肆，绿得纯正单一，除了偶有夏花点缀，绿成了唯一的色彩。红水河成了绿世界。蓝天丽日，天公作美，万顷碧波，平展如铺，远离尘世的红水河如少女般娴雅，游轮划开了静寂的河面，仿佛揭开了它的美丽面纱。从码头到目的地约两小时，绿植排挞，葱茏透迤，倒影映衬，水面一会儿开阔，一会儿紧凑，沿途经典景点，如公鸡山、月牙山、巴楼山、情人湾等，一一闪过。游走于水上，听波涛哗哗，"一切皆流"，亲近自然，纵浪大化，近水亲水，倏忽已是数十里的行程。坐在船中，瞬间景物次第转换，眼前的流水和山景，一动一静，闪转腾挪，面对浩瀚与无穷，任景物不断变化，享受着自在与优游。遥想当年苏子赤壁泛舟时的感悟："白露横江，水光接天。纵一苇之所如，凌万顷之茫然。浩浩乎如冯虚御风，而不知其所止；飘飘乎如遗世独立，羽化而登仙。"陶然于造化之中，如梦如幻，不知身在何处。水阔天远，世事苍茫，此景此情，夫复何求，与东坡秋夜游江的感受，庶几相像。

再次踏入这条河流，是次日的雨中。同样，缘于红水河的滋养，这岩滩水库也是绿色王国。与百里画廊景区，水面相差不多。绿色纷披，繁茂的植被之外，多了一些烟火人气，细雨迷蒙的山水中，偶有白墙黛瓦的村落、古树掩映的廊桥、摇曳灵动的竹园，以及孤舟一叶的渔人。出没风波里，生动复生动，烟水苍茫，云蒸雾萦。小雨如丝，时有时无，植被层层叠叠，或隐或现。"江流天地外，山色有无中。"此情此景，差可相似。

两次踏入同一条河流，因了这天气的晴雨有别。晴见碧水蓝天，风烟俱净，而雨天是玲珑剔透，瑰丽奇妙。"水光潋滟晴方好，山色空蒙雨亦奇。"也正合了在不同天气下游历红水河的感受。哲人说美是客观的存在，也是情感内因的观照。无论是客观的还是主观的，对于红水河风光，能够两次造访，不能不说是一种造化。

水利万物，大美不言。悠悠红水河，惠大化而佑民生，尽电能之利，又涵养生态。最为奇妙的是，它孕育了色彩瑰丽、精美生动的大化石，被称为自然中的精灵的彩玉石。县文联黄格主席的文章说，因大化特殊的地理环境，河水亿万年的冲刷，强大的外力和矿物质之间的渗透，大自然的鬼斧神工磨砺了观赏石的"皇后"——大化彩玉石。多年来，人们从河谷中打捞，历经辛苦，形成了可观奇石的收藏。据说一颗大化石王，高达 2.2 米，一些民间的奇石馆也开始设立。因为时间关系，我们只能从照片和文字中领略了。

当年，让水利恩惠于民生，建成了水电站，满足了下游的灌溉之利，生计之需。岩滩和大化两大水电站，在广西也是声名远扬。一方辽阔的水域，涵养生态，惠及数以百万计的民众，也给年轻的大化县留下了一个绿色骄人的景点。

上善若水。悠悠红水河，怎一个爱字了得！

2019 年 3 月

在乎
山水间

风水龙港

盛夏走龙港，多少有点稀里糊涂，说是去温州，到后才知，这是一个 2019 年才设立的城市。

因为没有期待，所以倍觉精彩。

可别小瞧这个地名普通得不能再普通的城市，在环温州的大经济圈中，这个蕞尔新城，乘改革开放之势，得益于新时代区域经济发展，实现了从全国第一座"农民城"到中国首个"镇改市"的历史性跨越。城市宜居功能的优化，生态自然的打造，以及社会化服务的创优，等等，一个创新发展的现代城市，茁长在东海之滨。

—

好风凭借力，改革开新篇。开放的时代造就了新龙港，玉成了东海之滨一个村镇的华丽转身。鳌江畔、玉苍山之南，2019 年 8 月，国务院批复镇改市朱红大字的铭牌——龙港市，竖立在这个从前的海边渔村上。

庆祝的声浪余响在耳，原来的苍南县某某单位的字样还在一些名片上存留，而新格局展现的新气象、新面貌，显示出新生城市的活力与生气。

有人说，这是中国的"城市婴儿"。是的，作为一个城市，它才自襁褓现身，但作为一个有着30多年奋斗史的乡镇，它经历了中国农村乡镇现代化阵痛的艰辛与收获。

时间上溯到20世纪80年代初，"灯不明，水不清，路不平"，是这个无名小渔村的写照。改革开放东风劲吹，龙港从沿江傍海的优势出发，发挥地理优势，先是成立镇级的龙港港区，由过去的龙江公社的五个大队组成。组建乡镇，搭建平台，在省报上公布优惠政策，吸引农民"进城"。一开始，领导带队，多次深入村中游说，镇上成立"欢迎农民进城办公室"——一个特有的建制名称，昭示了对农民进城的诚心，10天之内，有2700多个专业户加入。欢迎之后是政策上的支持、扶持，温州人经商意识强，帮助众多企业及时举行物资交流会。1984年，党中央一号文件规定"允许农民自理口粮到城镇落户"，更是让龙港人有了底气。农民进城经商、定居、建房，生活基本问题——解决，当时在全国来说，属开创之举。身份和居住的变化，稳住了人心。本来就敢为天下先的温州人，其创新精神插上腾飞之翼，于是，农民变为城里人，打工者居有定所，户口、房子问题得到解决。以人为本，聚集英才。小小龙港，活力初现；新兴城镇，蓄势待发。

东风骀荡，春华秋实。多年的城市梦，一下子成为现实，

在乎
山水间

奋斗经历令人难忘。当年的参与者陈君球回忆，龙港发展初期几经波折，也有人怀疑过。港区成立时，8000多农业人口的五个自然村，一片滩涂，野草芦苇，荒滩水坑，办公室也是一个渔业队的旧房子。没有电，就用蜡烛；吃水困难，就从对岸的镇里带来。资金和人员的缺乏更为突出。开弓之箭，岂能回头。领导身先士卒，夙兴夜寐。"梦在心中，路在脚下"，是他们的行动，也是切身体会。

乘风破浪，修得正果。当年名噪一时的"中国第一座农民镇"，在中国城市化发展的进程中，进入改革发展的快车道。龙港的大跨越，迈出了三大步：建镇初期变荒滩渔村为"中国第一座农民城"；工业化与城市化良性互动，由"农民城"到"产业城"；变"产业城"为现代生态滨海新城，提升全国第一个"镇改市"的内涵和品质，打造四大名片——成为响当当的全国小城建设示范城、中国印刷城、中国礼品城、中国台挂历集散中心。

产业兴城，模式创新。科技的动能，文化的引领，一个个有着地方特色和行业优势、浸润着文化内涵的新业态、新品种，为龙港的发展助力，提升新型城市的人气。从小生意到大产业，从手工作坊到新技术革命，仅以印刷业为例，龙港近来着重打造的印艺小镇，汇聚了国内知名的印刷企业。一个初具规模的印刷博物馆，有着众多的印刷物品馆藏，是龙港代表性产业发展变化的历史再现，也是中国印刷业的历史见证。占地近2000亩的印艺小镇，16家名企入驻。这里定期举办的展览会、博览会、学术交流会，着眼高端论坛，已成功举办了四届中国印刷与创意海峡两岸论坛。

龙港市区中心大道，一个古色古香的建筑，仿旧式的黑白色彩，引人注目。这里，闹中取静，有一个很雅致的名字：城市文化客厅。文化者，如风如缕，潜移默化，书香飘溢。阅读区、展示区、沙龙中心、艺术长廊、咖啡屋、茶室、书吧，一应俱全。一缕书香中，可见马克思、爱因斯坦、鲁迅、胡适等大师们的雕像；可在各类历史文化典籍中，与先贤神会。长长的条桌、圆圆的小马凳，这一方安静之地，兼具城市书屋、独立书店、人文会客厅等功能，定位于"一个为心灵构筑的家园，一个关于阅读咖啡、音乐和梦想的空间，一个典雅的艺术殿堂"。一群小学生在充满童话色彩的儿童图书角，随意地翻读，一个温馨而美好的画面，定格于来访者心中。每月的"壹日读书会"已重启，每月第一日读书，每期一主题，有专家学者，有学生少年，主讲与答问，教学相长，在快乐中阅读。因为有一大批热心人，包括本土作家、诗人李玉信、李统繁等人精心组织，所以坚持了下来。一个城市的文化精进，必有一批有担当的播火者。客厅，不只是门面，打造城市文化客厅，也铸就了一个新兴城市的人文之魂。

<h2 style="text-align:center">二</h2>

"平畴交远风，良苗亦怀新。"走进龙港郊区，自然风光、社会风情，不禁令人想到 1600 多年前陶诗的意蕴。

仲夏，阳光炽烈，华中社区的"小江南"庭院，大片荷叶如擎雨盖，密匝丰茂。莲花灿烂，流水清澈。前面的一条小河渠，乌篷船往来，水清草绿。江南风情院，一个生态纯美、清静如许的城市后花园。

大半个运动场大小的荷塘中，壮硕的叶片连成一张偌大的绿毯，遮住水面。亭台楼阁，铁链小桥，走上去不乏惊险。几位文友也许没有走铁索的经历，如孩童般跃跃欲试。一摇一晃，放浪嬉戏，露出了儿时的狂野。更有蒋作家用大荷叶挡阳光，謷笑间几分古典韵味，手机、相机争抢对拍。荷田衬托远近楼门、田舍，"镇改市"后，社区宜居环境按城市标准建设，而这一方荷塘，绿水红花草坪，或许是为了留下乡间记忆，记住乡愁。

与这方水塘近邻，一大块长满万寿菊、格桑花的草坪簇拥着独立的风车，一列载着孩子们的慢悠悠的儿童小火车，几匹悠闲的小驯马掩映在浓密高大的樟树、桂树间。黄昏渐近，炊烟升起，院子里的早桂花散发着淡香。

这是近郊居民生活的一个侧影。平静安逸的日常，融入了大自然，有了更多的休闲。城市化之后，打造宜居环境，乡村变为社区，诗意地居住成为人们的共识，也是众人的期待，龙港近期提出美丽城市规划，"绿野朝阳""美丽海港"和白沙刘店田的"最美田块"等成为这一目标的先行者。

慕名来到华中社区，高大的文化墙上，图文并茂，介绍了温州市美丽乡村的示范村建设情况。宽敞整洁的人行道，绵延在绿色环抱的小区，身着工服的两位年轻清洁工，头顶笠帽，肩挎柳条筐在干活。我们笑意相对，一位陶姓工人说，在这里做了一年多，每天工作五六个小时，平时多是"扫点落叶，捡拾纸屑"。说着，一阵风吹下了行道树叶，他们举起手中笤帚，紧跟着那飞舞翻卷的叶子。龙港一些条件好的社区，早已实行垃圾分类，也有的是智能化的垃圾收纳柜，地面整洁，无多杂物，因此，社区清洁的工作量减轻了不少。

中对口社区环境优美，河水绕街，繁花绿草，榕叶累累，樟树挺拔，形成公园景致。临水而建的楼房，呈欧式风格，乳黄墙面，显出清雅秀丽。园区的路面平整光亮，偶见几片落叶，在新画的白色行车线与黑色的路面上，妆成一景。良好的

在乎
山　水　间

环境，促进了人们良好生活习惯的养成。

习惯成自然。好的风习，好的风尚，应传承下去。龙港的社会化服务，惠及民生，坚持有年，渐成风气。早年就开始关注养老工程，像中对口社区，一栋马蹄铁形的六层楼，是敬老养老的较新建筑，独立住房，设备齐全，设施干净。河底高社区在城市的中心区，多年来，孝德为先，老有所养，成为有名的"中华孝心示范村"。那天小雨淅沥中，我们来到河底高社区。询问名称由来，得知多数人家姓高，且族群的力量凝结了传统文化的优势，让孝道恩德代代相传。这是一幢老旧的五层楼，楼道拐角处贴了多幅孝悌内容的宣传画，几张有点稚拙的漫画，画中母亲洗脚，儿子扇扇，配文写道：报祖国恩、父母恩。每一个经过的人，都会引起情感的触动。社区工作人员高福喜说，这些是宣扬孝义德行的一部分。在社区办公室简朴的摆设中，贴了数张关于孝义、家庭和睦、养老爱老的宣传文字图片。这幢30多年的简易楼就是老年公寓，住了10多户老人。社区组织志愿者，定期义诊、理发、搞卫生。

走进一户住在公寓已有10多年的人家，房子四五十平方米，简单的摆设，齐整的家什。女主人70多岁，笑盈盈地说，我们住在这里，安心、顺心，生活方便，同邻居熟悉亲密，精神愉悦，社区也关心老人，有什么事就到旁边的社区求助。同去的高书记说，社区的"中华孝心示范工程"从 2015 年开始，建成了孝心课堂、道德课堂，尊老爱亲成为风气。特别是有志愿者来为老人服务，几年前从北京来的志愿者路先生，坚持三年，带来了新的思路，做了好多工作，让我们深受感动，也带动了我们青年和学生，如今志愿者行动成了自觉。在社区活动办公室，见到五年前办的社区《孝心报》，上面有"孝心活动"的报道，有关于"孝心人士"受奖励的介绍。斑驳的墨渍，发黄的文字，留下了一个村镇精神文明建设的印记。

三

龙港，傍江临海，城市名头其来有自，蛟龙出港、水乡龙渊之谓。

水，生命之源，也是城市之魂、生机之源。龙港水系发达，湿地开阔，海与江的汇合之地，滋润出生命的奇瑰。

甫到龙港，掌灯时分，来到龙港夜景地——著名的浙江八大水系之一的鳌江外滩。

一江两岸，龙港、鳌江毗邻，原来同属平阳县辖，如今南北分治，瓯南大桥一线牵两市。两岸高楼林立，霓虹闪烁，江水绚丽，各展其美。盛夏稍显燥热的天气，也挡不住市民的热情。夜市大排档，露天卖场的儿童玩具车，熙熙攘攘，热闹红火，迎着江风，逶迤在深夜中。行走在江边景观道，一干人马，在江边临时组成唱台，有越调清婉，有瓯调激越，舞姿悠然，招式如仪……滨海江城，百姓娱乐，多姿多彩。

大江奔流，日月不居。发源于南雁荡的鳌江，流经近百公里后在平阳与龙港的汇合处进入东海。它是浙江的著名水系，也是独流入海的最小水系，为全国少有的三大涌潮江之一。自西晋时期，平阳建县时称始阳江，旋改名横阳江，又名钱仓江，俗名青龙江，因海水涨潮时，鳌江江口的波涛状如巨鳌负山，也建有镇海压邪的鳌山堂，故演变为现在的鳌江之名。

鳌江流经至苍南龙港，水系发达，有运河、内陆河，形成河网纵横的水乡湿地。白沙河是有名的河渠，已有千年历史。这条不大的内河，当年多盐商往来，有砂石生意人行走，繁盛之时，两岸建有多个码头。千年以后，龙港一带的鳌江港口，至今仍葆有活力。白沙河有十里白沙路与其勾连，百十米就有一座石拱桥。曾经的"河泥船"，如今已被电动机船所代替，清水绿岸的现代风情中，仍可见旧时的繁华留存。

这条穿行于龙港、长约7公里的河水，见证商贸兴废，孕育人文故事。"十里白沙路，明清半爿街。"密匝的榕树、沧桑的垂柳、亭亭的清荷，掩映着旧时楼台、牌匾场馆。当年的盐民暴动纪念馆、先贤祠堂、河畔凉篷古道、滨海滩涂鱼虾……不时在人们的记忆中复原。

晚清时期，白沙里出了平民教育家刘绍宽，20岁开始办学育人，后求学京都，再东渡日本，后与同乡、江北的陈子蕃一道兴学乡里，建"白沙刘店学堂"，推行新学，被誉为"筚路蓝缕，革故鼎新，'遍语乡人'，推行新学"的温州平民教育的先行者。他留下了众多著作，以《厚庄诗钞》《东瀛观学记》《厚庄日记》等闻名。当年，他从这条白沙河远行，归来后在白沙河畔兴学重教。如今，他的厚庄（刘绍宽号厚庄）纪念馆，为人们敬仰之地。鳌江流域的人文风习强盛，曾在宋代理学、明清书画等方面，代有人才。现代数学大师、南开大学数学系（当时称算学系）的创办人姜立夫，也出生在这里。当代著名数学家、教育家苏步青，也是鳌江北岸的蛟腾镇人。

在龙港的最后一晚，夜观大海，感受明月出海。车子在暗夜中前行，一个普通的海边码头，几只泊锚的渔船，透着点点星火，零散地漂浮在海岸。夜风徐徐，潮水舐舐着沙滩。远方，茫茫大海，黑黑一片，唯见天幕明月高悬。预报说，台风"黑格比"将在明天经过这里。

宁静深邃的大海，此时风和水顺，没有喧闹，即使在涨潮时分，一潮一汐，见出自然的和谐共生。

海上明月共潮生。大自然的深邃、博大、无解，成为文人雅士的随性之叹。眼前此景此情，让人沉浸在美好的文学感受中。如同这个新兴城市的一切——或大或小、或具体或抽象的印象。龙港，风水和美，遇到了发展的好时机。

蛟龙欲出港，好风凭借力。

2021 年 3 月

酉阳：江水古镇的风华

实话实说，鄙人孤陋寡闻，之前并不知酉阳的具体方位，不知这是一个土家族苗族自治县。约略知晓，大西南有一条酉水河，流经鄂渝湘三地，再就是那本晚唐的《酉阳杂俎》，虽与县名不搭界，却是一个特别的书名，这恐怕是我对酉阳最早的有关印象了。

及至酉阳，看到这个蕞尔小城的大致轮廓，看到这个南宋时建县，有着巴蜀文化、土家文化的悠久历史，隐掩在大山坳里的县城，越发觉得这是个有点神奇甚或神秘的地方。

先是乘飞机到成都，再转机到黔江机场，后乘车山路穿行两小时，才到目的地。所以，藏在深山人未识，并不是一个传说。养在深闺的酉阳，其名是否与酉水河有关，没有得到证实。而且，这条酉水，发源于湖北宣恩，虽流经酉阳的几个乡镇，却离酉阳城关有点距离。

县城是个四面环山的小城，著名的酉水与它失之交臂，只是那一条小小的无名河沟，从长形的城区穿过，高高的河堤下一汪细流，清早沿河散步，青山环抱中，觉得枉费了这像模像样的河堤。地处武陵山腹地，水系发达的酉阳，城关却没有一条像样的河流，这在南方山水县城并不多见。河湖江流，被认为是一个城市的精灵。有道是，城不在大，有水则灵。

然而，幸有乌江。著名的乌江画廊，是酉阳的一张亮丽名片。乌江在酉阳的西北，以其为界河，西与贵州的沿江县相隔，共享这乌江美名。我们的记忆中，说起乌江多是说贵州，乃至在朋友圈中发有两岸风光的照片，多以为这是黔地景致。是的，它发源于黔西北，1000余公里长，主体部分在贵州，但也有一个误读，乌江的美，最盛名的乌江百里画廊，其华彩部分是在酉阳境内的60多公里地段，这里龚滩峡、土坨峡、白芨峡、荔枝峡、斧劈峡"五峡竞美"，有"奇山、怪石、碧水、险滩、古镇、廊桥、纤道、悬棺"，是一个山水与人文相谐相融的地方。

初夏时节，坐上游轮逆水而上，碧水清流，映照出两岸的画廊丰姿。时而绿植盘虬，峰峦逶迤，倒映浮动，有如水彩似的旖旎；时而石壁如削，斑驳的色彩附着于不同石壁上，幻化出各类油画样的凝重丰赡。站在甲板上，看夹江景观，杂树生花，组合形肖生动的画幅，同时享受着近山水的闲适时光。尽管热情的导游职业性地说着一树一花的故事，在水波和树影中、在江风和丽日下，我们更愿意沉浸在自己的想象中，品读这山光水色，莫辜负了这大好时光。轻盈、飘逸、灵动、杂色，造化神工，宏大丰富，眼前的一切，可以不吝这类语词赞叹。有记载，乌江古称巴江，又名黔江，发源于黔西北，至渝东南入长江，是长江上游右岸的最大支流。重庆一带有着"好耍天堂，乌江画廊"的美誉。清人梅若翁有诗句"蜀中山水奇，应推此第一"，也可佐证。

江风吹拂，阳光明丽，游轮在两岸青山排闼中，来到百里画廊的高潮部分。这里是乌江与阿蓬江的汇合处，两江分流，徐缓清澈。山体各种色彩或深褐或赭红，或浅灰或青黛，映衬着绿水青山的生机。虽正午时光，和煦温暖的日光浴岂能错过。众人手舞足蹈，争相上了船顶。更有李姓美女，索性展开长长的纱裙，做芭蕾状，提腿伸臂亮相，飘逸婀娜，成为众多相机中的主角。蒙古族的郭姓大哥不失时机地表现出豪放殷勤，宣示了对美景美色的钟爱。欢笑声中，调侃之间，人声如沸。这景色倒成了依附。乌江因下游的水库，这一带水面有如湖泊，静静的，缓缓的，其画廊风情也显得恬静安闲。坐在船头，可以静思默想，游历也是审美，究竟是缘于客体还是来自主观，众说纷纭，争议有日。但是自然之美，是一个自在的客体，只是作为体验者的我们，赋予了它不同的审美感受，有着不同的意味。亿万斯年，人世变迁，可大自然容貌依旧，年年岁岁，人不同，花相似。所以，"江流天地外，山色有无中"。我美，故美在。山色湖光，优劣嫌妍，取决于游历者和欣赏者的主观体验，是审美者自我葆有的一种当下心态、情感联想和心理认同。审美是从大自然中找到对应，情感外化，是一种审美动力。一如今天，我们先是从40公里外的县城闻美而来，循美而往，山路蜿蜒，气温低冷，而当扑入乌江画廊美的怀抱中，丽日美景一相逢，心情截然不同。或者，有了好的心情，便对眼前的美丽有着特别的心理认同。在新鲜、好奇中，心情也变得阳光和舒放。更不待说，一路同行中多有故知旧友，气味相投，成了游历之乐、之美的关键。"我见青山多妩媚，料青山见我应如是。"良辰美景，赏心乐事。古人早就有言，那么，我们怎能负了这澄碧的江水和青翠的山峦？想象着这些，不知不觉，游轮拐回到了原来的码头。

时近向晚，弃船沿青石板拾级而上，100多米高的街道在江边耸立，这里是重庆重点文保单位龚滩古镇。如果说，夹江风光是乌江画廊的容貌的话，千年古镇则是它的精魂。这个展示了土家文化风貌的龚滩古镇，有着1800多年历史。战国时巴国蛮王在这里建址，后兴起于唐宋，清乾隆元年（1736年）酉阳改直隶州，繁盛一时。经千年风霜，几经毁灭，近年得以修复。这当年的"巴蜀第一镇"，3公里长的石板路、100多堵封火墙、200多个四合院，构成了古镇文化的经典。坐落在半坡上层层叠叠的土家民宅，错落有致，形成壮观的气势，有如时光老者，俯视幽幽乌江，见证这过往迎来的岁月风华。

在这里，最好的是一人独行，静静的，不时东张西望，漫无目标。曲径通幽，叹为观止，又有柳暗花明，就停下脚步。依江而起的土家吊脚楼，虽不是老旧成色，却也是按当年模样和制式复原。20多年前，下游修建水坝，原来的旧房整体往上搬移，因其规模和样式是现有土家族村落中最完整的，成为了解土家人建筑的一个模板。龚滩镇因当年盐运发展，商贸繁忙，从水路走黔川去湘鄂，一时商贾云集、客栈林立，有"钱龚滩"之说。曾经的蜀道难，成就了水道的发达和古镇的繁荣。街中心一块绿草满缀的石壁上，挂着偌大的草鞋和草帽模型，也有粗壮的缆绳圈成一团记录江水古镇的特别时光。据说这是纤夫休息的原住地，粗粝的缆绳上，依稀有纤夫摩挲的污痕。这些陈年物件，随意放置街巷，还有斑驳青石小道，让访客们便捷而真切地触摸历史脉纹。是的，历史由细节体现，跨过别致的"桥重桥"，步入宽大的"西秦会馆"，走进300年的土司老屋"冉家院子"，凝固的历史诉说着小镇风华。背面是山，对面有江，江那边也是山，我站在吊脚楼上，身边是店家晾晒的串串鱼杂，以及圆竹器上鲜红的干辣椒和五颜六色的衣物，透过这些楼宇间的接缝处，放眼江面，可见乌江时隐时现的景致，偶尔驶过的驳船划出水波，与对面山村的袅袅炊烟，呼应出历史与现实的联结。

在乎
山水间

行行重行行。出老建筑，进新商铺，目不暇接。"西兰卡普"织锦，飘着油煎香的小吃，在路中悠然挡道的鸡崽，支起画板写生的艺术学院的学生，以及背着鼓鼓行囊的老外，手举自拍神器的小情侣，依偎在门前观望来客的土家族老婆婆，不时叫卖着手工打糕的后生，小小石巷，多味杂色。人们或行色匆匆，或悠然慢行，会聚在小镇上，显示不同的状态。走入一家食品店，与女店主简单对话，她说70多年了，已经不知道哪样的生活是原来的状态，也无所谓哪种生活是最好的。我们说，慢生活不是很时兴？你们这个样子多好。是啊，古旧的老街、慢节奏的生活、淳朴的民风，如同一坛陈年老酒，需要慢慢品味。这里没有喧嚣车鸣市声，现代化的交通工具哪怕是自行车，也一一存放于坡下的江边公路，街道高于公路六七十米，阻隔了噪声、尾气污染。

商铺的名号颇可玩味。转角店、老酒馆、不二坊、半边仓、情醉千年、文博楼、流浪者酒吧，不一而足。半边仓门脸上的大红对联"楼台近水无边风月半边仓，胜友如云百里画廊千里客"，其寓意或可彰明古镇的文化风格。

穿行在绿植茵茵的石头巷，转弯处，有各种指示牌，一块石碑立在路中，青底白字，赫然可见。"永定成规碑"光绪年间立，为市级保护文物。50余字的篇幅具体规定了盐运中各种劳务的价格和监管的要求，是乌江水运贸易的历史见证，是一份乌江文化的重要文献。当然，还有西秦会馆中土家文化传统经典《梯玛古歌》和"上刀山"的表演，诠释了一代土家人坚忍的精神意志。古歌词听来半懂不懂，但旋律和韵味让人感受到历经沧桑的乐观向上的力量。

古镇半日盘桓，几乎领略了它的全部。如何评价眼前的土家文化遗存？老旧、精致、奇妙、平和，或者随意、自然？多彩的人文风情，亲和而单纯的山乡民风？然而，记忆最深的是，悠闲得自在，处处见新奇，一个仍然保持古朴自然的地方。记得著名画家吴冠中先生1984年来到此地，有过《乌江小镇》系列画作问世，影响较大，他曾在《人民文学》上发表了写乌江风情的文章："人道乌江险，我道乌江美。""她是唐街，是宋城，是爷爷奶奶的家。"

古镇的街头，一块略显杂乱的坡地前，树立着吴老先生的雕像，他手捧画板，目光炯炯，直面乌江，仍继续着他对乌江和古镇的热情。

好一个"是唐街，是宋城，是爷爷奶奶的家"。过目不忘，深得我心。

2018 年 7 月

在乎
山水间

唯美卢塞恩

美丽是没有来由的。魅力是无所谓大小的。

当每年的游客熙熙攘攘涌向这里的时候，卢塞恩，这个面积仅 7 万平方公里，人口约 40 万的瑞士高原小城，不能不让人想探究其魅力和美丽之所在。

人间四月天，这里是"春的盛宴"。从苏黎世坐火车，个把小时的车程。沿途，大片的黄色野菊灿烂绽放，与绿草相映；河水清澈，一个个静静的湖与各式尖顶独立的小木屋在山坡草地绿树中显现，偶见湖上有水鸟和垂钓者共乐。远处阿尔卑斯山剪影，影影绰绰，交织成一幅静谧的图画。遍地葱茏，生气淋漓，造物主青睐这片大地，向来访者展示了偌大的风景画。

古老的火车站，气宇轩昂，不到百十米就是闻名的卢塞恩湖。倒影与水波，成为人们走出车站的第一景观。正午的阳光有点刺目，却水汽氤氲，一汪蓝蓝的湖水在微风中轻轻拍岸。飞鸟与家禽悠闲地在湖中游弋，孩子们喂食飞鸽，微风习习，花香阵阵，享受高原仲春的美好，心情惬意而放松。

从车流中看去，城市的名片——廊桥与灯塔，清晰可见。远处山坡上，欧式特有的双尖顶教堂，近处河湖旁，一排排古雅而整齐的街道，茂密高大的七叶树，还有与人们嬉戏的鸽子、白鹅，簇拥着这个山水古城。这就是卢塞恩，自然恬静，生态纯美，人文优美。

卢塞恩，又译成琉森，拉丁文是"灯"的意思。古罗马时期，这里只是一个小渔村，为了给过往的船只导航，修建了一个灯塔，因而得名。卢塞恩于1178年建城，1386年与其周围地区组成了瑞士的一个州。18世纪时曾为瑞士的首都。从时间坐标看，相当于我们的南宋时期。

城里名胜数灯塔旁边的卡佩尔桥最为耀眼。它建于1333年，长200余米，其木桥结构有如我们常见的廊桥。桥的顶部绘有110幅三角形的反映城市历史和人物故事的彩画。据称，瑞士著名的巧克力品牌的三角形设计灵感就来自这些画。每年春天，桥上鲜花垂吊，灿烂绚丽，花映水中，也称花桥一景。可惜20年前，卡佩尔桥不幸被大火所毁，后经重建恢复了原样。与其比邻的八角形水塔，是400年前建造的，而今仍雄峙水中。这一桥、一塔，成为卢塞恩名片，在各类宣传资料中赫然为城市的象征。

美丽总是与文化结缘。当年，这个欧洲蕞尔小城，多有一些文化名人光顾。作家列夫·托尔斯泰、雨果、歌德、马克·吐温，音乐家瓦格纳，哲学家尼采、叔本华等，曾流连于

在乎
山水间

此。托尔斯泰、雨果还写过有关卢塞恩的文章。歌德所在的希尔广场、雨果所在的罗伊斯北岸的居住地，都曾被辟为博物馆。音乐家瓦格纳在这里完成了他的几部传世之作，其湖边的博物馆存有他的作品真迹。而法国作家大仲马更是以"世界最美的蚌壳中的明珠"称誉卢塞恩。

曾经作为瑞士首府的卢塞恩，悠久的文化历史，镂刻了一卷卷厚重的史书——石板路、古旧的街道和商铺，记录着昔日的荣光。后街山坡有一个"狮子纪念碑"，由丹麦的雕刻家特尔巴尔森设计。这是为了纪念在1792年8月10日，为保护法国国王路易十六家族的安全，而牺牲的786名瑞士雇佣兵。纪念碑在一面坚硬的石壁上凿洞雕刻。一头中箭垂死的狮子奄奄一息地躺卧着，断箭头凸出在肩背上，狮子皱着眉头，微张着嘴巴，隔着一方水池仿佛也能听到它的喘息。垂死的雄狮不无悲壮，却显示着力与美！作为一件栩栩如生的雕刻杰作，它声名远扬。曾有人称赞道："它的头低垂着，断裂的矛尖仍在它的肩头；它的一只爪子按在法国皇家纹章的鸢尾花上，似乎以此来保护自己。"

当年的老旧市政府办公楼，现在是一个公寓，而上面斑驳的壁画，展示了当年艺术的成就，吸引游人驻足。还有，百年老店宝齐莱的钟表，在川流不息的不同肤色的来客中，成为一处美丽的风景。

卢塞恩是闻名于世的音乐之都，其夏季艺术节是世界著名的几大艺术节之一。KKL 卢塞恩文化和艺术中心，屹立在湖边。这座建筑是由法国杰出建筑设计师 Jean Nouvel 设计的，巧妙地把湖水引入了大厅。人们在观赏艺术的同时，亲近着自然，其设计理念，让人叹为观止。

乐山乐水，亲近大自然，人类共性，而自然物件中，水和树是至关重要的，当热情的绿树和柔软的湖水就在你的脚下，优游于你的身边时，你是何种的感受啊。眼下，这两件东西，恰就是卢塞恩最奢侈的。长约 35 公里、最宽处有 2 公里的卢塞恩湖，犹如瑞士高山湖中的美妇，而邻近皮拉图斯雪山和罗伊斯河，使湖水得到了补养和净化。

从市中心坐车或坐船半小时行程，就可到布尔根施托克，这是一座著名的山峰。它三面临湖，是一个已有百年开发史的半岛。坐在高山会所往下看，满眼青翠的植被，簇拥着一大片蓝色的湖面，游轮历历可见，草坪上各色花伞和帐篷，美丽夺目。这里有 100 多年前建成的休闲会所。湖边直立而上的一架百年历史的老电梯，来往高度达到 153 米，仍然执行着从渡轮上运输游人的任务。宾馆的雕塑和壁画展示了中世纪的风格，走廊天花板的檩条上刻有不同时期来过此地的名人姓名，这些独特的遗迹，成为这块山峰自然景色中的一个特色。保护历

在乎
山水间

史，同时利用自然，让环境为现代人的生存服务，这是现代城市的管理者们发展城市文化的理念。现在，山头修建了宽广的公路，一些古老建筑也在维修中。

当然，生态环境的守护，是卢塞恩人自觉而平常的事。离这里七八十公里的恩特勒布赫，是联合国教科文组织在瑞士的第一个生物圈保护区，约有 44 平方公里。根据不同功能，划为三个保护区：重点保护、开发利用和一般管理区。从卢塞恩坐火车一小时，可到开发利用地区。绿草黄花的山坡上，圈养的水牛悠闲地啃着花草，两层高的牧民居家木屋，随意地分布在空旷的草地山坡，小路隐身在花草丛中，一派生物圈保护地特有的景观。我们走进一个牧民之家，二层木质房子，雅致而温馨，主人热情地拿出奶制品招待我们。从楼上看去，周围的山峦围住了一个偌大的绿色草地，如同国内的一些高原山地上的坝子，少许有点泛黑的木屋，点缀在高山草地之间，牛群悠闲，正是仲春时分，渠水潺潺，花草绽放，一个受保护的人与生物圈地带，显示了特有的风采。

生态、自然与人文，艺术、历史与宗教，一个包罗了万千气象之美的城市。卢塞恩，魅力与声名岂是了得。

2011 年 5 月

峄城花木深

他重复了一遍，并指着远处天上那月牙兴奋地说，月牙立正，谷米多仓。这才听清，他是说，今夜月亮变成站立的月牙，那今年就有好收成。这颇有诗意的一句，令我们好生回味。

仔细看去，碧空如洗，月牙如钩。远山和林带在天光中若隐若现。眼前，万家灯火，里间街巷，有隐隐的犬吠声，也可闻饭菜香气。

山水利川

江源识珍

风景是一个地方的名片。如今，绿水青山已然成为检验经济、社会、文化发展程度的重要标识；名胜风物、人文风华等，也在成就着一个地方的幸福指数。

利川地处鄂西，与重庆万州区毗邻，地理上有大巴山与武陵山交集。此地多喀斯特地貌，水系发达，"广利天下而川流不息"。利川古韵俨然，名胜深藏，但因为多年闭塞，鲜为人知，直到改革开放后，名声才渐为传扬。

"青山横北郭，绿水绕东城。"山水利川，因清江的绕城穿过，灵动而丰盈。清江，长江一级支流，其源头为利川的都亭山。清江从西往东在城中绕了个弯，顺流而下，连接起鄂西重镇恩施、宜昌，然后直奔长江。

清江有"十里画廊"的美名，而拜识其尊容是在利川城中。

利川次日，晨雾泛起，天还没有大亮，住地楼下已众声喧哗，晨练的人们，早已活跃起来。大凡城市早起者，都有这样的习惯，一块绿地，一只小喇叭，就是一个闲适自足的世界。

素来对声音敏感的我，索性下楼。因昨晚到达太迟，未来得及看清周边状貌。这里，一条宽百十米的小河，隐藏在闹市之中。早起的人们在这河道边上，运动、歌舞。他们衣着统一，沿着河堤，自娱之乐。

近乎原生态的夹岸林木，护卫一江碧水。清江，闹中取静，缓缓流淌。人行道上，藓苔斑斑，杂花生树，水柳拂衣。河并不宽，对岸钓者的咳嗽声，或可闻见，与高处车水马龙的大桥通道形成反差。波平水缓，草木依依，古朴幽深，初始的清江，上游的清江，大隐隐于市，如此景象，令人难忘。

著名的清江源头何在？史书记载，清江发源于都亭山。都亭山与齐岳山，地接巴山武陵，逶迤于利川境内，峰峦叠嶂，水汽淋漓，形成多处水源竞秀。《水经》记载："水色清，照十丈，分沙石。蜀人见澄清，因名清江也。"《利川县志》说，清江水，原出县西一百四十里的小山，即都亭山，东流入檀香洞，又伏流四十里，过七药山（齐岳山），东出为龙洞沟河……如今，经多方论证包括民俗达人实地甄别，都亭山一块巨石上标识"清江源"三字。探源寻流，为不少游者所青睐。

都亭山下、齐岳山麓，为江源涵养地。这里，海拔千八百米，潺潺泉流，终年不竭。那天，先后来到星斗山、福宝山风景区，绿水青山，一路同行，而清江源头也是一路期盼。

在福宝山生态公园，从高处下行，葱郁的林莽，陡直的栈道，让人步步惊奇。扶着曲虬盘错的藤萝，下得百十米的河沟，回头抬眼，只见有数条瀑布如白练悬挂密林深处，一条被认为是瀑布之首的，呈三叠状，轰然奔涌，飞溅落下，声震四方。水自天外来，山壑葱绿，神韵十足。山坳中一潭浅水，透绿剔亮，倒映出山峦姿态。青苔茵茵，河石斑斓。汩汩清流在这里团转之后，直奔河谷低凹而去，汇入清江奔腾的水势中。让人惊讶的是，坐缆车回到山顶，看到贴着山坡树丛，无数细流从杂树中浸出，如细丝线般飘散，却找不出水脉源头，真应了"山有多高水有多长"之说。福宝山不是清江真正的源头，但靠近都亭山，千条万缕，聚众归一，才有了这方充沛清澈的水源。清江，水清之江，名副其实。关于江河之源，业内有所谓"河源唯长，水量唯大"的说法，或许可为清江之源注解。

源头活水，遂成了长河大江的生命能量。"江流天地外，山色有无中。"诗意的江河，与风景关联，与艺术结缘，成唯美意象。唐人笔下的江与山，是一片旷野苍茫的江河之景，而这清江源头初始的江水发端，我们看到的是，涓涓细流汇聚，水系丰沛细腻，林木密匝柔情，温柔、深幽、曲折，是它留给人类的观赏维度。因了上游水源地的民众悉心保护，封山育林，退耕还林，才有了这方山水的清洁，有了对水质、空气要求特别高的各类植物的蓬勃生长。

福宝山下的一个山坳、一方水塘里，绿植幽然，浮萍类的圆形植物，大小不一。主人指着问大家，让猜是什么，即有应和，是浮萍、荷莲、水葫芦，不一而足。主人捞上一团，秋阳晚照下，毛茸茸的细梗，吊出一枝船形叶片，嫩亮柔滑，主人说，这就是我们都曾品尝过的莼菜。谁也没有想到，江南水乡的盘中鲜，在山野林地也可得见；也没有想到，深藏叶片下的是莼菜。主人介绍，莼菜为水草类，多在长江下游湖泊中生长，西湖、太湖为多产区，近年渐向同纬度的江河源头、山溪泉边"迁移"。莼菜对水质要求高，温度和气候、土质和肥养，直接关系它的品质。利川几个种植点多在海拔千余米以上，天然充足的水源，腐殖层酸性土质，便于莼菜生长。2004 年，这里开始大量种植，到近年已有数百亩面积。因是娇嫩植物，与其说是种，不如说是养。小小植物，把利川的优良生态测试出来。生态向好的利川，水乡的珍味落户大山的江河之源，是幸事、喜事，为清江源的大美，增添了新内涵。

老树精灵

水利万物，泽被众生。大自然的生命，得益于水的滋润、水的恩赐。大江流日月，流出了生命，也流出了历史。

这是一个熟悉而陌生的树种。熟悉，是因为在我们的知识储备中，少有人不知道这个名词——水杉。恰是它，鄂西这个山区小县利川，与生态结缘，有了故事。

但是，这不是一般的水杉，因而又是陌生之树。

这是一棵660岁的长寿水杉。风雨六百载，它见证了古盐道上的云卷云舒，见证了清江水源区的历史变化，是如今这块土地上的生命之尊、老树精灵，也是世上为数不多的高龄水杉。

在利川谋道镇水杉公园里，它独立天地，展臂苍穹，历经磨砺，生命强劲。风霜雨雪洗礼过、雷电虫害侵袭过，它不曾匍匐、不曾退让，如今，仍以伟岸之躯屹立于曾经的兵道商路——谋道镇。

谋道，是千年古镇，在晋代就有建制，后几经易名，民国时期改为现名，其古雅玄妙可作多解，而谋略寻道，望文生义，或可一解。这里，高山深壑、峡谷绝壁、溶洞幽深、林莽蛮荒，当年盐商古道上，土司纷争、族群争斗、兵匪之祸、关隘阻隔，行路之难，可想而知。于是，谋道前行，谋道求变，寄怀遥深。

而这样一棵历经660年风云的大树，安详地生长于此，虽根部裸露、瘦骨嶙峋，却枝叶繁茂，生机蓬勃。老水杉，老古镇，相得益彰；像是一位老者，与天地对话，与时间对话。

时间回到 70 多年前。1941 年初，原中央大学教授干铎经过谋道，不经意间发现一棵落叶大乔木，认为其是灭绝于世的树中活化石水杉，但当时还不能确定。后历经多人实地搜集、甄别、研判，最终得出了谋道的这株奇树，是一亿多年前白垩纪时期孑遗植物水杉。1948 年，著名生物学家胡先骕与郑万钧发表论文，确认在中国利川发现的是"活生生的水杉树"，引起了轰动，被称作"20 世纪植物重要发现"。据记载，这古老的"活化石"，曾在北半球，包括北极一带生长，后南移，到第四纪时地球发生冰川变化而灭绝，在欧洲、北美和东亚，从晚白垩纪地层中发现过水杉化石。此次原树种的发现被当作大事件，震动学界，对研究植物生态、气候地理、种子细胞等，意义重大。

有记载，当年由干铎等人最早发现的三棵水杉，高达 30 米，但是，历经 70 多年，眼前的这棵老树是否就是当年的三棵之一，好像没有文字留下。

一围红布护腰，缠绕在胸径达 1.7 米的树身上，十分醒目。红布圈代表着好心的祈福，是对历经风雨的老者的致敬。树上镶嵌铭牌，周围围上栅栏，以及正在建设的水杉公园、博物馆，为保护这个国宝级的珍品，人们尽心竭力。那高达 35

米的树巅，冠幅有 22 米，唯有仰视，才见其高。听闻关于它的生命史，心存敬意，唯默默祝福。

水杉自在利川山中发现后，被引种到世界 50 多个国家和地区，还被当作珍贵礼品，用于外事活动。20 世纪五六十年代，周恩来总理出国访问，将水杉种子作为赠送友好国家的礼品。1978 年，邓小平访问尼泊尔并在皇家植物园种下水杉树苗。近些年，它被当作园林绿化和行道街景的优质品种，甚至成为城市市树。湖北武汉就以水杉为市树。水杉品种有五六种，分池杉、羽杉、柳杉等，因树种质量和习性不同，栽培方法也不同，其中无性栽培最为优良。谋道这株老树，至今仍是无性培育后代最好的母本。多年来，已成功地"养育"了众多后代，现在，仍是同类树种较为优质的祖母级老树。

在利川，看水杉，了解大自然中的化石文物，是开眼界的事。之前，曾跋涉半日，山路弯弯，在深山老林的利川小河镇，沿河沟小溪来到水杉公园。绿草茵茵、水汽氤氲的草坪上，数百棵高大的水杉树排列如仪，阳光洒在嫩绿叶片上，形成淡淡的水墨景象。水杉树但凡大者，树上都有无性繁殖的牌子高挂。树丛下，水杉研究者老范为大家讲解："优质树种多为无性栽植，直接从母体上移植，不受外界基因影响，是纯正嫡传，养育高质量的后代，所以选优良的母体，是水杉优生的先决条件。"

本来被长途跋涉所累，但因了这养眼的绿、安逸的呼吸、珍贵的优质树种，一路烦恼消解殆尽。养在深闺的这片水杉树群，大小相宜。它们多是亭亭玉立，左右间距适中，叶呈羽毛状，绿嫩鹅黄，虽高达二三十米，但树干树枝直挺、颀长。在水汽淋漓、绿生生的草场湿地，它们高大伟岸，也生动可爱。

在返回途中，水杉行家老范几次提到，这一带山沟边有野生的古老水杉。忽然，他手指前面，说那里有一棵，大家还没来得及反应，他又说那棵也是。一路行进，他至少说到十数棵，我们只是车中远观了那些已调查备案的利川古水杉。现已查明，百年以上古树，利川有 5630 棵，多集中在星斗山小河一带，每一棵都挂上了数据身份牌。当听说前面就有几棵老树，车子已在崎岖的山路拐出去好远，我们遗憾地与野生老树擦肩而过，只能在那幽深的绿植丛中，辨识古老水杉的轮廓。车行两个半天，都是听老范讲关于水杉的故事，讲关于星斗山、齐岳山、福宝山的生态，讲关于一众科学家发现水杉的故事，有这样的植物达人、生态达人，国宝水杉有幸，利川的山水自然有福。

这块边地山城，风水之地，其实，是能生长一些珍异物种的。想到此地北上百余公里的秦巴山南，郧西的竹溪，就有野

在乎
山 水 间

生金丝楠木群落。同样，此地西南方向的重庆酉阳，乌江畔的两罾乡，也发现了金丝楠木群。偌大的楠木群，形成壮观之象，为全国罕见，当中有一棵千年老树为存世奇葩。这两地我曾有幸造访，大树生长的环境，人与自然相偕的故事，让人难忘。鄂西渝东，秦巴蜀地，山水相连，这方土地曾经闭塞难通，然而，却为自然物种的天然生长创造了原生优势。

日月精华，天地灵秀。无论是竹溪、酉阳，还是利川，那些珍稀的植物，遗世的至宝，当是上苍的厚爱，也成就了一个地方深邃而丰富的人文风华。

2019 年 11 月

塔尔气的月亮

清晨，林区安静清寂得让人生疑：此地何地，今夕何夕？

夏末秋初，行走在大兴安岭林区的塔尔气镇，满眼葱茏，万物生辉。远山含黛，流水澄碧。这里真正能体会到天地有大美的意境。

塔尔气是蒙语，意为肥美土地，是内蒙古自治区呼伦贝尔市的一个年轻小镇，为绰尔林业局的所在地。林区的不少地名为蒙语发音，比如伊尔施、敖尼尔、阿尔山等。林区树木葳蕤、花草鲜活，组成了迷人的立体生态，配上这特别的名字，不太好记，却令人好奇。

小镇人口也就 2 万多，20 世纪 50 年代末这里是荒原草地，后开发林场，几经变故，1985 年绰尔林业局落户于此，成了林业小镇。沧海桑田，人"是"物非。当年这里的职工主业是伐树运木，现在退耕还林，种树养护，守护大东北的绿色宝库，守护生态，造福子孙。即使有牧业，也是规划一定范围，让林草休养生息。经过多年林木涵养，林地面积扩大，仅去年，就退耕还林 7000 多亩。近年来，林区致力于保护生态的"绿色行动"（种绿护绿养绿），家庭种植户由过去种庄稼改为种林果、圈养牲畜，换来的是国家"天保工程"的壮大和自

在乎
山水间

然生态的恢复。

塔尔气镇远离都市，距牙克石也有 200 多公里。养在深闺，坐拥绿色，最奢侈的是溪水洁净，林深、草丰、花艳，更是超高的负氧离子浓度。穿小镇而过的河流也叫塔尔气河，是内蒙古第二大河绰尔河的最大支流。小河依傍青翠的五亭山，雨水多时数条山泉汇聚而下，一汪清水在镇上围成圆湖，因山水而建的玉溪公园，聚集了很高人气，是小镇人们喜欢的休闲之所。

清晨，沿河边步道行走，河中长长水草如流苏翻飞，岸边高低参差的树上有红黑不同的野果，交映出多彩景致。偶有一两棵倒下的柳树或白桦横卧河中，形成一角小景。落叶松散发的油香，招来了早起的长尾花松鼠。晨雾飘散，花木扶疏，林区小镇氤氲在天地澄明的清美中。这水这树这景，不禁想到杜甫的诗句："秋水清无底，萧然静客心。"赞誉这里是塞外小江南，并不为过。

得天地之灵气，野生的果子、菌子、菇类，一夜新雨后，蓬勃生长，因人迹罕至，多烂朽于泥中。稠李子是东北林区一种较为普遍的野果，沉甸甸的枝头挂着黑亮亮的小果，如蓝莓般大小，上敷一层霜白。稠李子虽为乔木类，却举手可摘，一捧在握，黑红的果肉，不小心沾得双手有如血染，果味甜中微酸，是夏天清火开胃的上品。行走林下，不经意间可与"山珍"邂逅。在著名景点老雕窝，幽静的莫柯河畔，密匝的落叶松林，雨后长出或黄或白的松茸、鸡枞，粉嫩带露，只好小心地采摘，人们惊呼大自然如此慷慨，我们未有口福却先得眼福。

这个福气，是大自然的馈赠，也是塔尔气人追求的目标。进入镇口"山门"处，"幸福小镇"四个红色大字镌刻在巨石上。这不只是主人的愿景。掩映在青山绿水间，生态唯美，秘境之奇，怡人心性，其幸福是实至名归的。那天，我忍不住发了照片在微信朋友圈，配文："林带逶迤，河水蜿蜒，草木葳蕤。风日晴和人意好，胜景秘境何处寻。有景惊为仙境，有人怡然如仙，岂不乐哉！"

十多年来，因林区产业的转型，废弃伐木砍树之事，变"伐林人"为"护林人"，防火、养护、种植，成为当下林业人的职责。小镇的幸福日子，是在对过往生活的超越、对生态环境保护的认知中，在寒暑四季与大自然相伴相守、享受宁静休闲中获取的。

在林区，塔尔气镇被规划为"慢生活休闲小镇"的样板。又一个清晨，在小镇后街，一位骑四轮电动车的老人，下车慢悠悠地抱起小狗，回到家中提上水壶，侍弄门前的小花，那是一束艳丽的金莲花。然后他坐在门前，三四岁大的孙女出来搂着老人，享受清晨的阳光。他们身后的平房上，有袅袅炊烟升

在乎
山　水　间

起。远处有一座高高的水塔和一个细长的烟囱，达十多层楼高，成为镇上的一大标志。那是当年物质紧张时期集中供水供热的产物，也许是为了纪念而有意留下，还涂上了乳白间绿的色彩。

镇上老街多是独家独院，早期建林业局时的民居有点老旧，却排列有序。平房纵横地划出街道走向。后来修建的大道、广场，以及十数栋高楼、霓虹彩灯，透出时尚和现代。象征繁华和热闹的还有每天的早市和那早晚练操习舞的节奏和声浪。

那天是农历初二，我们随意散步，走在大院人家的便道上，忽然有人高声说："月牙立起来，谷米好进仓。"他说得快，东北口音听不真切，我们好奇他在说什么，对着我们又不像是对着我们。他重复了一遍，并指着远处天上那月牙兴奋地说，月牙立正，谷米多仓。这才听清，他是说，今夜月亮变成站立的月牙，那今年就有好收成。这颇有诗意的一句，令我们好生回味。仔细看去，碧空如洗，月牙如钩。远山和林带在天光中若隐若现。眼前，万家灯火，里闾街巷，有隐隐的犬吠声，也可闻饭菜香气。

小镇月夜，真实、鲜活、细碎，颇接地气。

2020 年 10 月

"秘境"松阳记

江南，是一个地理概念，也是一个诗意词语。唐诗宋词中的江南，锦绣风华，人文情怀，千百年来是人们美好的记忆。

江南好，山清水秀，文采风流，滋润万物。如今，在乡村振兴中保护好绿水青山，赓续历史文脉，让看得见山水、守得住美景、记得住乡愁，成为乡村振兴实实在在的举措。

浙南山区松阳县，自东汉设县1500多年，世事沧桑，却保存着一些自然村落的原始面貌，是全省以至全国自然生态村落保持完好的集群地。县域内有百余个保留完整的传统村落，有"古典中国的县域标本"之名。这些品貌完整、古色古香的"中国传统村落"，或居于山坳深谷，或坐落于清溪之畔，或隐没于竹林树丛，历史悠久、风习朴野、建构奇瑰。独特的江南村落生态，多为旅游者所热衷，2013年被《中国国家地理》杂志誉为"最后的江南秘境"。

一

山路弯弯，密林深涧，出松阳县城半小时车程，是松阳村落名片——杨家堂村。时值深秋，金黄的柿子，火红的枫叶，茂林修竹，一派江南的田园风景。山中云雾如同顽童，时隐时

在乎
山水间

现，远山近水、土墙民居、黄泥青瓦，在缥缈雾气中，显出几分野趣、神秘。

一棵20多米高、枝柯繁茂的古樟树，与并排的另两株，是村道上的迎宾树，树身铭牌上写着300多年树龄，也是村子的守望者。秋景光影中，霜皮溜雨，树冠蔽日。一位老太婆手持竹筐条把清扫落叶，笑指三棵香樟，说是看着它们长粗长老的，三代同堂，是村上的老宝贝。在松阳，民间有敬拜古树的传统，"樟树娘，樟树娘，保佑家中读书郎"，有升学要拜树娘的习俗。大树荫庇，人丁兴旺，老树精灵，世传好风，和蔼的老者，温暖和善的镜头，扑面沁怀。

松阳大小数十个自然村落，其中，杨家堂的特色突出，2013年入选国家第二批传统村落名录。20多栋土木结构的清代、民国时建造的院落，不算松阳最古老的，却是最齐整有仪范的。依山而建，次第层叠，形成5层18栋的立体结构，高低落差二至三米，紧凑勾连。在对面的山坡远看，呈现一个巨大的立体建筑面，阳光下，斑驳的墙体泛着金色，有如一幅偌大水墨图，村庄轮廓呈布达拉宫式的浑然错落，被称为"江南的布达拉宫"。

"暖暖远人村，依依墟里烟。狗吠深巷中，鸡鸣桑树颠。"走进黄土与石头混砌成的巷道，仿佛走进古诗意境。夯土黄泥墙，木檩青瓦屋，围篱菜畦地，有鸡鸣狗吠，猪牛闲逛。小巷深幽，石块路面泛着青光，墙角青苔、爬墙绿植、水井台、豆腐碾磨、旧式农具，经年风雨剥蚀，有些残破，留在屋前村头，让人仿佛穿越时光，行在陶诗的意境，也领略江南村落的秘境。

随手推开一扇门，别有洞天。这是六号院，松阳民居典型的三合院，前面墙，后面屋，左右两开厢，天井下的地池，鹅卵石砌成元宝金钱图，墙壁上有渔樵耕读画、朱子格言等，显现了富裕人家的讲究。据说，这是有名的教授之家，近代以来，出了20多位学者名人。村中的宋家祠堂，更是村落文化的集大成者。雕梁画栋，供台祖位，或有木雕花刻，窗棂，牌坊，木质器物，精妙的牛腿雀替，杨家堂的建筑古雅、精奥、深邃。约300年前，曾经是宋朝官宦人家后裔的宋姓，躲祸避险，辗转这里，依风水建屋场，世代繁衍，瓜瓞连绵。如今，宋姓仍然是大姓。近来，在抢救自然村落的行动中，杨家堂民居保持古村旧貌，掩映在山林大野中，坚守着山水自然的乡村日月。

二

不同于依山而建的杨家堂，三都乡的松庄村是水边民居，

在乎
山水间

小桥流水人家，尽显山水松阳的桃源风情。

松阳的母亲河松荫溪流经全境，支流如血管注入各地，山高水长，山泉漫溮，分支出长年的涓流，形成了水网丰饶的古堰群。穿越松庄村的是神坛堰一脉支溪东乌源堰，溪上一单孔拱桥，连接两岸，偶有农人挑担，或牵着牲畜，沿阶而上，孔桥、水溪、牧耕、山居，定格出一幅江南水乡村落风景。左右两侧民居逶迤，保留了乡村的朴野之气，一座座夯土老屋，一砖一瓦留有岁月痕迹。为方便来往，溪中由十数块条石横卧为一石磴桥。若是秋阳和暖，溪流石上有主妇们漂洗衣物，屋场上晾晒的串串鲜艳，衬出青山绿水的别样生动。站在水漫的石磴上，逆流回望，透过百米外石桥孔，直透远方景致，山峦树丛，风烟云雾，历历在目。百年岁月，拱桥摇曳在风雨中，历经沧桑，见证历史，感知人间烟火。如果说，杨家堂山居体现的是阔大，是沉实，是形制，松庄村的溪边民居就是灵动，是气韵，是鲜活。

松庄村同百年老桥一道沉入历史纵深的，还有土屋、宗祠、吊脚楼、古驿道，两栋明代建古屋，清代乡绅叶氏的大院。山水日月，松庄村人日出而作，日落而息，悠悠岁月付于这清溪的不舍昼夜，春秋的季节更迭中。

那天，在松庄溪边茶室，品着松阳的端午茶，一种用中草药、姜等配制的特色茶。浙江山地的茶品较多，以"端午"为名，有些特别。据说是在端午节气焙制，初暑气候湿燥，为祛火除瘟，生产的一种介于茶与饮料之间的饮品。其味浓酽，是浙南民间地方茶。在国内各类茶品中，多有以地名或形状、味道命名的，端午作茶名，或与南方山地生活习性相匹配，朴素、平实、醇厚。当地人外出回乡，以一杯端午茶解渴，也解乡愁，成为习俗。山中天气变化快，一会儿下起了小雨，端午茶正好缓解寒凉。明亮的玻璃杯中，色泽青暗，叶片杂糅，大小不等，看不出特别，却有自己的风范。

近年，乡村振兴战略规划悄然改变村民生活，县上提出相应政策，如何在发展中保护原生态，守护村落，吸引了一些能人，也有回乡的创业者。90后单晓明，留学归来，偶然的机会来到松阳，在松庄村进行艺术实践。通过考察，他发现自然生态村落中，一些老物件正在消失，这些是上年纪的人多年甚至一生最爱。他以"修复老物件"为名，为村子里老人们翻新一些废旧桌椅，保持村落原始状貌。板凳、凉亭、茶几等一些旧物，或贴上鲜艳布缂，或嵌补一块小艺术件，并不作工匠式修复。一些色彩装饰或护理，使旧物得到艺术点缀，鲜亮而喜兴，老人们新鲜之余，恋旧的情感也得到了满足。从另一角度来看，也满足了一种艺术乡愁。几位老奶奶高兴地拿着修复的旧木凳，在小溪边的亭子里合影、展示，成为松庄村的一大风景。

一栋溪边的房子，白色的墙壁上画着稚拙的艺术画，远远望去，在村中是个另类，这是"村口涂鸦馆"，26件作品是村里老人们的手笔。以村头屋前的日常物件，比如蔬菜、水果、树叶，粘成或拓成朴拙不规则图案，或者用手印拓出小动物类的涂鸦。因为是山里人的"艺术"，又在村口设馆展览，自诩为村口涂鸦。2021年，不足百人的村子，举办了一个特别的画展，村口涂鸦被传播开。展览序言说，从起初的疑虑到羞涩，再到后来的主动说好玩，这不只是一个展，而是村民生活中的一道小彩虹，是乡村美育的启蒙，是对乡村振兴力所能及的实践。73岁的叶金娟老人，识字不多，从不知道画画，却在这个行动的推动者——上海孙迎盈女士的启发指导下，把自家种的土豆、黄瓜、青椒、苹果，当作涂鸦内容。她平生第一个艺术品手迹，被印成端午茶袋上的图案。本不知"涂鸦"二字为何物的古稀老人们，有了兴致，激活了他们的艺术细胞。一位老奶奶，从自家养的鹅得到灵感，用脚掌和双手，拓印了鹅爪形图，受到好评。馆中作品，裱印摆放，配有老人的简介、照片，这种从没有过的待遇，让老人们欣喜、兴奋、害羞，时不时去瞧一下自己的作品。

松庄村修复旧物、村口涂鸦，保护传统村落有了新举措，有着多处国家级自然村落的松阳，无疑起着示范性的作用。如何守护青山绿水，守住原生村落，发展好乡村经济，惠及民生，是个大题目。松阳的一些村落已在探索，比如，建民宿、办特色书店和文创商店等。我与同行的梁县长探讨，他说松庄村的做法有代表性，新的外来艺术加入，与本地本村百姓喜爱的习俗结合，调动村民积极性，能产生动力，也产生效益，是保持这最后"江南秘境"原生面貌的黏合剂。

诚哉斯言。在这"寒山转苍翠，秋水日潺湲"的古雅村落，在保护和坚守"江南秘境"原生面貌，发展振兴乡村经济方面，松阳人有着清醒的意识。

2023 年 4 月

在乎
山水间

余干的江湖

江西名胜多，历史的当代的，绿色的红色的，不一而足。或许这余干遮蔽于赣鄱大地显赫名胜之中，被认为是没有大牌名胜的县份，但也不可小视，就说这县名，大有来头。公元前221年，秦始皇时就建有馀干县，史称"越之西界，所谓干越，越之余也"。有考证，干，意为水岸，又因为古时称余干境内的信江为余水，到了南北朝时，遂有了余干的正式县名。余干多古迹，秦时的长沙王吴芮故地、宋时的东山书院遗址，刘长卿、朱熹、王十朋等人在此行旅留诗，人文灿烂，风华悠悠。

优美的生态自然是它的一大优势。由于地处闻名的中国第一大淡水湖——鄱阳湖，余干的水系纵横，水乡泽国，形成了独有的江南风景和水乡文化。

一

在通往县城的康山水城，笔直的两车道延伸出30多公里长，一面是浩渺的鄱阳湖水，一面是阡陌葱茏的田园。夏日，湖水浩荡，荷花灿烂，水草肥美，渔获和采摘成一时风景。秋风过后，蓼子花开，形成又一奇观，湖水下降滩涂凸现，野生蓼花疯长，大片大畦的粉红花海，形成偌大的"喜庆红"。若是深秋时节，芦苇泛白，尾状的白色与细密的花红，形成强烈反衬。夕阳西下，候鸟背负霞云，晚归的牧童融入袅袅炊烟中，湖区特有的秋景，因这一花一草的点缀，在秋水长天中，诗意无限。

我们来时正值晚秋，没见蓼花红海，只有那萧萧芦花簇拥一方水域，在闪亮明灭的波光中，托出鄱阳湖的阔大与广袤。车行康山大道中段，道旁突见三个大红字"江豚湾"，镌刻在一方圆实的石头上，醒目而亮丽。

这是鄱阳湖区观赏国家一级保护动物——江豚的地方。大圆石上朱红字颜色尚新。前些年，大堤修整，地处鄱阳湖之南，又是赣江、信江、抚河三江汇合处，水质好，水草多，是天然深水巷，枯水时也有20余米水深，为此，立碑于此，划出江豚保护区。阳春三月，大批江豚来到康山水域，最多时达上百头。被称为"水中熊猫"的江豚，2013年被列为《世界自然保护联盟濒危物种红色名录》的极危物种。据说，江豚是由一种古老物种进化而来的。有论者说："早在2000多万年前的中新世纪，江豚的近亲就在长江中生存繁衍。从东汉许慎《说文解字》到清代王念孙的《广雅疏证》，历代记录江豚的名称达13种之多。"

在乎
山水间

江豚全身多呈灰白色，头部钝圆，体形流畅，在水中翻腾跳跃，多是三五成群，不时伸出头，喷水呼吸，像是玩耍嬉戏，逗人喜爱。有诗歌称是"水中舞者""水中精灵"。江豚对水质要求很高，主要活动在长江流域的大江大湖中。近十多年来，干旱、污染影响了其生存环境，导致其数量锐减。2008年前后，长江中游湖北一带干旱枯水，一只流泪的江豚被拍到，这张题为《江豚的眼泪》的照片流传网上，引发了人们对江豚保护的热议。历年递减的江豚数量，成为人们关心的话题。2018年7月，农业农村部的一次会上权威发布："本次科学考察估算长江江豚数量约为1012头……鄱阳湖457头。"留住江豚的微笑，不只是一些文人文章的题目，也成了自然保护者们的共同行动。

鄱阳湖江豚数量占全国近半，数量也是分量，无疑加重了余干人保护江豚的责任。2017年6月，这里建起江豚保护基地。江豚湾挂牌的当日，60多名志愿者现场宣誓："我们将用自己毕生的精力，致力于觉醒人类应有的善心和爱心，保护这个与我们命运相连、唇齿相依的生灵。"坚定的话语、激昂的情怀，是对那些有灵性的小动物的召唤，春和景明，江豚要在这里游弋。"保护一湖清水，让江豚保持微笑"，是余干人的宣言，也是他们的行动。近年来，县上不断地加强对鄱阳湖水域的整治，打击非法捕捞、遏制采砂放牧的行为，又发展生态农业、科学种植、清除污染源、划重点区域放牧、实行人放天养，确保中国最大的淡水湖水清鱼跃，生态优美。

江豚湾只是一处小小的水域，因为有了这些可爱的小精灵，聚了人气。距离这里不过8公里的瑞洪中学，近日迎来江西大学蓝天环保社团的老师们，他们为七年级三个班的223名同学，做了有关江豚和水源地保护的科普讲座。这些生活在湖边，与江豚毗邻的小学生，也许从小就听过江豚的故事，那些他们熟悉的"江猪"如今为什么越来越少了？或许他们回答不了老师的提问，但有关大自然生态保护的一课，使他们懂得保护好脚下这片湖水，就是保护他们的母亲河。江豚可爱的形象、自然界和谐相处的道理，深入他们的头脑。有老师发微博说，童真、好奇心，使孩子们对江豚有很大兴趣，他们说要让江豚永远有个开心的笑脸。从小开始，认识自然，爱护自然，是人类保护自己家园的善心延续。

湖边天气多变，眼前的江豚湾，秋风长天下，一波一波的涟漪，激起了我们向往中的那份期待，盯着前方水面，波纹涌动时，希望有江豚现身。十多个相机、手机，齐刷刷地举着，可是，一个小时过去，没有什么动静。当地朋友说，秋凉和天阴的原因，今天恐怕没有眼福了。有人遗憾道，这江豚太不友好，老远过来不给面子。也有人笑言，江豚怕生人吧。几位执着者仍不甘心，走几步再回头，掏出手机聚焦那方水面，像是进行一个最后的告别仪式。而同行的县上朋友说，也好，留下遗憾，有个念想，下次江豚会微笑地欢迎大家。

二

没想到在环湖半岛的康郎山，留有朱元璋大战陈友谅的遗迹——一座几经修复的忠臣庙，耸立在离县城 40 多公里的湖区。前后三进的建筑，分为定江王殿、观音堂、忠臣殿。1363 年，陈友谅挟之前战事的余威，与朱元璋争夺鄱阳湖水域，攻城受挫，朱元璋据守鄱阳湖口，先断其退路，再巧用火攻，后水陆夹击，以 20 万兵力全歼 60 万陈军。朱元璋大胜后，为祭祀遇难的将领韩成、丁普郎等 36 人，历时五年建成忠臣庙。忠臣庙几经毁损，后在清咸丰九年（1859 年）重建。近来，整治恢复为现在的规模，同时，周边旅游配套逐渐成形，还入选了国家 4A 级旅游景区。空旷、安静、肃穆，各个将领塑像和相关文字，记录了元末一场有战略意义的战事。史载这次鄱阳湖水战，是中国水战史上以少胜多的著名的战役，为统一江南奠定了基础，而这个明太祖亲赐的庙号，见证了一段不平凡的历史。

牌楼高耸的忠臣庙，气宇轩昂，看兵器战服、读尚武与征战的文字，气氛不免凝重，与近处湖水的氤氲之气、水乡情调，有强烈反差。沧海桑田，往事翻篇，当年水上战场，已然"平畴交远风，良苗亦怀新"，故垒旧事，化入一派田园风景中。因为传递朱元璋的故事，因为有忠义承担、家国意识，历史的陈迹才会与现实对接起来，对于一场重要的战役，当下的解读，才有意义。参观殿中，我听到一个故事。据说当年鄱阳湖水战，朱元璋曾中箭受伤，被康郎山老乡用草药救治，伤愈离开时有人对他说，做了大官别忘了我们老乡。朱元璋回道，你们来找我，就说是我的老表，是走亲戚。于是，江西人的老表之称，就流传开了。这也是流行的几个关于老表来源的其中一解。金戈铁马，征战杀伐，遥遥六七百年岁月，如今，留下一个远去而有情味的故事。然而，忠义与承诺，执着与坚守，幽幽的历史情怀，对时下，对来访者们，有一种特别的激励和传承。

湖乡气候易变，转眼小雨淅沥，去往上冕山的村道上，农舍前花卉鲜艳，高大的樟树、榕树时不时飘落叶片，秋风秋雨中又一景象。山背后一尊3米多高的吴芮坐像，背山面村，雨水中的人像透着赭赤光泽，峨冠博带，泰然镇定，显示出西汉开国元勋长沙王的威仪。吴芮为吴王夫差后裔，生于鄱阳湖畔，曾任秦吏，因反秦暴政，战绩显赫，被汉高祖奉为长沙王，辖南越诸地，施仁政，重农渔，壮年病殁于军中。吴芮的谋略和贤达，史上赞评颇多。被誉为"江西第一人杰"，南昌滕王阁上江西历史名人画像中吴芮被列为第一人。秋雨风寒中拜谒这位世人鲜知的"帝王"，接受"人杰"的精神洗礼，平添一种心境。

2019 年 3 月

峄城花木深

"齐鲁青未了。"1400多年前，诗圣望岳登高，诗意欣然，点赞泰岳，称道齐鲁，一声赞叹，传诵千年。

而今，高铁便捷、准时，说走就走，让远方触手可及。"风日晴和人意好"，从京城到峄城，领略老杜诗意，感受鲁南古城风采。

青檀古意

峄城是枣庄市一个区，不如枣庄名头响亮，但历史悠久，汉时就有建制，为枣庄的前身。据峄城县志记载，战国时期这里归兰陵县所辖。峄山逶迤，承水泱泱，先后有承国、峄地之称，又属齐国、薛国的领地，齐鲁先贤大儒在此流连，绾结了悠远的人文故事。

当年，孔孟儒学在齐鲁大地兴盛，荀子周游列国，先去秦，后被楚国的春申君封为兰陵县令。峄城外有连绵起伏的丘陵，文峰山有洞窟数处，荀子开祠讲学，《劝学》篇等著述形成于此，后有学生承续，史称"兰陵经学"。史上妇幼皆知的故事——凿壁偷光的主人公匡衡，出生在榴园镇匡谈村，先后在汉元帝、成帝时任丞相，潜心研习诗文，后在家乡兴学重教，创学设坛，勤学励志，续写了齐鲁儒学育人兴教的传统。明朝一代名臣贾三近、小说家兰陵笑笑生等，都出生在峄城，或流连于此，著书、讲学，他们的足迹丰富了峄城的史志。

生态人文，相得益彰。峄城素有八景之说，"青檀秋色"远近闻名。金秋时节，山中青檀苍莽，与红枫、银杏交织出斑斓景色。出城西十里许，一条幽深山谷，林木森然，古刹掩映。1300年前，有高僧云游至此，漫山青檀密布，遂停脚休歇，时见云峰山飘云飞雾，遂筑庐为云峰寺，后改为青檀寺。千百年来，香火接续。现在，山谷已有千余株青檀树，300年的古树也有30多棵，俨然成为北方高纬度地区青檀群落的奇妙景致。

暑日晴热，山谷清凉幽静，一方水面倒映满谷苍绿。寺门山坡上，可见株株老青檀，柯粗叶茂，守护山门，一派古意幽然的生态景观。

青檀属榆科，又名翼朴，多野生。20世纪80年代，国务院将其列入国家二级保护植物。它耐旱、根系发达，多生长在坡地，从结板的岩石上扎根。树冠茂密，树形与榕树相近。根部粗实错节，树干或弯曲，或平直，或粗粝，或瘦小。近看，青檀树干皮骨外露，如结瘤疤，似有病相。其实，它霜皮溜雨，坚韧结实，茎、皮、根可造纸，或做人工纤维，好的木料可做把玩小件。相传，早年蔡伦造纸，不经意间发现用青檀可增加纸的柔韧性，流传千年，至今仍是上好的宣纸原料。

青檀寺前院后殿古老的树下立有石碑，镌刻树龄，因树形赋名，分别刻有檀石一家、孔雀开屏、樵子下山等铭牌。一棵标有700年树龄的老青檀，枝叶错杂，其貌不扬，却在山间屹立，立根破岩。古树精灵，风雨百年，自然尤物。尤其是树干上的条条疤痕，乍一看去，裸心示人，不惮丑陋，让人动容。

明代兵部右侍郎贾三近，晚年隐居故里峄城的石屋，著书立说。曾为青檀寺写一诗："秋风古木前朝寺，僧屋如巢自在栖。黄叶拍天丹灶冷，青檀绕殿碧云齐。幽人到处鸟鸣谷，樵子归来鹿饮溪。尽日烟霞看不足，买田结舍此山西。"据说，寺庙几经毁损，青檀也多被砍伐，他力主修复。栉风沐雨，青檀成为当地百姓喜爱的树种，经历代的兵燹之祸，青檀树不倒，遂留下了千年老树。清代峄城知县张玉树，遍植青檀和枣树，而今他的故居，被大片枣林围绕着，成为可观的自然生态。

石榴风情

"五月榴花照眼明。"有韩愈诗引领，确切地说，是被峄城石榴的名头吸引，来到枣庄，方知这出产枣子的地方，石榴更是宠儿。

中国的石榴园，自南而北，闻名者数处，仅以省份计，北有陕西，南有云南，东有安徽，西有四川。石榴适应性强，庭院路旁均可一睹芳容。

石榴在水果中，并不以花的丰茂见长，不是"千朵万朵压枝低"的景象，甫一开花，红得深沉。初夏，这北方高纬度的丘陵山坡上，绿荫中红火点点，别有景观。榴花期有月余，其间，小小果实渐次生出。花仅一拳可握，其形如吊钟，较硬实，有褶皱，所谓石榴花状如裙裾，方有石榴裙下风情无限之喻。

石榴如今是寻常果品，它原产于伊朗、阿富汗、高加索一带。据《博物志》载，汉代张骞出使西域带回石榴。一入华夏，历2000余年，石榴成为东西南北兴盛的平民水果。

峄城的冠世榴园，气派不凡，面积广，种植历史早，自西汉成帝时始栽植，现有18万亩，仅冠世园中就有300年的老树近百棵。

这是一个两千多米宽、20多公里长的山坡公园。530多万棵，近50个品种，形成了冠世之称的石榴园。盛花时节，本不甚张扬的花骨，在万绿丛中艳如红霞，亮如火花，把桃李杏梨之后的春夏花事，在峄城近郊不大的山坡上延续浪漫着。

园中的万福园，为老树聚集地。石榴树高不过三五米，矮枝曲干，叶片细圆，不以粗大高拔示人，而花事也低调内敛，悄然地装扮着夏日风景。"奇崛不枯瘠，清新而不柔媚。""那对于炎阳的直射毫不避易的深红色的花，单瓣的已够陆离，双瓣的更为华贵，那不是夏季的心脏吗？"（郭沫若《石榴》）穿行于老树下，花叶撩人，细嫩初果，伸手可及。装点夏天，也让人们有口福。那累累压枝的平常之果，也有着特别的形状、口味——青皮光圆的小肚囊中，几十粒红粉剔透的籽粒，依偎、紧抱、团聚。因花红、鲜亮、甜口而喜兴，为平常百姓之所爱，于是，北方南地多种植，庭院楼前最为常见。

在中华石榴博览园中，有博物馆、资源苗圃和采穗园等。盆景艺术，体现了人的创造力。盆景造型多因树赋形，随形造景，粗大小巧，精细繁复，不一而足。日晒夜露，经年累月，最后成为形象殊异的艺术盆景。露天园内多是大盆高树，近乎原树面貌。峄城的居民院里，多有盆景展示。一户王姓人家，几盆特大盆景，散枝开叶，茂密虬曲，呈现独木成林的奇妙景观。主人说，此树高有 3 米多，已经生长了 20 多年。

近年，峄城的盆景渐为知名，除了形成产业，在艺术性上也大为提升。那年 8 月，北京举办"中国·世界园艺博览会盆景国际竞赛"，峄城人张中涛的《历沧桑》、王鲁晓的《奔腾》

在乎
山水间

均获金奖，成为峄城盆景界的盛事，激励了从业者们。不只是把盆景当作产业，也把盆景当作历史悠久的峄城艺术，对当地文化品位的提高，很有推助。从自然花木的生态景观，到艺术的开发创造，一株一盆，平常花树果木，促进了县域经济和产业发展，也成为一个城镇美丽的名片。

2020 年 8 月

曲靖的魅力

七彩云南，一个诗意却内涵丰富的称谓，让人遐想——神奇、美丽、云蒸霞蔚、如梦如幻。我以为，七，既是概数，也有所指，是人们耳熟能详的几大景点，诸如丽江、大理、西双版纳，再加上石林、滇池、泸沽湖、香格里拉。正是这些名号的强势流传，云南的别样美景被这七彩盛名遮蔽了，隐身了。

比如曲靖。

到了这里才知道，无论是人口规模，还是经济实力，曲靖在云南城市综合实力的排名上仅次于昆明，位列第二。当然，风景名胜也不逊色。曲靖的魅力是多彩而驳杂的，正是这些经典名胜之外的别样风华，组合成了七彩云南的丰饶与厚实。

"形色"罗平

罗平被世人所知，是它在春天的"金黄色风暴"。每每阳春三月，罗平的田间地头、村边山涧，偌大的油菜花阵势，形成洋洋大观。它踩着春天的脚步，肆意开放，妩媚柔情，无际无涯，招引踏青者蜂拥而至。盛花时节，世界浸染在一片金黄中，欢快，明丽，纯和，生机勃勃。在山头坝子，在喀斯特地貌的山乡，无不弥漫着金黄色彩。春光艳丽晴方好，出门俱是赏花人。徜徉其中，间或蜂蝶穿梭翻飞，看花，寻景，尝蜜，享一缕春色，是春天与罗平的美好邂逅。诗人有言，油菜花是大自然的尤物，是春之仙子，在萧条寒冬之后，它是春的信使。中国不少地方都有油菜花种植地，但唯罗平有高海拔、大面积的优势，成为这方景观最亮丽的一处。一年一度的国际油菜花节，是罗平重要的文化盛事。明丽清艳的"罗平黄"，近年声名渐播，吸引慕名而至的大众旅游者，亲近自然，陶醉花海。在各类媒介中，罗平油菜花每每唱主角。

当然，还有蜿蜒温婉的多依河，云雾缭绕的那色峰海，"花海怪圈"的牛街螺丝田，奇特绚烂的彩色沙林，以及高原奇观的九龙瀑。如果说，色彩的浓烈斑斓装点了罗平的外观容颜，九龙瀑布则铸就了罗平景色的筋骨，所谓"色彩是油菜黄，气势有九龙瀑"。如果再用艺术作品形容，油菜花黄、彩色沙林，有如着色水彩，养眼喜兴，而气势磅礴的瀑布群，有如宏伟雕塑，威仪如斯。在色彩与形制上，罗平的美，形色兼备，别有异趣。

九龙河瀑布源于滇东名山白腊山，布依族同胞称之为"大叠水"，重重叠叠，绵延逶迤，煞是壮观。我们从茂密的丛林，坐缆车高达百十米，俯瞰九龙的尊容。主瀑水势猛烈张扬，声若雷鸣，动如奔马。十级瀑状如一柄柄大小不等的梳子，次第梳理着青翠怀抱的河道，亘古经年，不弃不离。随着水势的减缓，十处叠加，十级递进，又呈现不同景观，或雄浑，或温顺，或峻急，或徐缓，每一个瀑布都流泻出一汪潭水，在回环周旋之中，水势刚烈迅急，最后又都汇入了平缓温和之中。九龙河的生命从瀑布下游开始新的征程。人们小心地踩着石凳，驻足凝视脚下的九龙河，回望身后瀑布阵势，不禁感叹这自然的神奇。

其实，花海也好，水瀑也好，都是大山的恩惠。山高水长，万物生长。罗平的山，多为喀斯特地貌，臂膀相连，有所谓"十万大山闹峰海"之说。那色峰海，在群山叠嶂中，苍苍莽莽，峰岭耸峙，横无际涯。站在主峰观景台上，四望无边，峰峰相依，辨不出山头山尾。夏日气候阴晴无常，晴天丽日下领略山色空蒙、苍山如海的诗意。忽而，一阵山风带来小雨，对面山头太阳下出现了彩虹，呈半圆拱形状，引起人们久违的惊喜。有人喊道："太阳雨，彩虹！"风雨过后，峰峦云雾绰约飘逸，青翠的鲜红的，密匝匝的丛丛簇簇的树木、野草、山果之类，沾着水珠，阳光下更为鲜亮青翠。十万峰海，只是罗平人的一个形容，然而丰足发达的水系、奇伟多姿的喀斯特山峰，装点了自然景色的风采。天上，地下，山峦，河流，色彩与容貌，集合为一个立体斑斓的大自然，岂是一个实数可能道的？时下，人们亲近大自然、欣赏大自然，特别青睐那斑斓多彩的立体景观，而罗平可以兑现这一愿望。

神品"爨碑"

曲靖历史悠久，作为云南中东部重镇，唐朝时曾留有南诏王的足迹，诸葛亮七擒孟获的故事也发生于此，而国宝级的文物——大小"爨字碑"，更彰显了曲靖历史的熠熠光华。

比之自然的神奇，这两块"爨碑"，可谓文物经典、文化瑰宝。1961年，大小"爨字碑"被国务院列为首批全国重点文物保护单位。

爨碑分立两处，一是陆良薛官堡斗阁寺的"爨龙颜碑"，一是曲靖一中校园内的"爨宝子碑"，俗称"二爨"。因体量差异，遂有大小之分。大者为爨龙颜碑，高3.38米；小者为爨宝子碑，高1.83米。大爨全称是"宋故龙骧将军护镇蛮校尉宁州刺史邛都县侯爨使君之碑"，立于南朝刘宋大明二年（458年）。碑文记述了爨氏家族的远祖墓主爨龙颜三代的官职经历及功绩。小爨全名为"晋故振威将军建宁太守爨府君墓碑"，为东晋义熙元年（405年）所立。碑文记录了爨宝子的生平及对其的赞美之词。

两碑距今已有1600多年。爨宝子碑在清乾隆四十三年

（1778年），出土于扬旗田村。先是被农民从耕地中得到，用来做豆腐压石，后来时任知府的邓尔恒偶然得知，亲历考察，从石碑上的文字，考证出那就是传说中的爨氏功德碑，将其移至城中的武侯祠，并在碑上题跋，记录了这个过程。于是，奇石成了宝物，惊动朝野，邓尔恒也名扬四方。大爨的发现也相似。埋没千年，只隐约见于史书，却没有得到实物证实。到了清道光七年（1827年），云贵总督阮元为编纂《云南通志稿》，得知元人李京的《云南志略》上的"爨府君碑"的记载，遂四处寻访，终于在城东南的薛官堡发现，并题跋"乃云南第一古石，其永定护之"，即命知州建碑亭保护。

因为这爨字碑，爨的历史成为关注点。爨氏为西南一大部落，自汉代以来渐为南中大姓，后在东晋发展为强权集团。三国时，诸葛亮亲征云南，平定南中爨氏后，收其俊杰为地方官吏，其中就有"建宁爨习"，后又"移南中劲卒"，充实蜀军。之后，唐代南诏崛起，爨的势力渐被削弱。

南朝沿袭晋制，禁止立碑，故碑刻极少，因曲靖南中少数民族地区政治文化的特殊环境，保留下来一个业已消失的族姓遗物，使这段历史有了实证史料。从碑题上看，大小爨碑属于墓志铭类，记录先人业绩，歌功颂德。碑中的爨姓两主人——爨宝子和爨龙颜，曾历大任，居太守之职，前者年方二十三岁即早逝，但碑文记载其功高业伟，也多溢美之词，可见族群文化的力量。碑文的词句见出当时的文章风格。大爨的词采富丽，文句有流行的汉赋骈文味，体现出边陲少数民族受汉文化的影响。有评论说，爨，作为姓氏早已不存在，作为部族也烟消云散，但作为地域文化，如一部历史答卷，在这块黝黑的石头上闪现，也隐含着爨氏的兴盛与消失的神秘因由。因此，后人多有研究并评价为"卓尔不群，独步南境"。康有为更是称大爨为"神品第一""已冠古今"。

因为风化日久，碑石都用玻璃罩做特别的保护，只能隐约地感知其形制神韵。站立碑前，我感兴趣的是，作为一个承载历史、研究中国南部少数民族的重要碑刻，一不小心，留下了书法艺术的一个体式、一种风格。爨碑的书艺、布局、点画，虽与隶楷章等有别，已然形成风气，因没有太多的后继者而形成流派，今有赖少其等书家，以及一些报刊的题名书艺，稍承余脉外，但不见于教材等书类典籍中。这些年，渐有变化，多为民间学书者们器重。作为独特体式和风格的爨碑书法，被专家认为是隶书艺术向楷体过渡的体现，是楷体书法的婴儿期。我以为，其风格因为稚拙的形象，点画形体的粗笨与放达，或为一些人所排拒。爨碑书艺，影响在民间。曲靖一中的小爨碑四周展馆，挂满了当地艺术家们爨体书艺的展览。从书艺、书道的发展看，这种古雅朴拙、大气方正的书风，为崇尚民间艺术的人喜爱、效仿。从爨碑到魏碑、唐楷的流变沿袭、发展与精进，书法史的研究，爨碑是不能避开的。

有意思的是，爨碑已成为曲靖的名片，文人们聚会也题名为"爨缘"，文化活动、雅集采风，也称之为"与爨雅行"。毕竟这一个生僻的汉字，蕴含无数神秘的元素，欣赏与诠释，是一个特别有意义的话题。更何况，一个曾经的部落的故事，一个消失的姓氏过往，引人关注，又平添几分神秘的意味。

文脉会泽

会泽是曲靖也是滇东北上的通道，自西汉时封制，设堂琅县，为云南较早设置的郡县，因从明清时兴盛的炼铜业，有"铜商古都"之称。传统的承续，千年文脉，如今在幽幽青石板上老旧街灯的明灭中体现，诸如铁铺、铜店，比如老味稀豆粉铺、铁艺的路灯下的旧式理发椅、一方古旧的门楣掩映的照相馆、那黄泥垒筑的屋墙上细弱的小草、抽着烟斗闲看路人的老翁，一一闪过。

我们是在仲夏的暮色时分走进它的。日暮苍山远，清风夜来客。这个有点沧桑的高原小城，比之罗平、沾益、曲靖、宣威等我们走过的现代色彩鲜亮的地方，气候更为清凉，其街景

在乎
山水间

和物象，有一种古朴散淡的味道。然而，却不可小视。

就说这会泽县一中吧，正值放暑假，学校几乎没有人，显出校园的阔大。学校创建于1926年，近百年历史，是滇东较为悠久的学校。院内有两大省级文物保护单位：文庙和容家祠堂。会泽文庙始建于康熙六十年（1721年），坐北朝南，由大成殿、崇圣祠、魁星阁、东西厢房等九个建筑，组成一个工艺精致的庞大建筑群。站在文庙台阶上，想象着这古老的建筑为校园所包围，读书声在高大的柏树上空回响，文庙也如同一个巨大的容器，深藏了文化的密码，佑护着每年来来往往的莘莘学子。

会泽城里，"嘉靖通宝"钱币造型耸立街头，昭示的是当年发达的冶铜业。东汉时期，会泽的铸造艺术诞生，明以后扩展，在清康熙年间这里成为重要的铜业基地，为西南一带的钱局制造提供优质的铜艺。明时东川府铸造的纪念币"嘉靖通宝"，如今收藏在会泽博物馆，为存世最大、最重的金属古钱币，直径为57.8厘米，重达40多公斤，入选了吉尼斯世界纪录的名录。

铜业促进了炼铜艺术的发展。会泽的"堂琅铜洗"（会泽两汉时为堂琅）曾在东晋常璩的《南中志》中有描述。另外，产生于明代的"斑铜艺术"，无须冶炼就能锻打成各类实用的、艺术的器物。1914年，会泽人张宝善曾以一把铜鼎锅得到巴拿马博览会奖牌。然而，传统手工艺在当下的转型，也是铜制艺术面临的一大问题。可惜，这一工艺已逐渐式微，手艺上的谨严和劳作的辛苦，导致后继乏人。

因了经济的繁茂，被誉为"铜都"的会泽，随着南来北往的商人，伴着马帮的铃声，为滇东闻名的淘金地。建会馆，修寺庙，茶楼酒店、钱庄当铺、油行商号林立，矿工匠人，不绝于途。先后有江西会馆等八大会馆，以及小的祠堂，林林总总，形成了独特的"会馆文化"，其数量也为全国县市级会馆之最。这批国宝级的文物单位，记录着当年边地的繁华，也是会泽铜商文化的历史见证。

最大的江西会馆，是康熙五十年（1711年）建成的，占地面积7000多平方米，三进二跨院落，有戏台、正院、后院。会馆起先为人们敬奉神祇所用，后来成为联络休整的地方，戏文弦歌，给予常在远方的人们以乡愁之慰。供奉的有祖上牌位，更多的是儒、释、道的高僧大德，各种文化交集，安抚不同的精神，满足心灵的需求。在建筑上，沿袭南方院落的"三雕"（木雕、砖雕、石雕）工艺，臻于考究。会泽大小会馆有近百家，当年发达的铜业，带动了滇东经济走廊的活跃，从富庶的南方过来的人们，建立会馆，实际上是各种文化融会交集的雏形。

关于会泽之名，有人说，曾经的沧海桑田，自然巨变，本意含有九水聚合之意。如今，这会泽，一个有点文学色彩的名字，寓意着丰饶、阔大。人们铸古钱币于街头，放大了历史上曾经的"通宝"造型，是纪念，也是期待：聚汇天下财富，广纳天下人才，泽被生民，通达而腾飞。

2018 年 8 月

在安溪喝茶想到苏东坡

"雪沫乳花浮午盏，蓼茸蒿笋试春盘。人间有味是清欢。"在苏东坡的众多咏茶诗中，令人难忘的是这首《浣溪沙》，虽是游历之作，却在赏景饮茶的平常物事中寄寓深意，茶与事、茶与情、茶与时光，尽显其中。

对于茶，我十分喜好，有点依赖，有如饭食，一日数餐，凡饮水多是热茶，外出坐车或开车，无论冬夏，都带上一杯。可我只是个简单的茶客，不大讲究。平时喝绿茶多，什么毛尖、瓜片、春芽、火青、银针等，精的粗的轮换着，多因北方干燥，为祛火除燥，亲近绿茶的清淡纯和。当然，也并非专一，有时青睐红茶或是乌龙茶，比如大红袍、金骏眉、冻顶、滇红之类，更多的则是早负盛名的铁观音了。

没想到，这就有了机会，走进铁观音茶的腹地。深秋某夜，在安溪龙涓乡一个群山环绕的茶园，住木制的华祥苑，与作家朋友世旭、阮直、青梅三人喝茶夜话。木楼板房，人一走动，吱吱作响，更显山野静寂。屋外，皓月如镜，山鸟啁啾，夜气明丽，可见影影绰绰的山坡茶林，话题由桌上的"金凤凰"茶，说到茶事、人情，也说到文事、世情。茶是闲聊助兴的一盘好菜。夜深人静，茶味渐淡，谈兴却不减，回房间了无睡意，就想起古人咏茶的诗文，苏东坡这诗油然浮现眼前。

在铁观音的家乡想起苏东坡，缘于诗，还是缘于茶？

历代诗文大家中，苏东坡与茶，留下诸多话题。据说，他写有50多篇有关茶的诗文。"且将新火试新茶，诗酒趁年华""从来佳茗似佳人""酒困路长惟欲睡，日高人渴漫思茶，敲门试问野人家"，这些诗句朗朗上口，意境清新，过目难忘，流传至今。他的千字长文《叶嘉传》，留下了中国诗文传统中写茶的别样风景，也为文章大家所镜鉴。文中以茶喻人，说茶议事，托物言志，描绘茶人叶嘉（有说是茶叶的拟身，脱化于陆羽的"南方嘉木"句）为八闽人氏，其德行清正，几可比肩时代人物。我好奇，东坡老人为何写此独特文字，他的"游记"文字多多，专门写人的却寥寥。文章大家，诗词宗师，为何对一个似有似无、寂寂无闻的福建茶人，有如此的描写和关爱？

苏东坡笔下的叶嘉，生活在闽西北建安、壑源（今建瓯）一带，离闽南安溪有300多公里之遥。我们在安溪喝乌龙闽茶，想象着他写此文的情景。900多年前，一代文豪、茶客，虽几番在江浙盘桓，杭州湖州诸地留足，并不曾行旅附近的八闽，却写武夷山一带的茶事，以"风味恬淡，清白可爱"的叶嘉，抒发一个文人的心志。东坡一生坎坷，"问汝平生功业，黄州惠州儋州"，颠沛流离，芒鞋竹杖，风雨无情，却性情豁达，超然自适，煮茶品茗，心性淡然，恰似他所咏吟的这茶人叶嘉的品性。

饮茶赏茗，唐代始盛；茶艺茶道，渐兴于宋。宋代以后，种茶焙茶，先是在西南、北方兴盛，后渐有东南之后发，海禁之开，丝绸之路的海上通道的形成，于是，闽中茶事也由武夷一脉渐成气候。苏东坡专为闽中茶人立传，也可看出当时福建的茶事在文人中的地位。他写的建溪茶，声名响亮，如今的安溪茶也属此一类。据考证，安溪在唐代就大量产茶，铁观音的名声是在清代以后渐为扩大。一说是清乾隆的青睐。尧阳乡的文士王士让，从家乡带去朝廷，赠予侍郎方苞，后呈贡皇帝，乾隆十分喜爱，见其乌润如铁，形似观音，赐以这个流传的芳名。这以后，铁观音作为乌龙系列的佼佼者，其声名日隆，广为流传。

有幸来到当年王士让采摘进贡的老茶树遗址，圈围起来的门楼上写着颂联，石碑上镌有"正铁观音母树"。母树约一人高，长出十数枝条，其叶青翠，瘦小得辨不出它的年份。为保护此树，专修有大理石的纪念牌楼，高六七米，更衬出它的矮小，旁边有当年发现母树并送茶给朝廷的王老先生纪念室。铁观音的故事，比起中国其他名茶来，已是简单得如小巫见大巫了。唐代，陆羽有专门论述茶叶的名著；汉代，茶叶与西域的交往曾是重要盛事。这个后起却独特的茶品，对闽南山乡经济和文化的影响甚大。清以降，因海上丝绸之路的延伸，自福建设立泉州港始，经济带促成了安溪茶叶的快速发展。到了乾隆年间，因铁观音的命名，如虎添翼，安溪茶叶逐渐走出山里，为世上知名。

中国的名产或名胜，多与文化典籍有不解之缘。比如酒，又如风景区，再如菜肴，甚至一石一树，等等，多贴上名人或古人标签，成为一种流俗。而只有这茶，好像还能守住自我，没有被庸俗风气浸染。即使像苏老夫子有这么多的喝茶的故事，写茶的诗文，不曾见有某某茶品与他套上近乎。从饮食文化和生活趣味看，茶，比之酒或菜肴，更有纯正的文化气息，更体现生活情调。三两好友，一壶在桌，素心静虑，超然自适，方可得其"清欢"真味。所谓茶道，道，是文化精神的升华，也是一种仪式和礼数。如苏东坡这些文人大家，从咏茶品茗中阐发人生，体味人生。作为茶客，他的诗文中，有对制茶、泡茶、饮茶的描绘，千百年后，这茶的味道，或许与当年他们品味欣赏的没有多大变化，但是，品茶之道、茶艺之术，却随着时光的流转，愈益精进。

作为一种经济作物，茶是安溪县经济支柱。安溪地广人稀，多山区，从贫困县到脱贫致富，连续六年获全国综合测评的百强县称号，短短十来年，安溪成为中国茶都，诚如本土诗人讴歌的"一片伟大叶子（茶）带来了巨变"。在2015年茶业博览会上，满城的茶香，熙熙攘攘的各地采购大军，我们见证了"这片叶子"的收获盛况。坐在古色古香的茶室里，安溪的朋友泡茶、请茶，尽显茶艺功夫。红木条桌上，置有专门器具，透明的玻璃杯放上一撮绿色的铁观音，手指压住杯盖，手腕轻轻摇动，洗茶，热杯，续水，慢工细活，温和娴雅，颇有仪式感。小口杯摆放成一个圆圈，清香四溢，一饮一品，轻取慢放。喝茶，是生理之需，享受口福，好茶养身；然而，茶叶来自大自然，"草木有本心"，团团绿叶，随水散开，喧嚣与浮华在此刻被隔绝，喝茶，养心怡情。做到这些，要有相应的心绪情怀。或许，我们说到的苏东坡们，当年看重的正是这些，不急不火，戒浮去躁，禅心而佛性，闲处静适，物我皆忘，我们从他的《超然台记》《定风波》《临江仙》等诗词中，不难领会到。

人间有茶，幸也；人生有茶，福也！

2015 年 12 月

在乎
山　水　间

冷暖兴安岭

　　森林是人类文明的摇篮，"森工人"是生态文明的守护神。

　　这是不久前在大兴安岭森林腹地、莫尔道嘎林业局留言簿上写的一句话。

　　几天来，从根河辗转得耳布尔，再到莫尔道嘎，穿行在内蒙古森林工业集团西部的几大林区中。盘桓林海深处，看不尽的森林景观，听不够的人文故事，品不完的北国风情，走上高高的兴安岭，茫茫的大草原，苍莽的大森林，60多年两支有关兴安岭歌曲的意境，不时在脑海浮现。看景，阅人，听歌，欣赏自然风物、生态人文、森林文化，感受良多。人类从森林中走来，"人猿相揖别"，创造文明，生生不息。如今，白云苍狗，世事变迁，森林担负起涵养人类文明和生态建设的任务，一代代林业人华丽转身，放下斧锯，由伐木工到护林人，成为生态文明的守护神、人类美好家园的卫士。

　　横跨内蒙古和黑龙江的大兴安岭，是一片神奇大地。无论植被林草、林区面积，抑或是人文历史、自然生态，以及"兴国安邦"（老舍当年著文对"兴安"二字的解读）、戍边守疆，它都有不可代替的分量。"大兴安岭林区是我国面积最大，集中连片，保存最好的国有林区，是我国重要的生态安全屏障和森林资源战略培育基地。林区生态功能区总面积为 10.6 万平方公里，森林面积 8.3 万平方公里，森林覆盖率达 78.4%。"内蒙古自治区林业局名称几经变更，然而，林业人的奋斗精神、担当情怀、初心使命，却矢志不渝。

一

这里是根河，一个有着"中国冷极"之称的地方，一个有着多样性物种的东北生态王国。密林深处，掩映着一条蜿蜒的河流，树木森森，绿草茵茵，小雨淅沥，河水氤氲，绿色林莽，点缀了根河的夏日风景。根河是额尔古纳河的一条主要支流，全长 420 多公里，蒙古语为"清澈透明的河流"，其名普通又不凡。早先是一条河的名字，悠悠千年，滋润了东北的广袤森林，养育了生活在这里的蒙古、回、达斡尔、鄂温克、鄂伦春、俄罗斯等十多个少数民族，20 世纪 50 年代成为一个林区的名字，现在是一个新型城市的名字。城市、河流、林区，"三合一"的名头、特别的地理位置，根河的名气渐渐远扬。

根河像一个热情的向导，引领我们穿行在林区国家级湿地公园。森林湿地，别有风采，其"地大物博"，藏珠纳玉。沿一条风景栈道望去，茂密的松树群落、妖娆的白桦林，是这里的主角，高大松树群密密匝匝，直插云天。樟子松伟岸坚实，红皮光滑；顾长挺拔的落叶松，霜皮溜雨；偶或一片亭亭白桦树，树干纹路如凤眼传神。松树笔直，高达二三十米，树龄百年上下；老树古柯，随手一指多是七八十年的老者，即使被雷电击中成为焦木，依然昂首风雨而不朽。这里也有地球上只在高纬度、环北极带才有的寒温带针叶林，即著名的"泰加林"。

风中松香袭人，树木参差，花草盈道，景随物变，行走在长长木栈道，并不觉累。路边隔上百十米，竖有湿地动植物名录牌，图文虽已斑驳，那些从没听说过的寒冷林带的植物名录，如长尾婆婆纳、老鹳草、绣线菊等，吸引我等不时地拍摄。步步登高，绿植簇拥的根河，一直在我们脚下，不同水域变换为不同形状，守护这宽广的兴安岭大森林。栈道高坡处，可观根河的经典风景：河湾逶迤，草木簇拥，流水赋形，呈中国书法草书的冷字形状，根河的冷极称谓在此天成，象形图式惟妙惟肖。

二

秋天的森林，时有小雨冷风。栈道前面是一片较开阔场地，一株倒下的大树横卧在绿色树丛，周边是开阔的草地，树干上褪色的蓝布条与紧挨的说明牌形成呼应，这是当年内蒙古大兴安岭林场全面停止商业性采伐的"最后一棵纪念树"。风雨八年，这株落叶松，树干如铁，从树桩年轮看属中生代，在高大的树丛中不算粗壮，然而，作为当年履行生态保护的承诺，停止采伐天然林，它的倒下，是一种无言的"壮举"。不远处立有一块宽大的木牌，呈翻开日历牌状，在茫茫林海，黑底红字分外醒目：2015年3月31日，一个不平凡的日子。

八年前的早春三月，林区天气阴冷，时有雨雪，三月的最后一天，在根河森工公司乌力库玛林场517工队，举行了全面停止天然林商业性采伐的仪式。20世纪90年代末，国家实施天然林资源保护，启动"天保"工程，响应国家号召，顺应人民"盼环保，求生态"的心愿，满足维护国家生态安全、保护生物多样性、建设生态文明的战略需要，也为了建造美好家园，作为东北特大的国有林区，放下斧锯，行动在先，义无反顾，功在当代，利在千秋。林区重点的生产班组517工队，成为重要历史时刻的见证人。那天，曾经喧闹的作业区，安静肃穆，人们列队注目，随着采伐能手王铁昌的电锯响起，最后一棵落叶松轰然倒下，人们系上彩绸，寄托对自然的敬畏、对万物的尊重。从此，林业人放下斧锯，从砍伐到养护，实施战略性转型。这棵停伐纪念树旁，几辆运送木材的拖拉机，排列如仪，无言诉说着那个难忘时刻。一长条简易木屋、数十件林业人劳作工具和劳保用品，生动讲述木材生产流程，以及林业发

在乎
山水间

展、林区变化的历史。

那个特有的伐木工具——弯把锯，十分醒目，那是三代林业人的"老友"。就在伐倒最后一棵落叶松后，这个传承了几十年林业人精神的老伙计，从王铁昌手中庄重地交给了林场领导。弯把锯与铁锤，是林区最有代表性、与林业人最有感情的"两件套"，在停伐纪念牌上，它们交叉叠合，成为一座时间数字与实物工具的造型，也是一个历史的纪念。秋雨纷纷，安卧的纪念树、停伐的日历纪念木牌，黑底、红字，肃穆、凝重。

"刀枪入库，马放南山"，令林业人心情不平静，停伐天然林后，放下弯把锯，扛起养护森林、生态环保的重任，也要寻找新生路。乌力库玛林场的517工队，当年木材生产的先进班组，停伐仪式上的承诺，言犹在耳，"林区不砍树，照样能致富"，从木材生产到生态保护，保生态、保民生、保发展，争当先进。他们想到，"高高大兴安岭"，有用之不竭的资源。林区常规的养护，老林业人的责任担当——春季防火、夏季防虫、植树，冬季监测调研，同时，打开思路寻生路。工队十数人集资，以股份制方式经营，对以前的生活区、宿舍、食堂，升级改造，利用林区的自然资源，打造森林文化体验场。掩映在林木花草中的一众平房，因地制宜，展现森林特色。屋前草地上，用枯树枝干雕刻成各类抽象的造型，有的像动物，有的像盆景，注重原生态、生活化，很接地气，一口东北火锅造型，成为一大奇景。散发出原木清香的房间，长长的条桌，留下当年工棚食堂的痕迹。集餐饮、住宿、度假、旅游于一体的新型"森林文化体验场地"，在静谧的森林中，平添了热闹景观。

正是蓝莓成熟时，主人端来两种大小不一的果子，晶莹挂霜，如小小宝石，野生的娇小回甜，种植的圆润硬实。主人说，林场应季水果多，停伐天然林，发展林下经济，有更多时间安排生活，大森林天然物种让林区人的现代生活，有了别样味道。

三

大兴安岭的林业主体生态功能区，总面积10.6万平方公里，在涵养水源、保育土壤、碳汇制氧、养护环境、保护生物多样性方面，作用重大，责任重大。

森林保护，防火唯大。消防有一支铁军，现代高科技为林区安全保驾护航。根河林业局的森林消防航空队，几架色彩艳丽不同机型的飞机在空旷场地上随时待命。然而，又不希望听到命令，负责人阎立刚说。他工作服上的航空应急救援标识牌，表明了职责，防火救灾以至救人抢险，是他们的日常。对

在乎
山水间

着荧屏上的图表影像，他说，林区消防是本职，救援也是职责，林区面积大，任务重，高风险多，特别是夏天防火，有牺牲、有血的代价，队员都义无反顾。

四年前的夏天，林业局副局长、林业专家于海俊就牺牲在救火战场。"真心英雄""兴安之子""全国优秀共产党员"，人们授予他众多崇高荣誉。2019年6月19日，一个偶然的火场事故，56岁的于海俊倒在救火一线。人们称赞他，"冲在前，不避险，用血肉之躯鏖战火魔"。在英雄的事迹介绍馆、林区红色教育基地，一张张图片，一本本日记，一个个实物，见证了英雄生前简朴的生活和严格自律的行为，一沓数十张往返探亲的火车票，叠成一本，是于海俊遗物中最让人动容的。茫茫林海，每天都上演感人的事迹，可歌可泣的壮举辉映静寂的大兴安岭，别有一番人文风采。

四

一个偌大的温度计造型，竖立在根河街头，让传说中的冷极之地有了直观形象，电子数据标注的是-58℃。时间定格在2009年12月31日，地点是金河镇内阿龙山的奥克里堆峰。这个经有关专门机构认可的"中国最冷的地方"，宣示了根河是"中国冷极地"。高高的兴安岭，亿万斯年，广袤无垠的绿色世界，森林、草原、河流、动植物，装点了它的奇瑰多彩。

　　中国冷极根河，自然风光与人文风华在这里交汇。因天气成为一大特色，而大兴安岭林业人的奉献，让根河这样一个寒冷之地，成为有温度、见情怀的地方。

2023 年 8 月

在 乎
山　水　间

弥勒的日常

这个滇东高原的县级市，有一个特别的名字——弥勒。

是巧合，还是有意为之？那个有着标准的富态笑脸，有"大肚能容天下之事"的赞评，博得信众顶礼，流传民间的欢喜神仙，不知从何时起，成了云南东部一个县级市的名字。套用时下说法，他或许是这个城市最有名的形象大使。

循名责实，不免好奇。有说若干年前，这个笑面大仙，风尘仆仆，盘桓于此，看此处风光人文绝妙，于是，不再云游，留有圣迹。若干年后，人们想象着这个美丽传说，也补充着这段故事。自清乾隆年间，就有了地名和县名；也有的说，这是源于彝族方言的音译，成了地名称谓。传说只是旁证，200 年以降，这个名字连同这个形象，让滇东的一个小城扬名立万。

有幸来这里，欲一睹"大仙"芳容。然而，盛夏的弥勒正值雨季，时阴时晴，没来得及见佛献花，就走进了一方水域。也好，这炎炎夏日，水汽淋漓，亲水得乐，万物生机，是旅行者洗尘静心的好去处。

这是一个叫湖泉的地方，偌大水面，盘踞城市一隅。水面初平，澄碧清流，周边有高大的楼宇和葱茏的植被相衬。湖泉之名多义，是湖也可见泉，有湖之浩荡，有泉之灵动。天朗气清，倒影绰约，水光潋滟，风烟俱静。远看一湖碧水，汤汤泱泱。近看，汩汩泉眼汇为小小流瀑，水声哗哗。湖畔设有长长步行道，水草夹岸，莲花灿然，更是有董棕这类南方特有的高大树种，扇形大叶，直指云天，仰视得见，如大鹏展翅。另有苏铁树，粗圆的身躯中鱼鳞似的皮与凤尾竹般的叶片，繁茂又妖娆。一夜小雨，烟波迷蒙，水中可见游鱼嬉戏、野凫悠闲，一派江南水乡景致。

这方水域涵养了城市生态，装点了高原物象。这里原是红河卷烟厂车间，紧临城区得地理之便，近年注重生态，打造城市的休闲功能，改造为自然生态景区，拓宽水面，修建步行道，以利休闲者亲近自然，逐水而乐。行走在湖畔，水汽氤氲，数公里景观各殊。岸芷生荷塘，天鹅戏小池，近水赏绿，眼中的一切变得格外温情和生动。小城雨量充沛，由湖泉辐射开去，绿树掩映的沟渠中，有人站在水中垂钓。高原上有太阳雨之说，第二天早上，沿湖散步时，一阵雨说下就下，湖泉的一角只有大树可赖遮挡，索性迎着雨水，逗弄水中花草。这是一个亲水的城市，油然生此一念。

弥勒是彝族之乡，彝族同胞在山岗上劳作，喜爱歌舞，"阿细跳月"是最具代表性的。彝族分有多支，阿细为弥勒彝

在乎
山 水 间

族重要一支，崇敬自然，爱好舞蹈，"大三弦一响，心动脚底痒"。秋收后，月光下，阿细人载歌载舞，丰收之喜，跳月之乐，与八方来客共享。遥远古老的跳月歌舞，是仪式也是精神寄托。一舞跳古今，"阿细跳月"已入选国家级非物质文化遗产。离市区20多公里的密枝山中的可邑村，是著名的原生态彝乡。正值"跳月节"，村中广场有一大堆木头，准备举行篝火晚会，岂料因一场大雨作罢。从邻县建水远来的一批客人不免扫兴。这时，村中食堂大厅，热情的祝酒歌让客人不虚此行。老旧长条板凳，油亮亮的方桌，满地跑的狗们，以及苞谷酒、土猪肉、山野菜、鲜嫩松茸菌，不一样的晚餐，杂糅着彝乡特别的风情风味。

可邑村四面环山，已有300多年历史。旧式砖瓦房、水塘、廊桥、古树，百十户人家，依山坡而排列。那天，天蓝得通透，绿色植被和黄红明亮的墙壁，在阳光下如童话般清美。偶见一家门口的瓜果摊，也有彝家服饰在现场缝织，如传统手工背心，全是由从山上采摘的一种禾草加工而成，结实美观，半年时间才缝制一件。村中设有非物质文化传习馆，再现了民族文化的风貌。

从村中高处往下看，房屋、通道，错落有致，像一个棋盘似的，繁复庞杂，不失严紧规整。村中几棵大樟树，枝丫旁逸，树荫如华盖，显出苍老历史。风雨百年，如今在现代文明的旅游大潮中，保有原生态、民族风的可邑，既要旅游开发，又要守住原貌，不失本真，无疑面临新的考验。村中位置明显的墙上，有各类壁画，有乡风民俗、村规民约，有儒家礼仪、励志故事，也有科技知识，等等，林林总总，多是一些专业人士手笔。曾经，老村古宅的旧与新、传统与现代如何协调发展，引起网民热议；而今，彝乡旧式的老屋，注入了形象图画，平添了现代文化元素，意义自不待言。

弥勒的另一个艺术村落，一个名为东方风情园的建筑群，在远离市区的小山坳上建成。远远看去，几个颜色呈赭褐，在青山绿草的坡地上似蹲似卧，有如野兽状的东西，这一组建筑是本土艺术家罗旭的创意。有可以容百人的音乐宫、高大的展览厅和休闲餐厅、书吧。因为设计理念以自然生命为主，中心音乐厅全是用本地炼制的红土砖垒砌，没有用钢板和钉子。音乐厅外形似酒瓶，色彩为赭红，彰显了当地的红酒、彝族的火文化与红土地文化的联结。艺术的想象也植根于乡土文化的创造，是生命力的体现。

离开前一天，来到锦屏山，威仪严正的弥勒佛，以 19.99 米的身高，俯视万物。从山顶而下，听住持讲寺院的故事，讲弥勒的欢喜布袋的故事，并不是特意用这个县级市名称做文章，而是这似乎已成了日常。在喧闹繁纷的现实中保持清静和自在，是难得的。弥勒，我们记住了它的名号，它的宏伟威严的大佛，它的小村小镇、山山水水。

2018 年 9 月

多彩神木

你知道神木吗？知道陕北，不一定知道神木；知道神木，不一定了解这个黄土高原上县级市的杂色光彩、物华风习。绿色的生态自然，红色的人文历史，古老而独特的"史前文明"；那历史悠久的宋代麟州（今杨家城）古城、明长城，广袤的尔林兔万亩大草原，塞上"候鸟乐园"红碱淖，以及美国《考古》杂志评出的"近十年世界十大考古发现"之一——石峁遗址，林林总总，风景斑斓。如神木人所说，黄土文化、黄河文化、长城文化、草原文化，在这里汇集，蔚为大观。

壬寅盛夏，造访神木，一改对陕北少雨干燥、黄土风沙的印象。夏天风景最是浪漫，万物葱茏，生命勃发，对同行的大多数人来说，陕北神木，既陌生又神往。

神木之名，响亮、易记、耐人琢磨，史上曾叫麟州，几经变迁，"金（代）以名寨，元以名县，明以后有遗迹"。关于其名，一说县志上记载，东北的杨家城高山上曾有三棵大树，远古时代流为传说，三株高寿"神木"，风华百代，沧海桑田，而变为地下宝藏、煤炭始祖，裨益后世，成了人们心中的神之木。一说是地名，来源于古人曾在石峁村的山头，修筑古堡，因为音调相近，日久天长，石峁成了神木。无论如何，一个神

在乎
山水间

奇的名字，仿佛天意神授，亿万斯年，一棵棵大树的根茎枝叶，经地壳运动，高温炙烤、炭化质变，"神木"成为"黑色金子"，在陕北与内蒙古接壤一带，生成优质煤田，至今仍造福于百姓。如此一来，焦黑粗实的煤块，是这方大地子民的福祉，神木，神奇之木，既是具体实物，又是美好向往和祝愿。

特殊的人文地理，古老的人文历史，优质的资源宝藏，后发优势的神木，在新时代的社会经济发展大势中，大步快进，迈上新台阶。

一

煤的黑，土的黄，眼下的神木鲜见其踪。

几天下来，行走于神木辖区山水间，不见煤炭身影，仅某次在远离城区的公路边，耸立的高大机架和写有矿名的单位，一闪而过。作为神木的龙头经济，煤炭厥功至伟，是基础产业，也是社会发展的动能，驱动了城市建设和社会发展的阔步前行。一个北方高原上的县城，近年来发生惊艳突变，经济指标和幸福指数有量化标准，最能体现城市建设。打造宜居乐业的环境，是为了百姓生活的便利和满足他们对文化的需求。就说这几横几纵的街道路网，如血管经络，连接并激发城市肌体的活力。

细微之处见精神。几天里，多次往来市区的"迎宾大道"，道路宽敞、笔直、整洁、大气，又讲究细节。对来访者来说，城市的门面是大道（马路），大道的面子看路灯——简洁的流线形状，颜色干净，灯杆上没有多余的挂坠；还有，行道树疏密有致，花木葱郁。夏日的神木，以特有方式迎宾待客。

黄土高原上的城市建设，对主事者是个不小的考验。神木人有自己的思路，顺势而为，利用自然，着眼人文。城区东西两座大山隔城对望，西部九龙山、东侧二郎山，如两座守护神，中间的沟谷平坝上的县城，黄河的支流窟野河穿流其中，借山形水势，打造山水园林，涵养自然生态，做美的文章。一个高原黄土上的现代化城市，有模有样。新老城区的规划，突出宜居。楼房的形状、外观、色调，新颖不失稳重，清雅和谐，不追求时尚，却有现代气息，蕴含人文格局。五年前建成的神木大剧场，如一枚张嘴的贝壳，吐纳文化，孵化艺术。每每车行在迎宾大道上，神木人说得最多的是车窗外的风景：二郎山的人文历史，九龙山的园林植被，悠久的凯歌楼，城区休闲打卡地，杏花湖，杨业公园，以及那条发源于内蒙古流入黄河的窟野河。

顶着烈日酷暑的高温袭扰，我从湿热的北京过来。因为高纬度，这里温差不大、湿度低，体感温度稍好。到的头晚，渐

在乎
山水间

淅沥沥的小雨下了大半夜，天气由燥热变得凉快。雨后神木之晨，空气清新，视线良好。住地不远处是新建的杨业公园，水光潋滟，花木扶疏，静静的九龙山，倒映在湖中，熙熙攘攘的人们，围湖晨练，城市的活力在百姓的日常中展现了。

面对远山近湖，我不禁伸展腿脚，呼吸高原早晨陌生的气息。想象着搜寻到的神木故事，与眼前的实景逐渐重合。青草绿树间，公园与街道交会处，有几块鲜亮的标语牌，写有"忠勇""创造""包容""共享"的大红字样，这是神木的城市精神。另有城市的LOGO，在朝阳下闪光，S形的曲线造型，有如展翅凤鸟，寓意了神木境内的风景特色：黄河九曲回环，长城蜿蜒绵长，又含有神木和石峁（新发现的历史遗存）拼音首字母的元素。脚下新建的杨业公园，因纪念"杨家将"而得名。有宋一代，神木的杨家城出了几代英勇抗辽的杨姓将士——杨业、杨延昭、杨广等人，忠烈英勇，流芳千古。近现代有贾家沟村的三妯娌，舍身救红军的英烈壮举，感动后人。忠勇，是对神木先辈精神的敬仰，也是对时代精神的阐发。不远处，一堵赭色石牌，图文并茂，文字是当年驻守榆林的范仲淹的名词《渔家傲·秋思》："塞下秋来风景异，衡阳雁去无留意。四面边声连角起，千嶂里，长烟落日孤城闭……"这首"麟州秋词"，是守护陕北的范将军有感于战事对家国的破坏，借景抒怀，抒发羁旅塞上，功名未遂的抱憾，磅礴豪迈，文意殷殷，是此类诗词中的翘楚。

中国诗文中的边塞题材，不只创造了文学史的辉煌，也丰富了北方大漠的人文景观。神木是历史上兵家征战要地，自黄帝以降，这里发生了诸多战事，有诸多文人武将在此留下诗文。关于神木（古麟州）的诗文，范仲淹就有著名的两首。唐代的韦庄、卢伦，明代的戴珊等也留下了作品。

城市风景有人文历史的光耀，有生态自然的加持，便有了丰赡的内涵，有了诸多亮色。如今，生态文化成为现代化城市建设的亮丽名片。尔林兔草原，是神木夏天打卡地，70平方公里的高原草地，涵养了红碱淖风景区。盛夏时节，绿茵茵的草地，艳丽的花朵，蓝天白云，牛羊悠闲，塞上江南名不虚传。绿色世界里，夏花点缀。格桑花清雅，蓝蓟花妖娆，绣球福态，马鞭草婀娜。一条约半公里长的"音乐公路"，是草原的独特景观。车行其上，于花海草地中，悄然流淌出草原名曲的旋律。在草原大风景圈的红碱淖，湖水富含碱性物质，又近毛乌素大沙漠，组成了杂色的生态景观。湖中有濒危的国家一级保护动物遗鸥。草地、大漠、湖泊、遗鸥、花海，天地造化，这些黄土高原上的生态硬核，成就了多彩的神木。

在乎
山水间

二

　　"东西咫尺分秦晋，滚滚黄河入望长。"这是明人戴珊吟诵神木的诗。黄河在神木有近百公里的流程，经历四个乡镇，形成了几字形的回环往复，一路南下，水润万物，广利民生，为千古风景。

　　天台山上看黄河，"一台览秦晋，二水锁烟霞"。以黄河为界，东晋西秦，相守互望，西侧从神木县城流来的窟野河，是黄河中段的一级支流，发源于内蒙古的鄂尔多斯沙漠地带，一路南下70多公里，在此与黄河交臂相挽。因为地势平缓，汹涌的黄河此时显得温顺静和，形成赭白色小沙渚，隐约可见牛羊来往。

　　天台山高约500米，山峰陡险，近傍河岸，势若高台。南北山峰，有约千米长的明代以来修建的建筑，寺庙、神殿、牌楼等。山势陡峭，楼台高耸，壁立河水一侧，如峭壁千仞，与平缓的河水，形成不同景观。天台南山顶上，宽大的崇寺楼后，一尊高10多米的石碑，直插云天。刘志丹东渡纪念碑屹立雄峙，为天台山至高，也是神木红色文化的重要景点。1936年春，驻守在陕北的红二十八军，移师贺家川，攻下沙峁头，在刘志丹和宋任穷的率领下，准备东渡山西，到晋西北参战，驻扎在天台山的寝宫殿。3月31日，红二十八军在红三军团和新三支队的配合下，强渡黄河，攻下了兴县罗峪口。刘志丹东渡纪念馆中陈列的数十幅照片，生动记录了陕北红军发展壮大的历史和刘志丹率部东渡开辟晋西北战场的事迹。之后，刘志丹率部由沙峁头渡河向兴县进发，连克强敌。4月14日，刘志丹在山西中阳县三交镇的战斗中不幸牺牲，年仅33岁。为了纪念刘志丹，神木人立下东渡纪念碑，大河高台上，让英烈精神与天地共存。

从纪念碑后侧，走到天台山南侧陡峭的脊背上，俯看黄河与窟野河的汇流处，经友人指点，依稀看见二河汇合口。当年渡河英雄踪迹无寻，流水无言，草木有灵，透过茂盛植被，小小野菊花迎风摆动，心绪有一丝沉郁。回看纪念碑、纪念馆，静静耸立。天台山高，崇峰楼巍峨，大河莽野，气象峥嵘，或许是对革命英魂的最好纪念。

三

神木，神木，神奇之地。20世纪20年代，干农活的老乡在高家乡石峁山头，不经意地刨出一些陶、石、玉器类的古物件，一时间，一个惊人的发现在神木秃尾河畔慢慢传开。曾有商人和文物贩子来收购玉器，之后这些玉器辗转流失海外。到

在乎
山水间

了 70 年代后期，西安和北京的专家多次到现场发掘，从此，这个被誉为"中国文明的前夜"的石峁遗址，令世人震惊，被认为是中国北方地区龙山文化晚期超大型中心聚落和区域政治中心。它由"皇城台"、内城和外城三部分组成。石峁古城遗址，说明当时的先民已经开始建城堡，筑工事，重防御，体现了最早城邦政治的物质形态，因此也成为考古中的重大发现。

这是神木的亮丽名片。神木的煤，神木的高原生态、红色文化，都是值得称道的，而石峁古城遗址，更是使华夏文明史的"探源研究"有了新突破。它被认为是新石器时期规模最大的石筑遗址，可与美洲玛雅古城、欧洲雅典古城相媲美，是黄河文明的重要历史文化遗存，也是中华文明探源工程的一个突破点。

在想象和期待中，来到四周多是高高低低的黄土坡、不太茂密的植被、大小不一的山沟褶皱共同形成的一个并不抢眼的旷野荒山。这就是石峁遗址。它安卧于黄土高坡，很平淡地展现在我们眼前。阳光明亮，照在被金属框和玻璃罩保护的遗址上（有资料说，遗址有 400 多万平方米，相当于 6 个故宫大小）。我们从那些实物图示中，辨识 4000 多年前的人类遗存的样貌，城堡、房址、土炕、石棺墓、石础、马角、瓮城、皇城台、玉器饰物，以及众多的陪葬品，等等。在直观实物和情境还原中，想象着那些曾经繁华的石峁部落，那时的风雨物象，那时的食物服饰、日常过活，那时的用度收益，以及人们的交往方式，等等。千年烟云如风飘散，石头的堆积物和那些锈迹斑斑的器物，累累若堵，静默无言。我们看到最多且感兴趣的是玉器、玉挂等玉的物件，以及至今仍然葆有色泽的陶艺珠片。自古以来，玉都是美好的象征。因此，石峁遗址的发现，也缘于民间淘出的各种玉器，经年流转，引起专家们的关注。

石峁遗址四周，山峦起伏，沟壑裸露，再远处是奔流不息的秃尾河，山水拱卫，遗址森然。在历史的长河中，石峁遗址成为一个独特存在，众多疑问等待破解。

我们参观时，听说石峁遗址的开发断断续续已有 40 年，还得用较长时间，说是上百年，我怀疑听的有误，正好那天午饭与陕西省石峁考古队副队长、文物专家邵晶邻座，他证实了长期的开掘之说。据邵晶介绍，石峁遗址是晋陕高原规模庞大且最完善的大型都邑性遗址，也是探索早期国家形成、国家形态与社会结构、区域互动与文化交流、人群迁徙与族群整合等的实证。"最新的发现，是在核心区皇城台的大台基护墙上。一件人面石雕，呈圆弧形，镶砌于西南角的墙体上。石雕神情庄严，并配有耳珰等饰品，是最大的单体石人像。人面的双眼外侧，呈弧状纹饰，威严庄重，疑是城堡主人'王'的形象。"

考古学家重实证，文化人耽于想象。我们想象着这个恢宏的古城逾 4000 年的气象。这里与新石器时代黄河流域的璀璨文明龙山文化一脉。那么，它与黄帝和昆仑城的传说，又有何关联？文明的星光，如何烛照远古漫漫长夜？有断代，有前行，实证要付出多大的代价？眼前这个遗址，或许为人类的这些探究，提供了可能。向邵队长问及，他没有直接回答，只是说，不间断的发掘就是要弄清楚、找到确切答案，所以是长期的。

无论如何，这个遗址，横空出世，意义非凡。以古论今，神木的煤炭，由地下"神木神变"，而石峁古城遗址丰富的玉石宝藏，是另一神物。

一木，一玉，双璧生辉，神木令人刮目。

2023 年 8 月

生命的红色

俗话说，字如其人，名如其实，是推理，也是现实。这"盘锦"两字，可谓名副其实，不就是将锦绣优美盘结一处，让美丽收归一地吗？

辽东盘锦，集优美、锦绣于一地。在盘锦市大洼区赵圈河镇的滩涂上，有一片著名的红海滩，远远看去，如同一方红地毯镶嵌在绿色大地上，艳丽夺目，大自然造物者如此厚爱，成就了盘锦名实相符的一片锦绣。

红色，是自然界三原色之一，在自然色彩中不足为奇，然而，当红色聚合为一种盛大规模，有了某种经典意味，成为一方世界的主色调、成为大自然鬼斧神工的创造时，你不能不惊骇、震惊。

尽管之前在照片和影像上略有了解、在新闻媒体上有所耳闻，可是，当真正站在它的面前，面对这片著名风景，那一刻，你不得不为之感叹、惊羡，生发出吟诗作赋的激情，不如此，觉得对不起这片美丽。你想象它们：红得发紫，高贵如许；红得鲜亮，生机盎然；红得苍茫无边，连绵蜿蜒；红得热烈旺盛，如圣火之庄严，似朝霞之灿烂。你还可想象，在那海天一色，在阳光、大地的映衬下，这红，朱红、紫红、褐红、殷红、血红、深红等，有如上帝彩笔点染，也是色彩大师们的匠心独运。天工云锦，神奇无限，有如天地间一次大美的展览。

造化钟神秀。自然界的至美，是上苍给予人类的厚爱，却总不能偏爱于一地，这又是造物主的公平。本来，渤海湾这平缓的辽河流域，没有大山深壑、草地林莽，一马平川的景象也许是平面而单调的，然而，有了这红色大美的海滩景色，有了这偌大芦苇荡，景色无双，这大洼美景，盘锦名气，遂不胫而走，芳名远播。

海风轻轻的，像是温柔地为这片红色美景掀开了帷帐。近午阳光热烈而多情，万物生机盎然。此时，海滩喧闹起来，人们通过九曲回廊栈道，走向海水上方，就近观赏。这被称为"红色精灵"的海滩红，来自一丛丛、一蓬蓬名为"碱蓬草"的草本植物。它们或半米高或尺把长，挺立着，顶端上几片翅状的叶子红红的，在微风中轻轻摇动，在淤泥中张扬绰约风采。碱蓬草叶因了盐分的吸入，有了矿物质滋养，在大自然的综合作用下，变成红色精灵。因是自发自生，不规则地在滩涂上分布，枝叶虽瘦小，却密密匝匝，形成了一片片红色阵营，形成了茂密繁复的红色景观。这红色沿海岸达18公里长，有的执着地追赶着海水足迹，一直延伸到海平面中。因依傍在芦苇湿地旁，这红色有了绿色的护围，绿中见红，如同红宝石边上镶嵌了一圈绿环，尽显华美。间或，高过丈许、密密实实的苇秆，在海风吹拂下形成一股股绿浪波涌，不远处是苍茫幽深的大海，动静相宜，红绿配对，偶尔有海鸥或鹤群飞过，展翅鸣叫。这水中、地面、天空，大自然勃勃生机，仿佛演绎着一场生命的合唱。

海滩的红是主角。这神奇的红，学名为碱蓬草，当地人习惯叫荒碱菜，觉得顺口、亲切。它是现存的唯一可以在海滩盐碱地上生存的植物。从何时起，有了如此艳丽的红色生命，为海滩奇观；或者说，从何时起，人们认可了它的美丽风采，不得而知。从当地人的称呼为"菜"中，可以想到，它当年与人们的亲密关系。作为一种食物，果腹之用给人留下了难忘的记忆。又是何年何月，人们发现了它的美丽，满足审美情趣之需？好像当地朋友也没能说得清楚。无论是作为口福之物，还是当前红红火火成为审美之景，这海滩红，忠于职守，年年岁岁如期而至，与人有着深刻的亲缘之好。每在初夏四月，萌生新芽，先是呈浅红色，而后慢慢变化，到秋季红得最为厚实，深沉浓烈。长达半年之久，在不同时序各有所长，都可各擅其胜，这有别于其他的花事景观，因此才为人们所赞叹再三。

有意思的是，这精灵般的小草，在如此简陋单调的条件下，生存，绽放，主要是以叶片的色彩组合，为人间展现美丽。它们瘦小柔弱，在光秃秃的滩涂淤泥中，顽强地扎根，以海水盐分当养料，绽放生命。不需要人工播种，不用人类劳作付出，甚至其种子都飘散于天地之间，是一种天然的景观。有人说它们是"最无私的美丽天使"，一任风吹雨打，扎根在贫瘠的盐碱滩，无论是海浪的涤荡，还是潮汐的冲刷，抑或是飞鸟践踏，仍守着承诺，如期绽放。所以，有文章称赞说，海的涤荡与滩的沉积，是红海滩形成与发育的基础；碱的渗透与盐的浸润，是红海滩红似朝霞的条件。诚哉此言。

禁不住好奇，走下栈道，看见一棵孤零零有点弱小的碱蓬草，想近距离看一下它的真实面孔。这有点离群索居的小草，孱弱得也就是筷子般粗细。太单薄了，简直就是一个未成年孩子，同行的朋友这样感叹。许是刚退潮的缘故吧，它的躯干上还有不少海渍污泥，尽管如此，红的叶片在夏日阳光的洗礼下，仍发出些许光泽。因为太矮小，必须蹲下身子才能看清它的模样。我们用手为它拂去污渍，真想让它多承受些阳光丽日，经由光合作用把身子调养得壮实些，去与那海水盐碱侵蚀的泥淖滩涂抗争，为天地间献出更多美丽。几次想拔起它，但觉得在这样的环境下它能长大，殊为不易，未敢伸手。不远处，各个观景点上人头簇拥，在一丛丛、一堆堆的大红景致旁，照相、欢呼、嬉戏，热闹一片，更显出这株小草的孤寂。

碱蓬草是无私的。无论是热闹的白天还是寂寞的夜晚，不管是晴天还是雨中，都真情地绽放美丽，年年岁岁，如期而至。大爱仁厚，桃李无言。不因为气候环境的险恶而爽约，也不因为人们的蜂拥而至而自炫。它的美丽是一种常态，它的生命是强旺的。于此，它丰富了大自然奇妙的色彩世界，赋予了一种常见的颜色新的意义，让古老的辽河入海口和同样古老的大洼城，有了一张著名的名片——红海滩，因为自然天成，也因为形象地蕴含着生命意义。

2014 年 8 月

在乎
山 水 间

扬中：一条鱼的美味

江苏扬中，似乎不太为大众所熟知。这个县级市，周边的城市名气太为显赫，镇江的古雅、扬州的繁华、常州的别致、泰州的沉实，都是扬中一个个颇为响亮的背景。在江苏，众多名城集中在风华绰约的扬子江一带。当然，作为江中的岛屿城市，其风华锦绣，自有风采，自是精彩。

"江流宛转绕芳甸"，一条江流带出一串人杰地灵、物华天宝的城市，而镇江所辖的扬中，就是其中一颗明丽的宝石。这样说并不过分。这颗明珠，不是石头的质地，没有那般雍容华贵，而是江水浸润，柔和纤美，贴近人性，是有生命气韵的。单说这物产，就不同于别的地方。长江的水产丰富，最为名贵的要数中华鲟和河豚了。由于种种原因，中华鲟几近绝种，是国家一级保护动物，而这里的另一种鱼，就是在美食中大放异彩的河豚。

在扬中的长江边，有一个巨大的河豚雕塑，其高度足可以让人在这个城市的诸多角落远眺而望见。一条鱼作为雕塑置放在旷野，还有一些场馆的外形也是河豚造型，显示了鱼文化在扬中的地位。宋代大文豪苏东坡当年在比邻的常州任职时，对河豚的美味发出了感叹，写下了流传至今的名句。据说他起初看到河豚并不敢吃，一直犹豫，后来说要冒死吃一次，吃完后，他大笔一挥，写下了"正是河豚欲上时"的名句。诗句中不说味道如何，只说欣逢其时，躬逢其盛，老先生吃没吃这番美食，遂成了千古话题。然而，由于苏老夫子的青睐，这鱼游走于历史和文学的典籍之中，成了有趣的民间文学。在扬子江流域，这鱼肉质鲜、有剧毒，美味与风险的诱惑与挑战，令人向往，因此成为长江中下游城市的地方名吃。而有着得天独厚的地理优势的扬中，更是将这一美味发挥到极致，使其成为一张宣扬城市文化的名片。

每年的河豚节就不必说了，街头林立的河豚餐馆，一到烟花三月，水丰鱼肥之时，访者云集。大快朵颐对大众是最有号召力的，何况，长江在扬中分流出的双水汇合聚首，沉积为一个生机盎然的江中沙岛，生态独特，吸引着众多旅游者。自清代以来，这里几个岛屿先后开埠。城市因水而生，小巧灵动，就有了生态的独特优势。扬中注重对这张名片的挖掘，整理出"河豚文化丛书"，举办河豚美食名师大厨的评比，获得"中国河豚之乡"的称号，形成了多方位的河豚文化。那天，我们在一条僻静的巷子里，见识了中国特级烹饪师孔庆璞的独门手艺。同别处河豚的做法不同，他独创火锅宴，鱼的全身，无一不用来涮煮，而且有生拌，如同日式料理刺身吃法，仅配佐料如芥末之类就可生食。本来，河豚的剧毒就为人所忌惮，偶有中毒的记载，眼前的生食，即使尝试过河豚的人也是头一次见识，不免有所顾忌。只见主厨孔先生并不急于动员大家下筷，他先是一番自古至今食用河豚历史的介绍，再对鱼身躯部位进行解剖讲解，让众人放心食用。他把河豚最具毒性的眼珠和肝脏，放入火锅煮沸，再轻轻地放在一位女士盘中，也许尊女士为先，或者想试试其胆量。但他的一番专业知识介绍和大师荣誉的招牌，并没有给众人壮胆，座中一片沉静，女士更是面有难色。然而，孔先生并不按传统的做法——厨师自己试吃，"以身试法"，他仍然在说有关河豚的美味特色，河豚的美食与名人逸事，关于河豚的诗章文字，等等。不一会儿，席中有了一位侠客，率先吃了鱼眼后说，好味，好味，这才在轻松的气氛下，有人说学学苏东坡，冒死一回也值得。一旦试过，不厌其鲜，豪迈地做了一次特别的美食家。这个有点家宴式的聚餐，全是一条鱼的宴席，是关于河豚文化的启蒙。初识这道菜肴的人，与其说是在做食客，不如说是在听讲座，生动丰富的河豚文化，也许是吃这样一条鱼特有的滋味。

于此，我们进一步得知，世界上河豚的品种有数百种。扬子江一带多为东方豚。因它的鲜美、它的毒性，人类早就对它有所认知。左思的《吴都赋》、李时珍的《本草纲目》等书对河豚都有记载。早春二月，东方豚自外海到江河咸淡水交界处产卵，再洄游长江，奔波逆流，四五月份到扬子江，年年如此，千辛万苦，初心不改。迢迢洄游路，是野生河豚的成长路，也是生命的艰辛历程。据说，河豚洄游生长最佳的距离是从入海口到扬中一线凡300里，这样才长得肥硕健壮，加之以扬中特有的一种秧草植物为佐料，鱼更是有种别样风味，所以有"吃河豚在扬中"一说，也难怪扬中人把偌大的鱼雕塑张扬在城市的门面上。

一条鱼的雕塑，是一个景观，以此打造城市文化亮点。或许更主要的是，借此对自然生态的保护有一个形象的提示和警醒。如今，人们的饮食口味越来越挑剔，敢吃会吃爱吃，视为平常。千百年来，一条鱼成为春江水暖之时人们的口福之乐，也为扬中带来不小的人气和名声。所以，在生态保护方面，特别是对水质的监管保护，涵养鱼类生存的水源方面，扬中人因受益所以清醒。可是，时下，江湖河海被过度开发利用，生态破坏，资源渐失，竭泽而渔，水流浊污，可惜可叹。因而，野生的鱼类，特殊的种群，以及儿时的河鲜口味，过往的水清天光，对于我们都成了稀罕之物，或者变了味道，我们还能够享用古人当年"蒌蒿满地芦芽短"的生态吗？饱享自然美味后，人们对于赖以生存的环境，给予衣食之享的大地万物、自然生

在乎
山水间

灵，应当有什么样的认知？会有足够的敬畏心吗？

或许，扬中这条鱼的雕塑会给我们一些警示和思考。

2018 年 3 月

秋天的莫斯科

暖阳下的老人

　　刚刚度过北京的金秋，没想到飞行 6000 多公里，来到纬度更高的莫斯科，仍然是一个深秋。这秋意似乎更浓更醇，像一坛老酒，扑鼻醉人；像一幅色彩斑斓的图画，驳杂而不妖冶，浓烈而不滞涩。做这样的比喻，自然想到了俄罗斯这块大地上的两件物事，一是伏特加烈性酒，一是列维坦著名的画作《白桦林》。味道的深沉和色彩的浓郁，都可证之为我对于莫斯科秋天的感觉。

　　我们是午夜到达谢列梅捷沃二号机场的。驱车驶向市内，道路两旁稀稀落落的树丛，在夜色中显得杂乱零落。机场路也并无特色，没有多少车子，路旁有一些大吊车支棱着，不时听到施工的声音。像世界上其他的大都市一样，市区向郊外发展，到处大兴土木，初来的人对这里的第一感觉是像一个大工地。然而到了市内，灯光越来越亮丽，宽敞整齐的街道和巍峨宏伟的建筑物，使你感受到另一番景象。看看表，已是凌晨时分，行人稀少，可是那些造型各异的霓虹灯，却在夜风中激情灿烂地眨着眼睛，不禁令人想起：这里的黎明静悄悄，莫斯科

172

在乎
山水间

的夜晚，宁静中透出生动。

莫斯科有些建筑称得上高大辉煌，同西欧的建筑风格多相近，但又有别于雅典风格或罗马派，自成一格。厚重中有轻巧，沉稳中有机敏。克里姆林宫、红场高墙等，记录着历史变迁的建筑群，在秋天长风中，有些冷寂，而依然伟岸地耸立着，流连这些宏伟的经典建筑，让人顿生敬畏之感。尤其在夜色朦胧中，愈发让人产生面对高大历史建筑群的特殊心绪。

秋天的莫斯科，最为灵动的是那大自然的秋色。那北方植物在大自然的造化中，生成一种巧夺天工的自然底色，那色泽深沉，极有分量，是一种生命成熟后的金黄。

我们住的使馆招待所门前有一条被称为"哲学小道"的幽静之路。这是一条宽广的街头林荫带，高大笔直的白桦树和各种杂树，在秋风中摇曳，走在这里容易触发灵感，也许当年当地文豪们也曾在此留下足迹；邻近这片林荫带的是莫斯科大学的植物园，数百种植物茂盛地依偎着。有天晚上，我们散步到门口，探望过去，见树木森森，罗列如仪，感觉是一个深邃的生命之渊；在它的不远处是穿城而过的莫斯科河。这林荫密匝的小路、杂树丛生的生物园、弯曲逶迤的河流，相依相伴，许是哲人思索的好处所，在林荫道的座椅上，不时看到有老者们三两结伴抵掌而谈。秋意烂漫，长天寥廓，为喧嚣的尘世增添一份情味，智者喜静，仁者乐景，自然有情，孕育着无限的诗意。

使我们充分领略到莫斯科的盎然秋色的，是一次郊外的不期而遇。那种秋色，是一种以金黄为主调的复合色彩，是高大的北方植物在大自然的造化中舒展而出的生命的色彩，不是涂抹浸染，而是从生命中孕育而出的。这种艳丽、浓烈、深沉、厚实、纯粹的黄，是我平生第一次感受到。

那天，莫斯科的天气格外晴好，我们来到莫斯科的郊外，去著名的孔采沃住宅区，拜访20世纪50年代多次到我国帮助工作的老朋友阿尔希波夫的遗孀卡佳。这是一个相当考究的住宅区，在一座二层楼的房子里，我们见到了老人。她已80多岁，对43年前陪丈夫到中国看到的景象仍历历在目。在她的客厅里，我们喝着咖啡，听她讲述着当年与中国朋友交往的故事。她一身暗绿色的长裙，稍显富态的身子，像大多数的俄罗斯老太太一样，举手投足十分敏捷，目光炯炯。说起中国来，她沉浸在回忆中，说到过中国的一些地方，也偶尔夹杂几句中国话，向我们莞尔一笑，亲切而和蔼的样子，把我逗得笑出声来。老人拿出阿尔希波夫生前同毛泽东、周恩来、陈云等人的合影，拿出薄一波亲赠的《七十年的奋斗与思考》等三本书，深情地回忆往事。享用着她特意准备的茶点，我们共话友谊。

她说，到她家的中国朋友很多。她竖起大拇指称赞中国朋友没有忘记她的先生和她的一家。她回忆起三年前故去的丈夫同中国的交往，语气沉重。老人在客厅摆放着一些中国的工艺品，墙上挂着一幅清代的仕女图。最引人注意的是那张由我国肖像画家、俄罗斯文学专家高莽先生画的阿尔希波夫画像。因与画家熟悉，我提议与老人在画像前合影，她整了一下衣着，很慈祥地笑着与我们一一合影。这张相片，回国后我特意与高莽先生提及，高老先生也说，卡佳是老朋友了，特别有风度的俄罗斯老太太。

由这幅肖像，我们想起当年正是阿尔希波夫这样一批专家到中国，建立了中苏两国人民更深厚的友谊。那时，我还是小学生，从课本上知道了苏联、苏联文学，知道了苏联专家。20世纪50年代，中国建设的大工程武汉长江大桥，就是敬爱的阿尔希波夫同志和桥梁专家西林同志指导修建的。在我们这一代人中，苏联和苏联的文化，对我们的影响是至为深厚的。而作为两国友谊纽带的这一批老专家如今都已作古，化作了天地间的一缕金黄，令人唏嘘感叹。据陪同的俄罗斯朋友介绍，因丈夫多年工作在中国，卡佳女士默默地承担起家务，放弃了自己的工作，支撑起这个有四个孩子的家庭，是一位具有国际主义精神的"贤内助"。

从她家出来，我们惊奇地发现这个住宅小区包围在一片金黄的美丽秋景之中。我们看到了满眼的金黄。一大片黄叶密布的树丛，这些叫不上名字的树，高大挺拔，是黄栌红枫，还是银杏？那黄色的叶片，密布在伟岸的树干上，兀自张着圆圆的小脸，它们并没有在深秋中萎蔫，阵阵微风吹来，少许的黄金叶片，飞舞着、旋转着，下落到那如黄金地毯般的小道上，聚合叠集，装点着周围的秋景。原先绿色的草地，被这簇簇金黄盖上了一层金灿灿的"名贵地毯"，走在上面舒适软和，似觉奢华。倏地，一阵稍稍大点的风吹过，眼前的黄叶，有如精灵般舞蹈，雪片似的飘落在我们的脚下。黄叶萧萧，秋风飒飒，这秋天的小精灵，妩媚地展示着金秋的斑斓。虽然同是一个城市，大使馆区的秋景远没有这般深沉，黄色的分量也没有这般执着凝重。好景流连，不舍归去。毕竟天近向晚，我只好拾取几枚金色的叶片留作纪念了。当我们的车子就要启动时，远处卡佳女士正在二楼阳台上向我们频频招手。

汽车驶出莫斯科西郊孔采沃，远远看到掩映在一片秋色中的阿尔希波夫的家，年逾八旬的卡佳老人，依傍在阳台上，向我们的车子注目。我们感受到这位慈祥的俄罗斯老人对中国朋友的一片情意。

此刻，暖阳和煦，秋风仍不断地梳理着那片金灿灿的树林。莫斯科的秋天，在我的印象中，是一个老人的故事。

圣女墓的色彩

"公墓"这个词语，好像是针对外国说的。国人有坟墓，有乱坟岗子，当然也有公墓的叫法。可是，在我们的思维习惯中，公墓更多的是一种埋葬和陈列骨灰的地方，或者，一个举行送别仪式或排场的地方，一个奠祭和挽悼的场所，而缟衣素面，冷寂肃然，悲伤离别，是人们不太情愿来的地方，不像在国外，公墓是展示文化和艺术的十分重要的场合。所以，公墓的本意究竟是哪样才确切，真不太明白。去过巴黎蒙马特高地的拉雪兹公墓，这回到了莫斯科的新圣女公墓，而更多的是在家门口的八宝山公墓奠祭。

莫斯科的金秋色彩，以黄为主打色。满眼的树丛，在秋的涂抹下，一片明黄，一片绚丽，风吹过，落叶飘飘，萧萧飒飒的情景，更是一派肃穆。在这秋意时光中，我们来到莫斯科新圣女公墓。对其名称，我查过后发现叫法不一。但是，它属于大众公墓是确证无疑的。

没有想到，这声名远播的公墓，在市区很不起眼的街道上。那天，我们在另一地方公干后，径直来到这里。莫斯科的街道大都比较古老，但气势宏阔，接近西欧风格，罗马式的高大，哥特式的峻峭，较为壮观。有些街道路面宽敞，绿地不少，而且居民区的街道也开阔，间距轩敞，树木森森，显示出历史悠久的大都市气派。可是，来到这公墓的街道，嘈杂喧闹，望着它那简陋低矮的大门，难以想象这里安葬的是一些有身份的亡灵。

那天，莫斯科的天气有点阴沉，与这活动的氛围相像，大家情绪压抑，所以看到墓园门前交错其上的杂七竖八的电线、门前乱糟糟的马路，我的兴趣打了折扣。可是，我们访问团领导高先生多次到过俄罗斯，他说，这里值得一看，墓葬文化会让你感到不虚此行的。

站在对面再看园门，两根立柱被涂成深黄色，有点像莫斯科红场的颜色，其高度有限，没有标记，没有特色，如果不是介绍，会把它当成一个平常的园区而已。进入园内，感觉是一个安静的处所，园外嘈杂的市声，更衬托出这里的安静。这里没有多少参观者，没有守园人的指点，也没有巴黎那庞大的陵墓所必须有的方位指南。眼前的一件件墓雕，用料考究，造型精美，虽然制作年代不一，但看得出在选料、加工、设计、造型等方面都有整体的讲究，给人强烈的感受是，仿佛这不是一座埋葬亡灵的院落，而是一幢琳琅满目的艺术宫殿。千姿百态，美轮美奂，精雕细刻，让每件作品都成为艺术，都富有生气和生命力，展示了俄罗斯墓园文化的品位。据说，新圣女公墓是莫斯科一个较大的墓园，不分贵贱，无论尊卑，都可以入葬其间；平民百姓，名流贵胄，都可有一席之地。当然，场地有限，就要经济的杠杆起作用了，这也是必需的手段。

陪同我们参观的翻译官安德烈，是个机灵的小伙子，几天来同大家混得很熟，因在北京大学留过学又在驻北京的使馆工作过，时不时还同我们说几句北京方言，开个玩笑。在园内，他也弄不清我们找寻的一些人所在的位置，他说，这里没有按官职大小，也没有按姓氏笔画，不太像你们中国人的习惯。安德烈从进园后就很平静，他言语不多，专注地盯着我们，照顾我们这些黄皮肤"老外"。其他场合，比如在红场，在阿尔巴特街，在莫斯科的跳蚤市场，他都详细地尽自己的所能多做些介绍，让我们这些"老外"也像他们到了北京天安门、故宫、王府井等地一样，至少有"到此一游"的满足。他特别照顾我，有时用北京腔的汉语翻译，有时用手势比画，我也凭着对俄罗斯文化的一知半解，想象着这些墓地的文化，想象着这些寂寞的主人生前身后的故事。

没有多少干扰，倒可以静心地盘桓浏览。这里占地不算大，比起一年前去过的巴黎拉雪兹公墓来，稍小一些，但其建筑风格更显艺术。

公墓顾名思义，是普通人公享之所，还是历史上有突出成就人物的荣誉之所。人生在世，或热闹不凡，或平淡无奇，或轰轰烈烈，或冷冷清清，但都要入土归葬，如果体面些，就有了墓碑什么的，让灵魂有个安息之地，让漂泊的生命有个归处。眼前的诸多曾英名远播的人物，到头来绚烂归于平淡，寂寞身后事，有了这方圣洁安宁之所，有众多的参观凭吊者，灵魂可安息了。

同行者中，除团长外，年龄都相差不多。我们这一代人，少时就接触苏联文学，多年来，同苏联、同俄罗斯有着不可释然的心结，终于有了机会，亲眼见闻这些曾在心中引发遐思和联想的人物背影，这一切的一切，让我当时的心情说不出是什么。作为一个参观者，一个与这块土地无关的来访者，我可以更为清静地面对这些曾辉煌的人物，人事有代谢，往来成古今，可以冷静地游历、参观、品味。我们从这些冷寂的石头中，从大手笔的点化和艺术的创造背后，认识这里的文化，阅读某种凝固了的历史的断面，寻觅那些曾经影响我们一代人的精神偶像。作为一个观光者，面对艺术的和历史的这片墓园，面对逝去的和方生的，心仪、崇敬、探求，心中五味杂陈。

想着这些，再看那静默的块块石雕，周遭无语。此刻，安德烈和我的同胞们也不知在何处。我俯身在一个认不出碑文的墓碑旁，轻抚着那簇簇鲜花掩映的墓碑，黯然地伫立着，端起手中的相机，走马观花似的寻找心中"熟悉的面孔"：文学家契诃夫、屠格涅夫、奥斯特洛夫斯基、法捷耶夫、马雅可夫斯基、托尔斯泰等；艺术家肖斯塔科维奇、乌兰诺娃、列维坦；政治家赫鲁晓夫、葛罗米柯等；苏联女英雄卓娅；飞机设计师安德烈·图波列夫；等等。这些知名和不知名的精美雕像……让在我的心灵底片上显影过的人物再次进入相机之中。

在这些艺术的石头上（请原谅我把它们当作一个个艺术品了），我印象最深的一是小说家契诃夫的墓碑，一是政治家赫鲁晓夫的墓碑。契诃夫的墓碑如一幢小房子般，或者说是一个侧面山墙的剪影，白的底色，中上部画着一扇窗户，高不过一米，上面写的是契诃夫的名句："简洁是才能的姐妹。"另一个是政治家赫鲁晓夫的，是由一块黑白对立的不规则的石头雕成的。据说，当时为制作这块墓碑曾遍寻艺术家，后来，有一位艺术家以赫鲁晓夫的黑白两极的人生为灵感，来描绘后世对其的评价。如同这两位人物的墓碑一样，每一个雕刻家，都从墓主人的身份、经历，以及从业成就等入手，展示出不同的特色，巧工匠心，可谓是一个艺术的大观园。据说，俄罗斯全国有不少墓园，一些大文豪、大艺术家像普希金、列夫·托尔斯泰、肖洛霍夫、柴可夫斯基、列宾等，并没有安葬于此。相对于博大精深的俄罗斯文化，这小小的墓园只是沧海之一粟，但我并不遗憾，在这里与那么多的俄罗斯文化巨匠神交，足以让人得到些安慰。

我们去的时候正值俄罗斯的深秋，浓重的秋色把莫斯科的街景涂抹得绚丽斑斓。在公墓里，几乎每座墓碑前都有鲜花，或是长期栽植或是临时供奉，在秋阳的映照下，艳丽而灵动。在不远处，高低不一的树上，萧萧黄叶和深绿的青叶杂相交错，使这里充满着生机。

我们要离开的时候，看到不远处有一群人和一大簇鲜花围着，原来，那是不久前离世的苏联总统戈尔巴乔夫的夫人赖莎的墓地，人们来悼念，送了鲜花。有意思的是，几位穿着时尚的妇人在墓前闲聊着，也许，这里的艺术气氛，使其成了一个休闲去处，或者，公墓的文化原本就是这样。在这里，可以说主人的故事，说见面者的闲事，也可评点墓园艺术特色，抑或只是家长里短，见面寒暄而已。鲜花与艺术，并不只是悲伤、沉痛。人们纪念故人，表达心愿，聚会闲聊，或许是公墓的"公共性"之义。

1999 年 10 月

在乎
山 水 间

寻芳车八岭

到车八岭不易，从韶关丹霞机场出发得两小时车程，山重水复，林深路隘，却草木苍翠，野花亮眼。所谓"山川相缪，郁乎苍苍"，车八岭被称为"一本待打开的绿色天书"。

说起车八岭，多数人不一定知晓。车八岭位于广东韶关的始兴县，南与江西全南县接壤，面积 7000 多公顷，20 世纪 70 年代为林场，1988 年成为国家级自然保护区，2007 年加入"世界生物圈保护区网络"，成为我国第 27 个享有"世界生物圈保护区"美誉的国家级自然保护区。

粤北山路奇险。"非常之观，常在于险远"，经过一个平缓地，是车八岭入口。绿植簇拥，十数个展牌上的图片文字，诠释了"生物圈保护区"的含义。远处，一尊石峰高耸，像笋柱，似巨笔。一条溪流拦成的水塘，似一面镜子，映衬天光山色、石峰倒影。粗实的枫树、杜英等，一树繁花，火红如丹，风吹叶落，铺织偌大的斑斓地毯。这进入自然保护区的门户，浓缩了粤北南岭的森林生态、丹霞地貌的景观。

春天的早晨，车八岭在鸟鸣中醒来。夜宿保护区内山庄，细雨淅沥，鸟声婉转，一夜几乎不停。"好鸟相鸣，嘤嘤成韵"，是森林一景。嘹亮的是大杜鹃，林区叫树鹃，拖音悠长。

迷迷糊糊，不觉天之既白，索性外出，遇见早起的保护区管理局原局长老饶。他风趣地说，这里的夜鸟有一副好嗓子，一唱众和，歌唱春天、歌唱爱情。有人专门为聆听林鸟叫，来这里住几天。

车八岭位于北纬24度，是北回归线附近少有的原始林带，特殊的生态孕育了丰富的物种。一套保护区印制的动植物画册，是记载珍稀动植物的名录。据介绍，这里有野生动物1600多种，野生植物1900多种。

绿色是主角。曙色微明，天籁可闻，流水潺潺应和小鸟啁啾，花草丛中，彩蝶翩飞。自然保护区因功能不同，分为核心区、缓冲区和实验区。在樟栋水实验区，小溪分出山涧坡谷。过溪水碇步，进入林中鹅卵石路，因这里负氧离子丰富，故名负氧离子小道，是车八岭的网红景点。小道蜿蜒三五公里，沿路树木密匝，乔木挺拔，藤蔓盘虬，水汽氤氲。大自然葳蕤生动，似乎负氧离子从无形变为有形，不禁下意识地做个深呼吸。一株高山柳，枝叶蔽日；几棵榕树，气根倒垂。苔痕斑驳，又有老树横斜溪沟，多样性的自然生态，原始而生动。

车八岭是林木的世界。一个仿木门楼上，"珍稀植物园"五字高悬。利用山坡开阔带，培育珍稀森木，初心是苗圃栽种，后扩大为植物园，成为保护区一景。亚热带林区山地，特有的水土生态，聚生了特别的森林气候，生长着一些蕨类、苔藓等高等植物，也有伯乐树、伞花木、粗齿桫椤、金毛狗蕨等珍稀植物。良好的生态资源，养育了多样化的物种。

"草木有本心。"植物的可爱，有其自身秘密。生命平等，平和友善，为了保护好、维护好生态，认知万物，善待生命，是"人与生物圈"良好关系的出发点。车八岭的生态保护，做到了"致广大而尽精微"。进入植物园的山道上，几块呈叶形的牌子格外醒目，上有不同图画，写有"树洞的秘密，它是如何形成的""蝴蝶是如何蜕变的"等文字，并注上答案选项，知识性、趣味性并举，寓教于乐，增强参与感，吸引了不少参观者。

保护区主要园区，"生态名片"随处可见，名贵花木上，醒目的"身份牌"、二维码，科普到位，也将"物种宝库"的家底公之于众。像观光木、樟叶械、九节龙、皋月杜鹃、栓叶安息香等不太常见的林木，图文并茂，为人们"多识于鸟兽草木之名"提供方便。了解、知晓，是为了更好地保护。

利用物种宝库的优势，也是保护区的重点工作。20 多年前建成的自然博物馆正在扩建，计划通过 3 万多件藏品和现代科技，打造规模化研学基地。广州、深圳的学子"近水楼台先得月"，每年来此研学实习。今年 6 月，第三届生物声学培训班在车八岭举行，研究的项目涵盖鸟类、蛙类、蝙蝠。

历时 40 多年，尤其近 10 年，车八岭自然保护区居民坚持物种保护、生态守护的理念，改变旧的思维和生活方式。车八岭原有 10 多个村子，3000 多人，以粤北客家人和瑶族人为主，靠山吃山，所谓"吃尽一山移一山"。如今，居民习惯改变、认识提高，从砍伐耕牧，到保护养育、栽种补苗、防火防害，坚持人与自然和谐共生。守护大自然的责任，深入人心。

在保护区网络监测室，主人打开红外线相机即时图像，一帧帧"不被人发现、不被人打扰"的画面，捕捉着野生动物的身影，多个录像还登上中央电视台"秘境之眼"栏目。保护区工作人员说，80 多台红外线相机，300 多个点位，形成网格化、全境监测的"红眼睛"，还原野生动物的"真相貌"。8 年来，保护区全境实行"天、空、地"立体监测，已收集有效录像和照片近百万份。大屏幕上，深居的白鹇，黑红相间的冠子，一袭白羽，尾羽粗长，优雅地在草地踱步；另一地，国家一级保护动物黄腹角雉，凤冠华美，如身披金缕衣，成双成对，享受"谈情说爱"的惬意；又一处，一只小豹猫，体态灵巧，瞪圆双眼，小心翼翼，警惕四周……保护区动物世界的隐秘，因高科技的加持，得到了生动展现，也得到了应有的保护。

在乎
山水间

在我国众多风景名胜中，车八岭名头不大，远离城市，人迹罕至，唯养在深闺，野朴天然，芳华自足，保持了自然物种培育发展的优势。当年成立自然保护区，功能转变，成效显著。如今，镇守岭南生态的北大门，涵养自然山水，守护生态，被誉为"物种宝库""南岭明珠"。

2024 年 7 月

希望之树

"平畴交远风，良苗亦怀新。"

清雅醇和的诗意，穿越旷世时空，在偌大呼伦贝尔草原得到共鸣。

此时，内蒙古阿尔山林场，清澈蜿蜒的哈拉哈河畔，微风吹过夏末的晌午，笔直的省道犹如一条分割线，将两旁林带间肥绿的草地，划成畦畦田园。晨雨过后，草木葳蕤，东北黑土地越发黑亮如洗，踩上去，鞋头黏实黝黑。

田畴阡陌，植被丰茂，万物葱茏。

眼前，偌大的草坪上各类植物随风起伏，有野生藤状花茎、有自然疯长的燕麦，最惹眼的是新栽的树苗。机耕道下的一畦较大苗圃，花草沾衣，枝叶拂人。林业技术员小孟抚摸一株齐肩高的小树，仔细察看，如同对待久违的孩子，他喃喃道，长得好快呀！同行的林业局领导说，是啊，比想象中好。原来，这块种玉米、小麦的农田，去年春天退耕还林，栽上引进的小树，一年内长势喜人。

这些不太起眼的小树，经冬历夏，扎下根，长势良好，叶片绿中染上霜白，枝条略有尖刺，在阳光下，摇曳生动，似乎在向人们致意。初识者好奇：这就是传说中的"大果沙棘"

吗？就是林区着力推广的沙棘吗？

是的，田圃中的沙棘小树，亭亭玉立，已成气候，昭示着林区人退耕还林的成果。一眼望去，沙棘排成一线，前后约一米五，左右三五米的间距，伸向远方，纵有杂草围堵和套种的蒲公英、甜菜、赤芍的簇拥，其势如仪，妆成林带草地一道独特风景。

种植沙棘是阿尔山林业局退耕还林的一项重要举措。沙棘又名大果沙棘，适宜在高寒山地林中生存，既可造林绿化，防止水土流失，其果又富含维生素 C，色泽鲜亮，经济价值和观赏性都高。近年来，沙棘成为林区退耕还林绿化的首选树种。小小沙棘在高纬度的阿尔山林区落户，一年多来已种植 5 万多亩。起初，人们担心这"沙漠的精灵"在林区草地水土不服，经过一年多的培植养护，如今，成活率已近九成。眼下当年生的大片沙棘小苗，出落得像模像样，令同行的几位林业人无不喜形于色。

你可不知道，起初工作多难啊！真正的"水土不服"是人们的意识跟不上……林区领导介绍说。

退耕还林的国家战略，在阿尔山林区进入攻坚战。推广沙棘，让农户们接受，成为春季林区防火之外的最大难题。2019年春，林业局干部下沉到农户家，到田间办公，反复做工作。

也难怪，多年来承包林地栽种，已成习惯，让农户们接受，要有一个过程。

去年早春，林业局书记办公室，十多人不请自来，他们是来向领导摊牌的：退耕还林不是说要"退耕得生态，百姓得实惠"吗？还林可以，可是老百姓的收入咋办？百姓们有疑问，领导不能回避，局里广开思路，多想办法，引进易存活、高效益树种。但是，改掉多年种地的老习惯，改种没有听说过的树种，这个"预支"的远景，让本来对退耕还林不甚积极的百姓接受，不容易啊！干部们苦口婆心，循循善诱，大道理与现实可能，调查数据与愿景目标，"他山之石"的图片视频……大半天的谈心交流，"虽然心有所动，但还是有大大的问号"。那好吧，让他们走出去，到现场参观学习。于是，局里先后组织到一些省市的沙棘种植地观摩。在辽宁义县，内蒙古通辽、赤峰，黑龙江林口等地，沙棘产业规模化的发展前景，让一些观望的人触动很大。局里通过反复工作拿出了可行措施，比如，让种植户参与培训，参与种苗的挑选，技术人员指导套种，在资金上优惠倾斜，管理上跟班督促，最后签订收购计划和承诺书等"全方位跟进"。2019 年，终于完成了 1 万多亩退还的指标，2020 年上半年，又完成了 4.7 万多亩。这 5 万多亩退还林地上，都是大果沙棘树苗当主角。

在乎
山水间

春天，万物勃发，林区开始栽种沙棘的"春季行动"。伊尔施镇一林场的韩振春，是最早的行动者。他家有两台拖拉机，雇来25名工人，加班赶时间，三天就完成了700多亩的栽种任务。天一亮，植树机声在静寂的林带响起，欢快的节奏表达了对未来的期待。植树机前面开出垄沟，人工跟上挖树坑，再是一株株沙棘苗放入、扶正、踩实、浇水，一气呵成。"我们种下树苗，也种下希望。"韩振春说，他家700多亩沙棘，还套种蒲公英、蓝靛果。三年后，沙棘进入盛果期，林下的药材也有收入，实现了林场说的"绿富双收"啊！韩振春的喜悦，带动了不少观望的农户，大果沙棘成了阿尔山林区退耕还林户们追捧的树种。

阿尔山林业局成立于1946年，历经70多年的奋斗，成为内蒙古自治区第一个人工造林保存面积达百万亩的林业局。如今，构筑优美的生态家园，守护大东北绿色宝库，林业人退耕还林的信念矢志不渝。在无边无际的绿色林莽中，小小的沙棘，微不足道，然而"林保"工程，生态建设，构筑美好家园，每一个微小的举措，都是一份可贵的收获。

2020年9月

山水人文走崇义

一个人与一座城，缘分深浅，其来有自——或是衣胞之地，或多年生活于此，或造访后的情有独钟，总之，你有了深切感受、别样情怀，其风土人文，成为你心中念想，或倾情笔端。赣南的崇义，于我就是。

最后的王羲之

归隐之路

浙江嵊州，史称剡城，为古代越国重镇，有诗为证："东南山水越为最，越地风光剡领先。"逶迤清澈的剡溪水把千年古越的神韵延绵下来，更有一代书圣王羲之，晚年归隐于此，那闻名于世的金庭、华堂，诉说着人文历史的风华，也记录了人文高士的情怀。

历史会记住这一天，东晋永和十一年（355年）三月九日，阳春丽日，王羲之带着家人，布衣竹杖来到这里。从此，六年多的时光，剡水越乡，华堂金庭，成为他最后的归宿。

王羲之，中国书法的圣人，他的一篇《兰亭集序》惊世独立，成为行书艺术的圭臬，也是美文的翘楚。永和九年（353年），暮春之初，当时还是会稽（绍兴）内史的王羲之，相约好友三四十人，在兰亭集会，诗书唱和，曲水流觞。众人情致高昂，友情、人生、艺术，大雅新曲，一唱三叹，最后王羲之提笔为众人的作品写序，留下了千古一书《兰亭集序》。全文仅324个字，但用语博雅，包容深广，字字气韵生动，句句掷地有声，十多个"之"字均不重笔法，令在场的谢安、孙绰等诸公叹为观止，史称"天下第一行书"。《兰亭集序》感悟人生况味，抒发命运之叹，也是史上最佳美文之一。

兰亭集会后两年，王羲之称病辞去官职，从绍兴南行百十余里，到了嵊州，在这里留下了数部作品。这方山水为他所心仪，而嵊州也因此有了一位书圣的众多遗迹。

王羲之出身名门，其堂伯王导、王敦为东晋初年的重要官吏，执掌军政大权。王羲之是一个有责任心的官吏。在兰亭诗会后，浙中一带三月大旱，五月大疫，他提出放仓赈灾，此时会稽王却北伐征战，加重赋役。另有时见不和的人借机谗言，他也不满于当政的王述等人的做派，加之个人的原因，王羲之以病为辞，希望脱开俗务，过上悠然自得的林隐生活。王羲之多次请辞："鄙疾进退，尤之甚深。使之表求解职，时已许。"（《全晋文》卷24）最后下定决心，远离会稽，到了嵊州的金庭。

或许是这方山水的文脉和风物，吸引了他。这里山水环绕，剡溪清静如练，瀑布山青翠似黛，越地的历史风华让诸多文人墨客流连。还因为这里有他的启蒙老师卫夫人。王羲之选择了剡城东边的金庭山。周朝时，这里曾是道家七十二洞天，留有先祖琅琊王氏神仙王子乔的遗迹。或许因了这层认宗溯祖的关系，加上魏晋时期的道家广为世人尊奉，王羲之到这里后

在乎
山水间

寻仙问道，炼丹素服，以"荡涤尘垢，研遣滞虑"。他迷恋自然，置地开园，弄书习文，含饴弄孙，躬耕于阡陌中，颇得身心愉悦和舒畅。

剡城，金庭，在古嵊州也多为方士文人所迷恋。剡水悠悠，古越地物华灵秀，历代诗人多有称颂。唐代僧人裴通赞美有加："越中山水奇丽者，剡为之最；剡中山水奇丽者，金庭洞天为之最。"李白的"湖月照我影，送我至剡溪"，更令人遐想无限。

初到金庭，王羲之陶然于自然中。这里是一个山间小盆地，十里平溪穿流其间，田熟水肥，果蔬丰富，民风古朴，曾为兵患和战乱的避难之地。魏晋时期，儒道释各种教派都在嵊州有所出现，一时间，观、寺、庵等，隐约可见。王羲之曾在给友人许玄度的信札中说到归隐金庭后的心情："此既避，又气节佳，是以欣卿来也。"一别喧嚣尘世，找到清净的山水自然，他如愿以偿，有了欢欣的精气神。

一个性格直率的辞官者，一个潜心于山水、沉迷于清静自在的文士，一个欣欣然于家庭生活、回归田园的年长者，王羲之归隐金庭，既是为了摆脱多年劳役，也是为了身心愉悦、精神自足。徜徉于山水之间，悠游于书艺文字之中，他走向清静，纵浪大化，这种归隐给了他很好的安慰。在晚年时光，王羲之习文研书，完成了《题笔阵图后》等帖文，传承书艺，教习子孙和邻居，在嵊州的人文历史上留下有意义的一笔。千百年来，与会稽（绍兴）的兰亭一样，金庭岁月是这位历史名人的一份荣光，也是中国书法史上的一个纪念。

现在，嵊州除了修缮他的一些遗迹，那些口头相传的故事，在当地也广为流传。金庭的王羲之墓，肃立在依山而上的高坡，青翠簇拥中，静穆庄严，常有海内外书法爱好者来此祭奠。每逢三月阳春，兰亭书艺节时，鲜花盛开，在花香与墨香中，人们来此祭拜，日本天溪会专门开辟了纪念碑园，一代书艺宗师的文名与山水长存。

作为越剧之乡的嵊州，利用当代艺术，发掘和宣传王羲之，取得成果。三年前，嵊州越剧团创作了新编越剧《王羲之》，演出成功，获得好评。这出戏以王羲之书法艺术成就和特殊的人生经历为主题，演绎了一代书圣的人生情怀和艺术追求。而那些研究和考证王羲之史实的图书，时有出版。书圣文化在嵊州发扬光大。

金庭寻梦

金庭山曾是一个道家的场地，是嵊州山水的翘楚，也是王羲之的向往之所，在此开拓园地，遂成为他最后的归宿。

金庭山又名瀑布山、桐柏山，南接天台，是浙东四明山支脉。南朝的沈约曾评价它："高崖万沓，邃涧千回，因高建坛，凭岩考室。"这里的雪溪道院、崇妙观，历来为高士名僧和隐者们的休息地，也是文人们踏访的地方。晋代的谢安，唐朝的杜甫、陆羽、李白，五代的罗隐，以及后来的赵孟頫、张岱等文士们先后到过这里。

王羲之来到金庭，从官场归隐自然，从绚烂到淡泊，与大自然亲近，放松心情，悠游于艺术与自然之间。他常和友人谢安在剡水越乡间流连，与戴逵寻道访仙，还有炼丹辟谷的经历。也到村里田头寻访百姓，请教种植。更多时候，他与友人们在山水间寻找艺术的灵感，养灵鹅，开田园种谷物花草，巡游四方，日子过得十分悠闲和惬意。

从有关记载中，可以看出王羲之的生活轨迹，他尽享田园之欢、天伦之乐。王羲之有七个儿子和一个女儿，每每在与儿孙们享受田园亲情之乐时，不忘邀请友人参加。这样的欢乐聚会，也有文字记载："欲与亲知时共欢宴，虽不能兴言高咏，衔杯引满，语田里所行。"他把这样的田园聚会与兰亭雅集相比较，认为其亲情比之，"其为得意，可胜言耶！"他常与家人去田园里翻耕修葺，亲手采摘。他的书法手迹就有《胡桃帖》《青李来禽帖》。"今在田里，惟以此为事"，田园的欢欣之情溢于言表。

　　除了田园生活的亲情友情，王羲之还保持着修炼辟谷、炼丹采药的习惯。他曾醉心于五斗米道，家中儿孙像王凝之父子也信奉此道。史载他"雅好服食养性，不乐在京师"。他服食散丹，辟谷静气。道法与修行，对于一个恪守笃行的人无疑有着精神上的期冀，也是一个诱惑，当然，做到极致是一个极高的要求，要剔除杂念和臆想，为了精神德行的提升，付出巨大努力。

　　此外，他广交友朋，以诗文唱和，从官场隐于民间，作为一代卓越的书法文章宗师，他以诗文和书画艺术为人所折服。当时，在这块秀美的山水上，有不少雅士墨客聚集，有的长期生活于此，并担任官职。《晋书·王羲之传》载："会稽有佳山水，名士多居之，谢安未仕时亦居焉。孙绰、李充、许询、支遁等皆以文义冠世，并筑室东土，与羲之同好。"他们都成了王羲之的文友。孙绰的文名在越地浙东可是了得；李充是他的老师卫夫人的公子，曾主政嵊州；而高僧支遁的学问也是名重一时。他们常把酒临风，或诗或文，或挥笔施墨，唱和酬酢，一时间写诗作文，在金庭蔚然成风。

　　王羲之的书法，独成标格，尤其是行草，开创一代风气。他的书艺吸收了李斯、钟繇等人之长，有人称赞他的字：

"八体皆入神品。"除了《兰亭集序》，著名的还有《官奴帖》《十七帖》《二谢帖》《圣教序》《平安帖》《姨母帖》《快雪时晴帖》《乐毅论》《黄庭经》《诸贤子帖》《贤女帖》等。据说，在金庭六年多，他写了《题笔阵图后》《笔势论》《用笔赋》等。他的儿孙们也多有习书的，像王献之、王凝之都是书法精进的书家。他教育儿孙，也教育学习者，并创造了诸多书写的规则。

来到金庭不几天，王羲之就去独秀山拜谒卫夫人的墓地，因为启蒙老师与姨母的双重身份，他对这位卫夫人敬爱有加。卫夫人的书法自成一派，是中国早期书法大家，其《笔阵图》开创书论的先河。卫夫人晚年在嵊州的独秀山隐居，卒年79岁，葬在山头的平坡。山青水碧，俯视剡江一脉支流。当年，夫人故去，王羲之时任护军将军，从京都发来唁文，就是著名的《姨母帖》。他以"哀痛摧剥，禁不自胜"来痛挽她。

天不假年，六年多时光匆匆，王羲之身染重病，这也与他长久服食丹丸有关，他在与友人的信中曾多次交流服丹用药石的影响。他沉浸在艺术的氛围中，陶然于自然与亲情中，可是病魔的侵入，使他不免心有戚戚，感叹时日不多。最后的日子，他面对时局的变化也常有所感悟。升平元年（357年），朝政发生变化，举行庆典，曾有旨诏他，他坚辞，在一信中说：

"遂当发诏催吾，帝王之命是何等事。而辱在草泽，忧叹之怀，当复何言。"（《全晋文》卷22）在人生的最后，他仍然如一。

王羲之病逝后，被晋穆帝谥为"紫金光禄大夫"。他葬在金庭的瀑布山，墓地为圆形冢，墓前有一石牌楼，为大明弘治年间所立，上书"晋王右军墓"，左右联文：一管擎天笔，千秋誓墓文。

华堂遗风

岁月的风尘洗尽了俗世的铅华，时光在这里停驻，记忆与故事在这里长成。

这就是华堂，一个普通的名字，一个与某位历史老人有关、与文化有关的地方。它承续千年文脉，沉淀为一个瑰丽的文化遗存。

它是书圣王羲之的后人的主要聚居地。毋庸置疑，它与金庭和剡水一样，是嵊州一张响亮的名片。

华堂之名的由来，据说是因为华与画字音相谐。当年，王羲之常来这里写字画画，教习书艺。后来宋朝时王氏第三十三世孙王迈在此修建祠堂，这里成为王氏家族集中住地。千百年来，华堂之名渐次播扬。据传，王羲之子孙多擅书画，将书画悬于厅堂，其宅有画堂之称，后因其屋舍精丽，山水清妙，画

在乎
山　水　间

堂易名为华堂。

当年王羲之结庐金庭之后，常有雅集，开办诗会，书写唱和为一时之盛，书法画艺为百姓所热衷。因为王氏父子的推助和引领，一时间，学书、习画之风气甚为热烈，华堂的名声不胫而走。经年累月，这里成为一个建筑与艺术相偕相成的文化村落，也成为人们参观的场所。

门前一方偌大的水面，如镜如鉴，那是一个古老村落的门面。前有平江溪缓缓流过，上有古石桥。穿桥进入，映入眼帘的是近似徽派建筑的白墙黛瓦，以及巧夺天工的艺术三雕——砖雕、石雕、木雕，尽显艺术之华美。华堂形成了一个整体建筑沉稳，却不乏灵动的艺术大观。

那街巷错落有致，一砖一石，雕画精妙；一檐一斗，鲜活灵动。还有那清流入户，渠水访家的水乡之便，让你置身于江南民居的朴华、灵巧和幽深的韵味之中。

当然，华堂的亮点是王氏宗祠。这是一座坐西朝东的建筑。明正德七年（1512 年），王氏宗祠建成，三进的格局依次为牌坊、石桥、孝子殿，开间阔大，牌坊巍峨，上雕有各类动物图案。大院内的主殿供有王羲之坐像。同一些家族的正殿一样，王氏后人牌位以及各类匾额也在其中，显示了家族人脉的强旺。

祠堂门前左右分别有一荷花池，引村头平溪水入池。有池必种莲荷。相传，当年王羲之爱鹅，多在池中养鹅种荷，以观其态，模仿书写。于是王氏家族的祠堂也依照先人所好，植荷花养灵鹅，微风斜雨中，花开时节，鹅鸭鸣叫，其情其景，可愉悦书写者心情，以助书艺精进。

在华堂，凡王氏后人的居室都称为堂，比如有善庆堂、荷花堂、一清堂、居所堂、三省堂等，而其他姓氏住地称为台门，如孙家台门、郑家台门等，这样的称谓，成为一种习惯，也表明了一种文化格局和影响。

古意悠然的街道，美轮美奂的雕艺，引你走向不同的看点。隐掩在街头巷尾处，有戏台、庙宇、更楼、水井、牌楼、庵堂以及碉台等，仿佛是一个完好的城阙，又仿佛是一个艺术的会馆。而这，因为一个伟大的名字，显示出特别的意义。

王氏族谱记载了58代人的过往与延续，华堂的王氏如今有多少人多少户，难有确切的数字；然而，这些富有特色的建筑，这些历史传说和故事，即使是散章断页，也表明了一个家族的文化积淀和活力。

瓜瓞绵绵，风华绝代。一代书圣的遗泽，启示后人，裨益后人。从每年春天举办的书圣艺术节，众多青少年学子潜心研习书法并有所成果的活动中，在右军读书楼里，在灵鹅荷池旁，以及学人们的虔诚祭奠、国际友人的纪念，让人感受到书圣遗风如此魅力不绝。

华堂，养在深闺渐为人识。华堂，嵊州的一张名片，有一代书圣的文名照拂，将越来越亮丽。

2017 年 11 月

天台诗魂

天台有山，有寺庙，也有诗与文学写就的历史。

仲春四月，一个静寂之夜，我们从浙东名胜寒山湖下来到国清寺听方丈说教。这个年轻的出家人，对文学颇有热情。一个多小时的喝茶闲聊，说文谈佛后，我们收获了一本寺中印制的《寒山子诗集》。

回来数日后，某天，我拿出这本古雅的线装书，在上面顺手写了几句：

癸巳年春，某晚在天台国清寺，与方丈吃茶并得此书。也于当日上午去寒山子隐居处明岩造访，虽有山门式的建筑，但多为现代格局之貌，有数个遗迹称之，而其地空留圣迹。却见风光清秀，有巨洞也有独石峭立，直插云天。洞内泉水细涌，蝙蝠翻飞，幽深森然。天气晴美，阳光穿石入洞，青苔绿枝染上生机，有丝线状水滴从上挂下，飘然有禅意。寻觅僧人遗迹未果，却悠悠然游于山中。山门前盈盈一水溪流，或可见游鱼浮芷，杂花繁茂，绿树茵茵，四月天气春和中，人与景尽得优雅。问仙寻道，再读僧人之诗书，更有一番滋味。

是啊，那个史上流传广远的诗僧寒山子曾隐遁于此，创作诗篇百余，在民间广为传诵。这个从远处看几乎没有什么奇景异象的山中，唐朝一代诗僧在此隐居多年。这山名为龙背山，岩洞名为明岩，又叫寒岩，山的另一阳面处也有一洞叫作阳岩。龙背山在浙东名山中并不知名，不太巍峨的山峰凸现在田畴阡陌处，逶迤如龙身，故名之。迹近平常山水的景致，因为是诗僧隐居处而吸引来访者众，恰是应了山不在高，有仙则名之说。当年唐朝兴盛之时，出身于官宦却遁入空门的寒山子，漂泊乞食，从长安远行到了天台的国清寺，与在此当厨子的另一小僧拾得相识，二人心气相求，成为至交。在修行之余，创作数百诗篇。因其表达上的特殊性，寒山诗也被称为白话诗。寒山子与拾得的诗风相近，其俚语白话，说人间辛苦，道处世真谛。也有哲理深透的时事诗。比如其诗句"国以人为本"，耐人咀嚼。其诗曰："国以人为本，犹如树因地。地厚树扶疏，地薄树憔悴。不得露其根，枝枯子先坠。决陂以取鱼，是取一期利。"有人曾评价说，寒山诗"讥讽时态，毫不容情""劝善诫恶，富于哲理""俚语俱趣，拙语俱巧，耐人寻味"。当年，胡适曾称之为中国"佛教中的白话诗人"。寒山子与拾得常在一起切磋诗文，而民间更是盛传二人的友谊和对于心性的修为，颇为后世所景仰。清朝雍正帝甚至把他们封为"和合二圣"，视为百姓礼拜的婚姻爱神。

　　或许生不逢时，与他几乎同时代的大诗人无数，就李白与杜甫而言足以将诗僧的光芒遮掩。也许是这个原因，诗僧的作品，除了在民间流传外，少为史载。据研究者称，他生前寂寂无闻，身后却声名日隆，并绵延千年——白居易、王安石都写过仿拟他诗集的诗篇，苏轼、黄庭坚、陆游等对他的诗褒奖有加。有趣的是，寒山子没有正式进入寺庙剃度，唐时苏州城外的一座寺庙（寒山寺）却以他的号命名。他的诗歌的最早传播者是道士，唐人的志怪小说就把他编为成仙的道士下凡。宋时，他被佛家公认为文殊菩萨再世。元代，他的诗流传到朝鲜和日本。明代，他的诗收入《全唐诗》中，被正统文化认可。20 世纪 60 年代，美国的"嬉皮士运动"人士曾热衷于他的诗作。近来，法国、日本陆续出版了寒山子诗集。这样一个传奇人物，却连真实姓名也没留下。

此时，读着寒山子的诗，百感交集。那些嬉笑怒骂皆成文字的诗风，那些看透红尘洞悉世事的明敏，那些与大地草木与自然农事相谐相和、精气饱满的文字，那些不做作不矫饰不欺世也不自欺的诗句，竟是一个浪迹尘世的僧者所作，让我们吟诵再三而感叹莫名。是啊，几百年前，一个淡泊红尘的诗人，一个修行坐禅者，就能把诗心植根于民间，汲取口语俚话、民间营养，写疾苦文字，写人间丑与美，把诗艺更为广泛地传播到了民间大众中。芒鞋竹杖、素衣淡食、坚持经年的修行者，

在乎
山水间

与草木为伍，与大自然同乐，使其诗有了一个坚实的依托，那就是现实情感与民间情怀。为此，后人也曾以其诗风来创作"寒山体"，承续其诗韵文脉。纵观泱泱中华诗坛发展于今，与之相匹者又有几何？

天台有名刹国清寺，这个建于隋朝的古寺，成就了一代禅宗的祖庭位置；而寒山子的诗，以及他与拾得"和合"的故事，也让天台文化有了新的内容和境界，这既是文学史的，也是世道人心的。诗，是人生的艺术花朵；诗的灵魂，是一个写作者心志的书写与表达，也是一派风格得以流传的内因。

2013 年 10 月

缙云访古

人间四月天，缙云好风日。

清晨，在浙南缙云县的好溪旁，听溪水潺潺，闻小鸟啁啾。有农家夏种的忙碌身影，也有垂钓者怡然闲情。"漠漠水田飞白鹭，阴阴夏木啭黄鹂。"云淡风轻，只是流水与偶尔来往的电动车，留下一些动静。

这是一条平缓清澈的溪流，也是缙云县国家 4A 级景区仙都风景区的起点。长桥卧波间，田畴阡陌；墟烟依依中，水岸葱茏；粗壮的香樟，挺拔葳蕤；繁茂的榕树，曲虬纷披。又有紫藤缭绕，绿苔森森，夏花娇艳，是水的世界，也是绿色天地。

十数公里的步行绿道，依溪而建，是当地政府近来提升大众健康指标的惠民举措。沿道而行，牵连起一个个景点和故事。缙云，自五代以来就有建制，凡 1300 多年。而好溪，旧时因水害严重，叫恶溪，后经历代疏浚，变水害为水利，其名也改恶为好，近处一座小山也附带名为好山。山水以好名之，简洁，好记，实为鲜见。

好溪发源于邻县磐安，流入瓯江，在缙云县境 50 多公里，因不同地段又有不同的别称。好溪与新建溪、永安溪一道，是缙云七镇八乡的母亲河。

行走在这条健身步道上，确切地说，是走在古老的好溪边上，目迷风景，次第转换，仿佛走入长长的历史通道。社会发展、乡村振兴，风云际会，从古老的历史与现代风情的交汇中，人们见识了缙云这方山水的风华。

往事越千年。唐代天宝七载（748年）某日，月夜下的缙云山，鼎湖峰，鸾翔凤集，而黄帝祠、朱潭山、好溪等山水景致，缥缈空灵，祥瑞之气如仪，松风樟影之声如仙乐飘响。当年的苗姓太守颇为兴奋，立马上报朝廷说，鸾凤祥集，好兆头，难得人间仙景，于是，唐玄宗赐"仙都"二字，改缙云山为仙都山。为此，这仙都之名，在历代有关文字中出现，也有书家刻字悬于摩崖高台。山为仙都，景点也以此冠名。

仙都风景区之北，步虚山半坡处，绿树掩映中有一幢三进的院落，黄帝祠堂，又名轩辕殿。始建于东晋，传为轩辕帝东巡行宫，与陇西黄帝陵并称为"北陵南祠"，成为香火旺盛的南方祭拜黄帝的重地。缙云祭祀黄帝历史悠久，可追溯到西汉时期，汉郭宪《洞冥记》曾有记载。公祭黄帝典礼，于2011年入选国家非物质文化遗产名录。原殿几经毁损又几次修复，华堂大轩，黛瓦赭墙，匾牌高悬，塑像威仪。缙云的"黄帝文化"研究颇为兴盛，先后举办多届黄帝文化研讨会，纵深开掘，着力研究"黄帝文化"的千年传承。

轩辕殿右首，一尊巨石拔地而起，高耸天穹。它高约170米、宽20米，底部面积2400平方米，长形，独峰，像石柱、石峰、石笋、石壁，没有名称。或者是你心中的那个想象。唯鬼斧神工，天地造化才可解释。据考证，巨石为"火山喷溢堆积的流纹岩台地"，亿万斯年，风化、淬炼，形成了如此的高度和体量，誉为"华夏奇峰"。从航拍的照片看，石顶有数百平方米大小的凹坑，草木萋萋，形如鼎状，于是有了鼎湖峰之说。石壁主体，风雨剥蚀，经年累月，仍可见簇簇绿苔，或悬挂几株小树。巨石脚下水面开阔，是好溪的支流练溪，时有山泉浸入，清澈平缓，一条长长的石桥，连通东西。115米长、75节石磴的"单梁凝灰岩石板梁桥"，是清代的遗物，既可通行，也是一道景观。走上桥墩，鞋可及水，亲水近绿，颇受胆大者们喜爱。远看，独峰伟岸，高接云天，恰如宋代王铚的《缙云县仙都山黄帝祠宇》诗中所写，"庙前仙石表今古，屹立霄壤争雄尊"。山妖水媚的缙云横空出一尤物，雄奇挺拔，惊艳世人。因此，被当地人敬为"石头大神"，与毗邻的黄帝祠宇一道，护佑了仙都山水的安宁与华美。

缙云的历史浸润在这些老物件中，一条古溪、一座祠堂、一棵老树、一方石峰，足可骄人。浙南的山水名胜，也是古来诗家文人流连之所，华章词句为千百年所传诵。晋代谢灵运在《归途赋》中写了在缙云的见闻："搜缙云之遗迹，漾百里之清潭，见千仞之孤石。"南北朝的陶弘景，唐代的李白、白居易，宋、明的王十朋、朱熹、汤显祖，清代的朱彝尊、袁枚等人，都留下了墨迹或诗文。

缙云为括苍山一脉，属丘陵地貌，丹霞地、火山岩、花岗石等为其特色。仙都山有几处幽深洞穴，最大的倪翁洞，相传为时任知县的唐代书法家李阳冰所题名，圆润结实的篆体朱笔，嵌在山坡石头上，格外醒目。倪翁洞是当年范蠡的老师计倪因避难而周游浙南，隐姓埋名，驻足此洞讲学读书的地方。后人为纪念计倪，取名为倪翁洞。幽深的洞中，留有一些后人镌刻，赞颂他的行为操守。李阳冰为李白的族叔，他为缙云县令时，喜好收集崖壁题字，他擅长篆体，被誉为"篆圣"，他还题有"黄帝祠宇"的碑刻等，弥足珍贵。据统计，缙云石刻最早的在唐朝，最多的在宋代，唐代至清代共达99件。有关缙云的诗文辞章中，记录山川形胜、咏怀述史，最早的是南北朝田园诗人谢灵运。唐代诗人徐凝《题缙云山鼎池二首》之一，"黄帝旌旗去不回，空馀片石碧崔嵬。有时风卷鼎湖浪，散作晴天雨点来"，在当地流传甚广。清代袁枚自永嘉西行到缙云，写有《游仙都峰记》，记叙了当时差点与仙都风景失之交臂的趣事，传诵一时。

与倪翁洞相近的独峰书院，面朝好溪，背依好山。四合小院，曲径通幽，苔痕苍翠。这是当年朱熹的讲学地。南宋淳熙九年（1182年），朱熹从江西辗转于浙东南再前行至八闽讲学交友，在数地盘桓后，来到好溪边的好山脚下。这里的读书风气让他停下了脚步。他举办学堂，交友访学，"于此藏修为宜"，自嘲"解鞍盘礴忘归去，碧涧修筠似故山"。多年后，陈氏兄弟等为纪念老师，在讲学处设纪念堂，到了南宋绍定元年（1228年），重建为独峰书院。再后重修已是近来的事了。我们来时，细细小雨少见人迹，空落的院子，只闻松涛水声。或许，这个修竹茂林的僻静地，远离尘嚣，应和自然天籁，是读书问学的本真。学术与学问本是哲人的面壁修行，需要静养寂寞之功。院中有一棵已逾800年的银杏，超过了书院年龄，老树长有一个大树瘿，长约一米，像只小动物依偎于母体，听说还在生长。奇异顽强的自然生命，对人文精神有一种呼应，抑或是默默地承续。

浙南丽水一带有不少古村落，保持完好，形制也特别，成为相当规模的最美古村的样板。众多的古迹中，缙云千年古村落河阳民居，恰似一颗偌大的活化石，熠熠生辉。

河阳古民居距今已有1100多年历史，享誉"江南古村落

在乎
山水间

活化石"。这里有十大宗族庄园式古民居建筑群，15座古祠堂，1500多间古民房。题在白墙上的古诗，挂在门楣上的古匾额，托着屋梁的木雕砖刻，贴在窗台的而今仍葆有生气的河阳剪纸，是见证河阳历史文化脉动的精彩华章。

最为壮观的是高低起伏、气势恢宏的马头墙。答樵路的马头墙群，是河阳古建筑宏大艺术群雕中的翘楚。它建于清道光年间，沿街面不同的屋宇整体相连，开成32个体态不一的"马头"骑墙，绵延90米，错落有致，黑白相间，给人一种明丽素雅和层次分明的韵律美感，远远看去好似32匹骏马奔腾齐飞，一往无前。

河阳村多为朱姓人氏，世代重学崇文，其地名和牌楼的取名也与此有关，像"八士门"，因宋元时期村里屡有士子荣登进士，族中建楼门以志纪念。尤其是崇尚礼教、耕读传家，一些巷子、祠堂取名为"廉让之间""耕凿遗风""义田公所""公济桥""循规"等。悠悠文脉，千年传承，除了八位进士，另有24位诗人，形成了影响一方的"义阳诗派"，著有八卷本《义阳诗派》诗集，是浙南近代民间文学的收获。

行走在千年古村，苍老的青石路，古朴的石雕砖雕，围屋似的院落，历史的气味让人感受到旧日时光的氤氲。所谓乡愁，就是从这些显见的文化遗存中浸出的。那些悠闲与忙碌的生活节奏，也在这古旧村落呈现。走出村口，看见不少人家门前，泛青的门石上，有各种鲜艳的花盆，尤其是一种叫不出名字的花，形似灯笼，黄红的条纹，明丽灿然，鸡蛋大小，在青瓦白墙反衬下，格外艳丽。

2019 年 8 月

在乎
山水间

临海长城

临海，也许这个地名引发不了你的联想，若望文生义，濒临大海之意庶几可近。是的，这个浙江东部的县级市，当年的命名也许因了地理的概念。这里是中国东部版图上一个离大海不远的地方，所以这名字倒也确切。它悠长的历史，独特的地势，不可小觑。

自20世纪以来，伴随着中国改革开放的进程，大海成为经济实力和知名度提升最为便捷的依托，走向海洋，开掘海洋经济，成为一时热门话题。当你亲临这里，不难感受到傍山临海是城市的一大优势，利用地利之便，唱念"山海经"，新的美好蓝图，固然不乏亮点和光彩，然而，作为一个千余年的老城，那些古意悠然的城墙老街，幽深的文化遗存和历史风物，同样可以成为依山傍海的县城的骄人景点。这也是临海有越来越多旅游者光顾的重要原因。

这是一个全方位的文化景观，山水人文，无所不包，历史风华，绚丽灿烂。有所谓"一江抱城，三湖点缀，六河交错，八山环绕"之说。山水自然，可以托举出一个城市的灵魂与神采。城不在大，地不言广，有山则名，有水则灵。临海的山，有浙东括苍山脉系的巾子山、北固山。而水，则是通江接海的灵江，绵延秀丽。在城市中心也有一方玲珑的水面——东湖，为北宋时开凿，千年的风华涵纳其中，足可以找寻到无数迷人的故事。当然，还有那些声名显赫的文化大家戴复古、文天祥、方孝孺、徐霞客、朱自清等人的踪迹，以及保存完好的紫阳老街、桃渚古城，这些都是越千年风雨而生命傲然的去处。

行走在临海，最为震撼的是台州府城墙。临海旧为台州所辖，古城有城墙护卫，早在东晋安帝时就开建，已有1600多年的历史，到明代始有今日规模。这依山傍水的城墙，被冠为江南的"八达岭"。文物专家罗哲文说它是八达岭长城的"蓝本"和"师范"。仅这一称誉就足以诱人。从外形上看，5000多米长的城墙，蜿蜒连绵，青砖碣石，雉堞连云，马面赫然，瓮城幽深，掩映在青山绿树中，一如八达岭长城的壮观宏伟。路基的石料、开间的尺度、砖石的色泽，以及高矮参差的墙体，也如八达岭长城的翻版。背靠北固山，前面又依偎着明珠似的城中湖——东湖，山环水绕，城阙俨然，叠拼成一幅动静相宜的图画，豪迈古朴与婉约灵动，相辅相成，为临海景观的集大成者，也展示出山水城市的特色景观，而这恰是南方长城的特色所在。

临海城墙的作用有二。一是为了抵御海边倭寇的侵扰。自唐以来，历朝历代修缮城墙，而后，随着政治版图变化，台

在乎
山水间

州、临海在各个时期的归辖多有变易，城墙虽屡遭拆毁但基本构造却保存着，到明代有了第五次修缮，方形成规模。二是防洪固城。城墙有三分之一沿灵江而建，既防山洪暴涨，也为防海潮倒浸。加固城墙，修筑长城，为历代官吏所重视。如此一来，这两大功效就增加了临海长城的传奇色彩。

拾级而上，巍峨的 198 级的台阶高耸壁立，考验人的耐力，山顶处，有揽胜门，可观山势高拔，城郭嵯峨，苍莽的远山，葱郁的田园，天地间陡增豪迈之气。门后立有一尊戚继光的铜像，神情严峻，英气逼人，不远处有戚公祠，陈列的战袍与箭矛，仿佛诉说着城墙的深重历史。自晋代以来，为了抵御倭敌入侵，也为了阻止洪水浸灌，临海人民几经修缮，渐成规模。到明代，大将戚继光受命镇守八年，在台州临海一带，与海上倭寇九战九捷，城墙的护卫之功自不可言。戚继光在 1555 年任浙江参将，先后镇守宁波、绍兴、台州三府。为提高部队战斗力，他从金华、义乌招募农民和矿工 3000 余人编成戚家军，创编了可随山地地形进行战事的"鸳鸯阵"，杀敌卫城，声名显赫，创造了历史上有名的"台州大捷"。为了守城所需，他与台州知府谭纶一道，对旧城墙多次进行修缮。据载，他们"改造临海古城的结构，将其加高加厚，并创造性地修筑了十三座二层空心敌台。以临海古城为据点，策应闽浙沿海守防，屡败倭寇，九战九捷，大振国威。后来，戚继光调往北方防务任蓟镇总兵时，将他在修筑城防的经验，运用到北方长城的增扩加强。今存蓟镇、昌镇、宣府、大同等地的长城，都曾按他的规划设计加强"。同其战名一样，他修缮加固的南方和北方的长城，青史有名。

站在城墙顶端，冬日的阳光仍然炽烈。榕树如盖，樟树挺立。斑驳的砖石，戚家军遗迹，仿佛诉说着那金戈铁马、号角连营的抗倭战事。城墙是纪念碑，是史书，一本无字天书。兵燹寇祸，天灾人祸，也不曾消磨这砖石雕刻的深深印记，一任岁月的风烟，长城高墙千古屹立。戚公祠陈列有这位能文能武的大将军的诗文，他曾有兵书和诗词多部。他写有"封侯非我意，但愿海波平"的名句，豪气干云。进退荣辱并不重要，海晏河清，安宁祥和，夫复何求？

2014 年 6 月

在乎
山水间

宜兴看龙窑

如同人一样，城市的名气也要多年的积累。比如宜兴，历史可以追溯到春秋战国时的阳羡，人们可以在考据的介绍中，感叹它数千年的制陶历史（据《宜兴县志》载，早在西周时期，约公元前 11 世纪—公元前 771 年，宜兴就出现了圆形升焰窑），还可以在有记载的 2200 年的建县历史中，寻找一座城市的悠悠古韵。

陶艺砂器，虽有不少地方生产，然而，人们认可的首推宜兴，这里被誉为陶都，每年还举行盛大的陶艺节。口碑是历史的活广告，也可以让一切美延续。人们对某一物件的喜爱，或者，某个历史事件，大自然中某个物件，有了特别的闪光处，得到了大众的认可，在民间流行中形成优势，于是有了口碑，有了美的流播。而这宜兴的紫砂陶艺，就是因为丰富的民间性，瓜瓞绵绵，风华绝代，成为流芳广远的一种商品、一种艺术品。

我们走在宜兴的街头，正值初夏时分，小雨如酥，花香袭人。这是想象中的陶者紫砂圣地吗？可是，并没有像其他地方那样为打名牌造声势，而无处不是某个产品的集散、某个产品的卖场的场景。乘着苏南经济发展大势，这个富庶的县城，有了冠绝神州的陶艺紫砂，想象中应当有各类交易市场，各个热闹的展品推销，张扬其经济实力，然而，错了，除个别店铺外，几乎与其他的城镇一样，琳琅满目的是各类当季用品和时尚的店铺。擦肩而过的人们，默默地与这个热闹繁华的世界交集，好像这里的历史、这里的名产，与他们无关，或许，熟视无睹，见惯不怪。这样一种沉静而内敛的生活态度与方式，是造化，也是一种修炼。

繁华是一种气象，而沉静更是一种蕴藏。作为苏南经济快车道上的一支生力军，宜兴有理由自豪，也有理由被关注。在这样的感觉中，我们见到了龙窑。

这里是丁蜀镇一个普通的院落，不规则的街道，院落杂居，不少门口堆有一些陶器制品。在一个门楼边，立有一方石牌，上面写着全国重点文物保护单位，为国家有关部门制牌。据有关资料介绍：这是宋代的古窑。龙窑头北尾南，长约50米，窑身内壁以耐火砖砌成拱形，外壁敷以块石和太湖边上特有的白土，窑身左右设投柴孔（俗称鳞眼洞）42对，这些是投放燃料和观察火焰温度的窗口。紫砂烧成温度在1150℃左右，所谓千度成陶。西侧设装窑用的壶口（窑门）5个，是窑工进出取放陶制品的通道。窑洞呈32度斜坡，它可以让火自下而上自然升温，窑尾还在烧着，窑头就可以出窑了，出空的窑位又放入新的泥坯，利用余热进行干燥加热。窑体上方建有窑棚，花岗石柱，上覆以木质梁架及小板瓦，用来遮风挡雨。燃料主要为煤、松、竹枝等。这尊龙窑是留下来的历史最为悠久的一个，且现在还在"服役"，主要是烧制壶、盆、罐、瓮等一些粗陶日用品。

我们去的时候，是龙窑的空闲期，停火休养。从外观看，那圆圆的身子敦实硕大，如一条土龙伏卧，也许这就是其名称由来。我们深入内部，从中部黑色的肚腹中，看到了长长的隧道似的空间，顶端透示几星光亮。有人进去照相，太暗，效果不好，就有人喊了一嗓子，仿佛唤起历史的回音，进入了时间的隧道。是的，我们面前是一条时间的长龙，记录着陶艺紫砂的历史，至少是一个百年的民间艺术的见证。民间窑制品制作技艺，源远流长，已成为宜兴人家中较多见的手艺，因其原料的稀少，加之工艺提高后对其要求愈发精尖，现在，要得到流传认可的大家的作品，也变得极其不易，但是，作为最为大众的、最为灵活的民间艺术，宜兴的陶艺紫砂始终保持着旺盛的民间活力，各类小的作坊不少。

一座数百年的老窑，风雨沧桑，仍然青春焕发，服务于人，令人肃然起敬。出窑口边堆积了不少的烧制品，有盆有罐，也有缸，大小不等。大的壶状高半米，还有一些破碎的陶片，同行人中有人开玩笑说，弄不好，捡的就是文物啊。可是，没有见到那些精制的茶壶和艺术品，也不知陶艺大家们的作品是不是在这里烧制出炉的，就有人不无遗憾地说，古旧成精，龙窑老了，也许是太累了吧。

是的，在那成堆的可能是次品的陶品前，我们没有见到在博物馆、商品店里看到的那些精美的身价高贵的紫砂壶。它们之间或有不同，可相同的是，它们的问世都得益于大自然的赐予，也是巧匠们的创造，而且，最后总归要由无数个像龙窑一样的母体孕育诞生。千度烧制方成陶，是火的炙烤、炼制，才有艺术品的纯度。事实上，人们关心的是紫砂艺术的美，却很少知道烧制出艺术品的窑是什么样子，更不知道它们安身何处、境况如何。

离开的时候，大家与龙窑合影，因有众多房屋影响，难有一个全景可取。拍出来的照片，也不太好。这龙窑，为紫砂器物的母体、摇篮，其实也是很简陋，甚至粗陋的。山不在高，有仙则名，不在于它的外貌如何，出身如何。它的强韧，它的博大，它的坚毅，它的沧桑，甚至它的简朴与粗陋，都是它的品格。经历数百年，它仍傲然人世，历经烟火燎淬，孕育出那些或粗或精的陶器生命。可是，它在这个驳杂的村落中静卧着，除了那块牌子显示着身份，并不显眼。我曾经看过几张过

在乎
山 水 间

去的龙窑照片，周围是一些空旷田地，龙窑的形象突出。世事沧桑，而今在密集的村落街道中，它几近被周围的拥挤所遮蔽，在粗朴简陋之中，平生几分孤独与无奈。

2013 年 7 月

彭山的高度

彭山，不是山，是四川眉州市的一个区。古时称武阳，建制始于秦，至今已有2300多年的历史。彭山位于四川盆地西部、岷江中游，为成都平原半小时经济版图和生活圈所辐射。

彭山辖区有一座高逾600米的彭祖山，古称彭亡山、彭女山，因3000年前的一位殷商时代的彭姓贤士而得名。这里传说是千古寿星彭祖的栖息活动之地，也留下了诸多民间故事和史迹。

彭山有山，也有水。滔滔岷江，悠悠锦江，逶迤千载，汇聚相挽，成为彭山的母亲河。钟灵毓秀，人文风华，铸就了彭山前世今生的"江山风流"。

厚生流韵长

泱泱中华文化史传中，彭祖是影响较大的长寿尊神，名彭铿，殷商时曾任守藏史，为彭姓国之祖。孔子、庄子、荀子等先秦哲人，都曾有关于彭祖的论述。《史记·楚世家》记载："彭祖氏，殷之时尝为侯伯，殷之末世灭彭祖氏。"传说他是彭山人氏，后辗转于华夏数地，在岷江一带盘桓经年。动荡之时，流徙四方，致力养生，获得长寿之享。《庄子·逍遥游》

在乎
山水间

中说："上古有大椿者，以八千岁为春，八千岁为秋……而彭祖乃今以久特闻。"另在《庄子·刻意》中，曾把他作为导引之士、"养形之人"的代表。屈原在《天问》中写道："彭铿斟雉帝何飨？受寿永多夫何长？"具体地说到他的日常生活之道。先秦之后，诸多道家、阴阳家、术士心中的彭祖，长寿且养生，生活有范，文明达人，汉时的刘向，甚至把他尊为"列仙"之一。典籍的记载，林林总总，后人缘此而奉他为养生厚生的神祇，也拜为"养生长寿第一人"。当然，也拜他的学问、医术、文史等方面的成就所赐。而作为千古传诵的养生鼻祖、长寿之神，彭祖是一个响亮的符号。

史书中多记载，战乱之时，彭祖先避于闽，后在蜀地活动，流连于岷江边、眉州彭祖山一带。这是一个普通平原上的小山包，相对于川西巍巍山峰，只是一个水乡山丘。这里有多处彭祖纪念场所，庙宇、祠堂、坟冢，虽多为后世特别是宋以后所建，却延伸了一代贤达的精神生命。在群山环抱中，山与山之间形成一个天然的立体太极图像，更显出这方名人故地的厚重神奇。

彭祖纪念园有一座高十多米的"寿"字巨型石碑，耸立天地间，赤褐色的宽大石雕，坚实如磐，恰似养生长寿之道的厚重沉实。前后园林中，茂林修竹，清溪田舍，清静古朴，或许还原了当年养生长寿的原生状态，也昭示了当下人们对于厚生康养的关注。彭祖养生长寿的故事，被制作成各类大型牌子在园区陈列，吸引南来北往的拜谒者。那天，我们去拜访，说是"采气"之旅，新鲜之中略有不习惯。每每来到彭祖山的访者，拜谒长者蔼蔼之风，采养生阳和之气，得长寿厚生之道，于是，这"采气"之说，庶几令来者欣然。

有意思的是，彭山人从流传的《彭祖经》中，归纳出"益寿源，增遐龄"的养生要诀，弘扬"彭祖的长寿文化"。"昔彭祖，八百寿"，他的长寿秘籍，倡行天养、神养，也有膳食、身心调适的导引辅助，讲求阴阳和合，精气合适，身心相宜。一位远古的贤士，在零星的史料中，成为千年传说，这正应了现代生活的多元与智性的追求，对生命本体的重视。徜徉在这个被认为北纬32度、出现过许多自然之秘的地方，观赏有如阴阳太极图案的自然景观，想象道家的养生、阴阳家的问丹求术，在人生的潜能激发和生命追求中，总是有一代一代先行者的努力指引。回望这个并非高大的山丘上那尊仁厚飘髯的远祖雕像，格外亲切。

近年来，养生厚生已是这个长寿祖地平常人家的生活常态，成为传统风习，用当地朋友的话说，得到了"养生红利"。90岁以上的老人"都不算寿星"；百岁老人，在全区32万人口中就有 50 多位。因为这一数据，彭山被评为"中国十大长寿之乡"之一，据说这样的评定，要有定量的科学指标，进行大数据量化分析，保有可信度。我们到了江口古镇上，看见一户紧邻岷江岸的老房子，二楼窗台可观岷江、锦江的"双江汇流"。正巧见两位老人悠闲地挨坐着，似入定老僧。一位老婆婆不时地回答提问，才知已是 97 岁高龄。她还麻利地接过递上的香烟，抽了起来。陪他们闲聊的房主说，那位老爷子已 93 岁了，身子还硬朗，饮食上不挑剔。从面相上看，真不像如此高龄老者。人们啧啧称奇。这些彭祖荫庇下的高寿乡亲，秉承先祖的生活理念，闲适顺生，享受大自然，延续着长寿厚生的传统，得到了回报。

彭祖祠前有一副对联："道道非常道，生生即永生。"或许，从不一样的角度，对生活之道、生命要诀的诠释有所不同：在平常之中，见出非常，生生不已，才有所获；或者是，不同寻常，方见奇伟，生生如斯，得以天年。玄妙的哲理表述，见仁见智，而对人生意义的探寻，留住了人们的脚步。

"山不在高，有仙则名。"小小彭祖山，是不可忽视的。

孝文诵千古

或许我们都有这样的感受，年少时读古文，能记住的只是故事，感人的，或与自己成长有关的故事。稍长后，才去体会作者为何写来，才关心作者是谁。造访彭山，方知中学时读到的《陈情表》，作者李密是彭山人，这里恰是故事的发生地。1700多年前的一篇不同寻常的文字，自清代的《古文观止》收入后，流芳百代，至今仍在各种教科书中出现。

彭山保胜乡的龙安村，是西晋蜀汉尚书郎李密的故土。幼失怙，母改嫁，祖孙依偎，"茕茕孑立，形影相吊"。清苦日子，对于年幼的李密而言，需要承担更多。于困厄之中，李密以一纸陈情，写下了千古孝道文字。

李密初为蜀汉官吏，后时势动荡，返乡侍亲。前朝遗臣，被邀新职，不得不听从，可老祖刘氏风烛残年，两难之间，后坚辞不仕，为伺候九十有六的祖母，进言陈情。于是，有了这至情至义的感人文字："但以刘日薄西山，气息奄奄，人命危浅，朝不虑夕。臣无祖母，无以至今日；祖母无臣，无以终余年。"他直抒胸臆，直陈困苦，款款深情，拳拳孝心，如泣如诉，感天动地。"乌鸟私情，愿乞终养"……孝义感恩，知恩图报，李密为人之典范。为报答祖母，放弃官职，而为了回报朝廷知遇之恩，写下了"生当陨首，死当结草"的誓言。

他的孝义之举，千百年来为人所敬慕。宋代的赵与评说，读诸葛亮《出师表》而不堕泪者，其人必不忠；读李令伯《陈情表》而不堕泪者，其人必不孝。此说虽不无主观，却也是古人对于大孝之善德的极高褒赞。因为李密的文字触动了人生情感隐秘敏感的"痛点"——亲情和孝义，这区区不到600字的陈情恳请之书，被誉为"千古情感第一文"，名实相符。

李密出生地是一个四面环山的小村，宋时这里建有龙门寺，后几经损毁修复。每至清明或年节，香火不断。人们拜谒李密，为其孝心大德所感召。在龙安寺后面，有一个长约200米的悬崖石刻，镌刻着《陈情表》。笔力雄健，椎心泣血的文字，穿越旷世时空，守护着作者乡梓，成为彭山弘扬孝义文化的一曲绝唱。

近年来，彭山着力打造忠孝文化，倡行孝德人伦，挖掘孝义史实。早于李密的东汉张纲，也是彭山人。曾为朝廷御史。当时，外戚专横，陷害忠良，危邦乱国。张纲不顾个人安危，上书弹劾贪官，不惧打击报复，智取恶小，保一方安宁，"息干戈之役，济蒸庶之困"。英年早殁，"百姓老幼相携，赴哀者不可胜数"（《后汉书·张纲传》）。彭山在不同时期的孝义忠烈的典范，令百姓口口相传。

就此一篇至情文字，李密在文坛上留得芳名。宋代李清照之父李格非认为，李密的《陈情表》与诸葛亮的《出师表》、刘伶的《酒德颂》、陶潜的《归去来兮辞》，"皆沛然从肺腑中流出，殊不见斧凿痕，是数君子在后汉之末、两晋之间，初未尝以文章名世，而其意超迈如此"。

意蕴超迈，自然天成，这是作文的高标格。也有论者说，李密文字可以当作"较早的抒情散文"。散文的滥觞，是在人们的交往和友情中日益活跃的，成为可能之后，在不经意处写日常，从个人的命运情怀中抒发心志，描绘事象，诠释事理。散文初始多是记事说理，写人纪史；而抒发情感，陈诉衷肠，则是散文发展之后渐次出现的。可以说，自李密的陈情文字始，情感文字有了新的生面。这不奇怪，他是巴蜀大儒谯周的弟子，有较高的文字素养。一篇不同凡响的《陈情表》，展示了李密作为抒情文字宗师的面貌，也为彭山以至眉山的锦绣文脉，增添了精彩一笔。

彭山的高度，不乏文学的高度。

2021 年 2 月

在乎
山水间

山水人文走崇义

一个人与一座城，缘分深浅，其来有自——或是衣胞之地，或多年生活于此，或造访后的情有独钟，总之，你有了深切感受、别样情怀，其风土人文，成为你心中念想，或倾情笔端。赣南的崇义，于我就是。

赣南是江西名头响亮的地区，十数个县市有多个革命苏区、老区，红色文脉厚重，像瑞金、兴国、宁都、寻乌等，名扬四方。也有优美的原始生态、山水园林，成为红色与绿色交相辉映的名胜。我曾在瑞金当年苏维埃根据地高大的樟树下，品尝过"红军井"水；登上宁都县烈士陵园，祭拜"宁都起义"英烈；并在高耸云天的翠微峰上，领略有清一代志士仁者的清流风仪。而今，走进这不太熟悉，却古今风华灿烂的崇义，顿生别样情感。

一

赣南崇义，山水之城，与湘东粤北交界，章江发源地，又有罗霄山相拥，建县 500 年的历史，山川形胜，人文鼎盛。

时值深秋，万物斑斓，城郊不远的阳明山麓，一汪碧水映出满山秋色，住地县林业培训中心面山傍水，正应了"碧云天，黄叶地，山映斜阳天接水"的古诗意境，有幸与这风华熠熠的山中小城，来一个秋天的美好邂逅。

眼前的阳明山国家公园，为雨林景观，又称幽谷秘境。树壮竹密，植被繁茂，碧水蓝天，几只白鹭悠游湖上，多彩风景，映衬出山水的静寂和灵动。一条幽深的兰溪山谷，长十数公里，林深水长，瀑布飞悬，古树、修竹、青苔、藤蔓，分割为不同景观，密匝的树枝，遮光蔽日，山涧幽深，水汽蒸腾，孕育出负氧离子含量平均值每立方厘米9.2万个，最高可达每立方厘米19.2万个，2004年9月被上海吉尼斯总部评为"空气负氧离子浓度值最高风景旅游区"。一种细高、黄皮光亮的大树，像柳又像杨，从树冠上垂挂的须绦约有10米，分出几根如流苏般的细丝，随水汽飘逸。同行的省林业专家老郭说，这"须发"长密的枝条，是深涧密林小环境"共生"完成的。另一棵名为狗骨柴的树，像冬青树叶，除了名字外，没有太多特别处，树上铭牌倒让人好奇。近乎原始密林深谷，一些树干挂有小小绿牌，举手之劳的科普，方便了游人。狗骨柴等树种，给我的启蒙，有如温习孔子的"多识于鸟兽草木之名"的古训。沟谷旁一些大树的根部，长出像动物脚趾状的肌筋，悬根露爪，在石板"盘踞"，专家说这是"岩板根"，为山林老树的一大特色，其生命力强韧，不惮泥土稀薄，沧桑野朴，蔚为风景。

二

山水丰沛，养育园林生态。县域内的阳明湖，紧邻上犹县陡水湖水库，连成相邻的一大水域。崇义水系浩荡，秋色连波中，宽阔浩渺的被称为小漓江的阳明湖是集大成者。杰坝乡有一众半岛，12个岛屿连缀成湖山林地，面积达580公顷。47年前，这里地貌、水土、气候优越，建起了集树木科研、保护培育于一体的赣南树木园，植有1700种原生树种，其中52种是珍稀濒危保护植物，如秃杉、观光木、红豆杉等，也有美国、墨西哥、缅甸、日本等域外树种，被认为是"植物基因库""南方树种向北移植的中转站"。树木园取名朴实，却是风景优美的生态园，也是研学的科普园。门口牌子上书写：赣南树木园——国家林木种质资源库。园内几间不大的平房，临水而建，名为树木园生态科普馆。水畔树丛，树木密实，品种多样，乔木伟岸，灌木壮实。无论是珍奇的，还是普通树种，都有身份铭牌，品种、名头、产地、特色，一目了然。其中，被认为是树中活化石、距今上亿年的古老孑遗植物秃杉，是国家一类保护物种。秃杉于20世纪初在云南腾冲被发现，后制成标本；此后，又在台湾发现秃杉，80年代引种在赣南，为树中"大哥大"，最高可达70多米，此园内的秃杉有28米高。

近千株秃杉形成队列，玉树临风，气宇宏伟，成为"网红景观"。林道逶迤，秋阳水波下，枫香树明艳，乌桕、红豆，艳丽夺目。那些名字新奇的，如秤锤树、中华安息香、突托蜡梅、鹅掌楸、坛果山矾，以及园中之宝——中国特有的普陀鹅耳枥，林林总总，让人大长见识。因场地限制，树木杂错相拥。树木无言，近半个世纪静守一隅，历经寒暑，生命勃发，养育生态自然，装点山水崇义。

山水风土，滋养万物——林木多彩，物候多样，人文多情。崇义县城南诸广山腹地，一条名为君子谷的山坳，尖顶木屋上高挂"野果世界"牌号，新奇醒目，这是野果资源保护地、绿色生态的"伊甸园"。200多种野果植物，3000多株野生植物，安家在大棚、土畦、沟垄，春时花开，秋时果熟，展示生命的原生野性。30年前，从这条山沟走出去的庄姓企业家，回乡办起了野果世界，收集保护南方亚热带野生林果，进行良种繁育和资源保护。这位"全国五一劳动奖章"获得者，因为儿时野果记忆，把家乡一条杂草丛生的山谷改造为野生果树资源保护地，留住渐渐消失的自然物种，也让淡淡乡愁从自然物事中得到满足。从附近山坡、田头、屋场，找寻原生苗种，从乡民烧荒（当地人叫作"炼山"，即开山荒）中抢救濒危野果树。听说一乡民建房时发现珍稀的桫椤树，几经寻访，移栽到君子谷。历经 30 多年，野果世界渐成生态园，成为野生林果科研园。园中辟有"本草苗圃"，150 种草药，拾遗补阙，为药用科研提供服务。秋日的山谷，山泉汩汩，老枝横柯，野草丛生，形成了小型雨林气候。保留野性基因，打造适合的气候环境，君子谷被认为是还原生态，孕育原生草木的"生命摇篮""生态伊甸园"。野性，是草木本性，也是生命的个性，在这个花果树草杂生的野果世界，万物平等，生生不息，诠释了大自然生命的真意。

三

历史多奇妙。崇义立县，追终怀远，有一个人"成全"。500 年前，明代先贤王阳明，与这座赣南小城，有一段鲜为人知的故事。因缘际会，王阳明成为崇义一大名片。

这里是六年前建成的县博物馆。主体场馆是王阳明史迹陈列馆，一位峨冠博带的古人端坐于堂，相貌俊朗，睿智威严。出生于浙江余姚的王阳明，中年后在广西、贵州一带任职，后被贬谪在贵州龙场，从此修学悟道。1516 年，辗转赣粤，任南赣汀漳巡抚。在南赣的四年，他在哲学思想、军事武功、兴学教化、社会民生等方面，悟道修为，成为有明一代，儒学位列前三的圣贤。

王阳明盛年受命于南赣剿匪，潜心研究剿敌之策。南赣一带，包括闽西漳州、汀州，山高林深，关隘险要，山贼横行，他组建队伍，演练兵术，创设"十家牌法"，将横水、桶冈的谢姓土匪残部，一一铲除。1517年，平乱成功，安民治世，他奏请设立崇义县，开启了"崇敬礼义"的县治教化。从此，崇义正式设县。史载，"盗贼稍平，民困渐息……即行告谕，发南、赣所属各县父老子弟，互相诫勉，兴立学社，延师教子，歌诗习礼。……"办乡学书院，制定《南赣乡约》，研究心学，参悟破敌攻心之道，以"破山中贼易，破心中贼难"的名言，教化授学，崇义被认为是王阳明"立德、立功、立言"的重要实践地，心学的主要形成地。

距县城40多公里的齐云山茶寮村，一块高8米的大石，掩映在山坡荒野，这是王阳明在崇义剿匪后，勒石记事，记述辗转赣粤，消灭匪首谢、蓝等部的事功。这块国家级文物平茶寮碑，又名纪功岩。碑上王阳明正楷手书，遒劲周正。碑的背面题有两诗，有句云："处处山田尽入畲，可怜黎庶半无家。兴师正为民瘼甚，陟险宁辞鸟道斜。"诗中关切民瘼、除害安民的情怀，昭然可见。

风雨沧桑，物是人非，如今，崇义纪念先贤，弘扬阳明文化，蔚成风习，阳明公园、阳明山、阳明书院、良知小学等有

在乎
山水间

关史迹的开发，渐次成形。

县城中山社区，一个单元门楼上，"知行家"的牌子并不起眼，却很特别。这是近年来传承王阳明"知行合一"思想，百姓社区开办的服务场地。知行于家，传承文化，也给人以温暖。打通几间相连的民居，分出不同功能区，有图书室、放映室、健身房、知行课堂、青年会客厅等。这里是学习娱乐场地，也可办理生活业务、家庭事务，如收发快递、儿童托管，小医小病治疗等。县委领导认为，"知行家"是一个互助、友善的场所，也是一个奉献爱心的地方。传承阳明文化的知行合一，以家的方式，贴近百姓，"助你幸福，温暖如家"，得到广泛认同。三年来，城关已有 20 多个知行家，为推进精神文明建设发挥了重要作用。

那天，随访一个"家"，热烈的气氛中，老人们下棋、健身，一台脚踏缝衣机旁，几位大妈说笑谈天，她们是来加工旧衣的，这个活计如今已不多见，机子也几乎成了文物。为民服务，"知行家"也是生活家。镇上领导说，"知行家"的一切服务都是义务，生活化、日常化，也有定期的主题性，比如青年活动日，为青年学习、交友服务。爱学习的青年，特别是单身青年，在这里探讨人生、交友恋爱。因此这里深受欢迎。

2023 年 11 月

徐霞客的上林

历史有幸让这块土地增添了荣光。上林，这个在史书中记载为皇家林苑的名字，在华夏版图上有一个活生生的存在，这就是南宁北郊百多公里的地方，因为一个历史老人的寻访，变得特别，变得闻名，成为史籍上一个有意义的记载。

那注定是让人难忘的时刻。370多年前，公元1637年冬，山路崎岖，一位徐姓老者在细雨寒风中，粗衣竹杖，从南宁过昆仑关，逶迤而行，在这里——南宁北面当时的思陇和三里城住了下来，这一住就达54天之久，成就了这位历史上的伟大旅行家与八桂著名风景点的佳话因缘。

这是徐霞客的第16次出游。此时，他年届五十，感到自己老病将至，计划已久的"西游"再也不能迁延，他毅然踏上旅途，开始了一生中最后一次也是最壮烈的一次远行。

作为一个成功的壮游者，他雄心万丈，要遍游南国，直抵滇黔"问奇于名山大川"。于是，他不顾年老力绌，不顾荒蛮、封闭与瘴疠的肆虐。一年前的初夏，从江阴老家出发，走江西再湖南后广东，入广西时已是次年阳春四月。他先是在南宁逗留，并以此为基点游历了广西的东北部和西南部，而后来到上林，此时已是寒秋时分。雨水不时地在这秋寒中淅淅沥沥，他

在乎
山　水　间

踽踽独行，山涧的树果草根成为他的果腹之食。或投宿于寺中，或寄宿于茅舍，晚间他写游记，写山志，留下了一个行者与智者的思索。

"又行坞中二里，有小水南自尖山北夹来，北与界牌之水合，有小桥，渡之，是为上林县界。"《粤西游日记·上林》这样开篇。徐霞客还详细记录初到上林的细节。他在《粤西游日记》中，以简练求真的表述，或记录山形地势，或写物事风习，或留下旅行指南式的评点，其景可观，其情可见，朴实中有深意。不知何因，他在上林境内逗留的时间是他此行最长的，凡54天。上林寻游，盘桓勾留，景物与人情，建筑与史实，成就了他14000字的日记，成为他此次出游的一个亮点。

所谓踏着古人的足迹，或许这是一次真正的兑现。一个盛夏的中午，烈日当头，我们沿着徐老先生的足迹，行走在他所描绘的三里城等地。满目青绿的禾苗抽穗拔节，秀丽的河流纵横交织。绿树红花是大地生命的色彩，而潺潺流水是夏日风景的灵魂，这里，有洋渡河，有大龙湖，有峡谷溶洞，有湿地，有成片的湖泊草地。作为与桂北、粤西山水同一脉系的喀斯特地貌，上林的山水景致不仅是绮丽灵动的，而且多有幽深与奇崛的特色。它不是一个个独立的个体，而是一片片相互联缀的整体气象，水与山相依相偎，绿树与村舍的映衬，在山坳深处，绿色葱郁如海，清流野渡有断桥，间或牧童兀自戏玩，其景其情，或许陶渊明笔下的桃花源之景可堪比肩。

面前就是一个叫三里·洋渡的地方。恰是当年徐老先生的流连之处，背有大山之依靠，前有流水之环绕，清水河如同一条玉带，串联起这块树丛草地。这里是一个平坦而广阔的生态绿地。夏日的阳光下，悠悠绿色绽放油亮的光泽。我们参加了一个旅游节仪式，依傍阡陌田畴，享受着这片特色风景，但难耐暑气侵袭，不一会儿汗流满面。可是，拖家带口的人们骑摩托聚集到临时广场上，还有不少戴小红帽的学生，这一仪式成了当地一个盛大的节日。或许是徐老先生的号召力，野地里的这个临时广场，成了人们热闹的聚会场。几个相关的程序和节目在欢呼声中完成，而近旁简易的展览室里，书法和摄影展吸引了更多的人。我流连于此，看到上林风光在众多的摄影者眼中，有各种奇异的再现。更多的是，书画家们以对当年造访的徐霞客的崇敬和怀念，书写下真诚的感悟，挥毫落笔间，一代旅行大家、一个倔强的独行侠、一代游记的集大成者，对中华文明的贡献与引领，跃然纸面，令人肃然起敬。

回到县上，在一个安静院子的会议室里，县上徐霞客研究会有活动。同样，墙上挂着不少的书画，桌上放着新出版的大本研究文字。当年行走上林、客居 54 日的大旅行家，如今得到了如此的尊重和厚爱，老者青年，官员学人，济济一室，商议着研究、纪念事宜。当年辛劳事，今日座上魂；万言写大千，行状后人敬。如若徐霞客有知，也不枉那艰辛的粤西游、上林行。

一片风景的美丽，或许有了这样一位巨人的参与，有了千古流传的人文故事，才有了不同的成色质地。

2012 年 11 月

瑞安"一抹红"

人间三月天，迟日江山丽。在南方，莺飞草长，绿色是基本色调，行走的脚步有绿水青山做伴，满眼的视觉是绿意盈盈，碧水漾漾。

那天，到浙江瑞安的金鸡山，沿飞云江畔，绵延的山谷，翠绿的林木，间或阡陌纵横，油菜花黄，高坡溪瀑如练，杜鹃花红，秀成浙南大地的春和景明。此行是瞻仰中国人民解放军浙南游击纵队成立旧址。它坐落在浙南"东瓯第一山"金鸡山麓。

这里离瑞安城区一小时的车程，为浙南文成、青田与瑞安的交界处，海拔 800 多米，因地理特殊，群众基础较好，解放战争时期，成为中共浙南机关特委驻地之一。这个古老的村庄叫板寮，是个自然村，几处老屋场，旧式砖瓦建筑，簇新的现代侨眷楼房，掩映在林木花草中。

1948 年 11 月 25 日，解放战争的决定性时刻，浙南游击纵队司令部、政治部，在板寮这个林深路险的小村成立，龙跃为司令员兼政委，下辖三个支队、一个独立大队。短短几个月，转战浙东、浙南，先后解放泰顺、玉环、温州等 11 个县区，历经大小战斗 190 多次，发展壮大为 1 万多人。此外，还

在乎
山水间

配合解放军主力部队，一举解放包括温州在内的 14 个县市。中共浙江省委于 1949 年春发电文称："浙南党在龙跃同志领导之下，自主力红军北上抗日，十余年来坚持了南方的艰苦斗争，保持了党在南方的革命旗帜，保持了党的组织和干部，保持和发展了强大的游击武装，组织武装了广大群众，有力配合了北方人民解放战争的胜利。"

馆址是一幢二层旧楼，稍显简陋，众多实物和图片，形象述说了小小山村的不凡历史。1938 年 5 月，中共浙江临时省委在温州平阳成立，龙跃任省委委员兼浙南特委书记。1948 年，浙南特委改称为浙南地委。浙南游击纵队成立后，龙跃领导发动群众，扩建部队，打游击战，成为解放浙南的主力军之一。龙跃的卧室、办公场地，依原样复原。馆址的后侧，是纪念碑亭园。碑文和亭上铭联，赞扬了游击纵队的牺牲精神。园后的龙跃墓地，以及 1947 年 5 月创刊的《浙南日报》(《温州日报》前身)的长方形石头造型，静卧在松柏丛中。那天，刚下过小雨，一阵山风摇落片片山桃花瓣，像是为祭奠先烈洒下的花雨。刚好离清明时节不远，小路斑驳，苔痕点点，纷纷细雨，文字和实景，让这次寻访难以忘怀。

瑞安是浙南古县，紧临温州，新石器时代晚期，飞云江畔就有先民群落，到晋时设有罗阳县，明洪武年定名为瑞安。历史悠久，自然区位突显，又有"山、海、江"的生态优势，人文自然，风华灿烂。当年陆游过瑞安，行舟飞云江上，写诗赞叹："俯仰两青空，舟行明镜中。蓬莱定不远，正要一帆风。"物华，民风，有如仙境，留住了诗人的笔墨。如今，新时代的改革发展纵深前行，瑞安乘势而上。保护和利用红色资源，有了新举措。一些革命纪念地逐渐恢复、修缮，在幽深清美的自然环境中，在绿色生态景观中，红色文化创设，生发出一抹亮色。

这片红色大地上血与火的历史，激励人们不忘过去，铭记初心。近年来，几个重点纪念地和烈士故居，相继建成。较早一些的，有反映 20 世纪 20 年代农民协会组织的赤卫队斗争的曹村南㐂革命老区纪念馆；规模大些的，有五云山革命纪念馆；规模完善的塘下镇的肇平垟革命纪念馆，这是由村民自发建立的，村民为纪念迁居到此的先辈们，以及铭记于 1927 年成立农村地下党支部的历史；此外，还有以烈士个人命名的、纪念瑞安早期妇女运动的领导者的全学梅烈士纪念馆，纪念工运领袖、红十三军的主要领导人之一的雷高升烈士纪念馆。

20 世纪 80 年代，瑞安先后建有几位本乡籍烈士的故居。比如，出生于塘下驮山、1932 年牺牲的陈卓如。1928 年春，组建驮山农民赤卫队。驮山村的陈卓如纪念馆，为乡亲们自发筹建。曾任中共瑞安临时县委书记的林去病，是20世纪二三十年代活跃在瑞安地区的党的早期领导者。他的故居位于市区，占地300平方米，为市级文物保护单位。较大规模的是瑞安西山烈士陵园，建在瑞安城区的西岘山，牌楼高耸，威仪庄严。陵园中一堵长长的英烈名录碑，镌刻有479位瑞安籍烈士英名。二层楼高的烈士墓，安放了120名烈士的忠骨。先烈们的英魂，在城区制高点上，面对朝夕晨昏，护佑瑞安大地。烈士牺牲时多在20岁左右，最小的女英雄全学梅，1930年牺牲时刚16岁。"葬我于高山之上兮，望我故乡……山之上，有国殇。"在这里瞻仰，不由得想起这句著名的诗。如同一位诗人留言所说："历史是我们的来路，红色基因像是鲜红的血、跳动的脉息，也是我们身体的DNA……"

前往浙南革命纪念馆的途中，一位老人挎着小扩音器，提着亮晃晃的手杖上车，到了纪念馆，他熟练地为我们讲解。他是76岁高龄的张维通老先生，从小学校长岗位退休后，到纪念馆义务讲解。为了宣讲好，他走访知情人，买来有关书籍，潜心钻研。讲解中，他不时用手杖轻触低矮的楼梯，提醒大家，我们这才知晓那根铁手杖的用意。每次"上岗"，他总会穿上正装，一套略显陈旧的深色西服，一双沾有黄泥的皮鞋。他家离纪念馆较远，风雨无阻，坚持16年。有人统计，他跑了近万里路，讲解了千余场，风里雨里，皮鞋染上黄泥，衣服换了几套。有人问他，这么大年纪，不累吗？他说，做革命历史的传播者，很荣幸，为家乡的红色文化做宣传，更是自豪。

这里是瑞安国旗教育馆。这里让我们再次感受到瑞安红色文化的分量。国旗教育馆建于 2019 年 9 月，为全国首家综合性国旗教育基地。在雄壮的国歌声中，只见 20 多米高的旗杆上，五星红旗迎风飘扬。这是一面顶天立地的视频墙，只见蓝天白云，国旗招展，缓缓升起，有如天安门广场的升旗仪式般壮观。馆中琳琅满目的图片、实物，现代高科技的声光影电，组合成国旗与祖国、人民与国家、抽象与具象等强烈立体视觉效果。场馆占地两万平方米，通过 8 个展厅，详细介绍国旗的诞生、国旗的制作、国旗的含义、国旗的使用规范、国旗法等内容。"让观众在热爱国旗，致敬国旗的同时，深入了解国旗的有关知识。"这个创意，寓意深，接地气，成为颇受关注的瑞安新景点。

馆中的人物雕像引人注目，主人公手握稿纸，举笔沉思。他是国旗设计者、瑞安人曾联松。1949 年 7 月，新政协筹备会决定公开向全国征集国旗、国徽图案和国歌词谱。曾联松设计了"五星布成椭圆形，大星导引于前，小星环绕于后，恰似众星拱北斗"的图案。9 月 27 日，中国人民政治协商会议第

在乎
山水间

一届全体会议一致通过曾联松设计的五星红旗为共和国国旗。1950年，曾联松应邀参加了国庆观礼。电影《共和国之旗》反映了这段历史。一个设计者的艺术创造，成就了一段意义深远的革命故事，丰富了瑞安红色文化内容。曾联松很早就离开了家乡，在外求学，在他逝世20年后，瑞安国旗教育馆建成。在这个庄严的场地，一尊雕像，是家乡人对他的艺术创造和贡献无言的赞扬和肯定。

2021 年 5 月

光泽走笔

　　光泽，闽西北山区一个小县，素有七山二水一分地之说。山与水为光泽获得声名，山是绵延起伏的武夷山北段，水有闽江支流富屯溪贯穿蜿蜒，境内还有西溪、北溪、信江、赣江，五水竞流，水丰林茂，形成"青山耸翠，碧波潋秀"的生态景观。

　　说到这个县名，国人也多陌生。据载，早在唐代始有地名，到北宋兴国四年（979年）建县，名为光泽。究其本意，众说纷纭，望文生义的理解，"光耀天地，泽被苍生"，可以想象人们的祝愿和期许。

　　如今，八闽大地成为中国东南沿海一个亮丽的省份，从经济角度看，光泽无多优势，但地处闽赣之交，历史悠久，关隘重重，商道崎岖，尤其是近代，革命烽火熊熊燃烧，红色历史，人文风华，自然风光，交织着光泽的诸多胜景。

　　阳春三月，在光泽，走山关，访古村，跨上风雨廊桥，见识百年樟树，徜徉在历史时空中领略光泽的熠熠光华，而寻访红色历史旧址，一栋普通的房子，因为见证了一段历史，令人难忘。

　　这是一间老屋，五间砖木建筑，一字排列在不大的高坡处，远方四边，山峦逶迤，围成一大平地，田园青翠，小溪蜿蜒。村头，桃花飞红，梨花泛白，景象怡然；屋前一块卧石，镌刻"大洲谈判旧址"红色大字，在葱茏绿色中格外亮眼。

沿石块小路拾级而上，轻步迈入，正厅中间斑驳木桌上，一盏马灯、一个笔筒和一面折叠的党旗，四壁贴满的图片和柜子里的书籍，诠释着80年前发生在这里的故事。

1937年秋，闽赣省委书记黄道受中央指示，精心策划了国共大洲谈判。1936年，西安事变后，中国共产党关于"停止内战，一致抗日"的呼吁，得到各界响应。当时，中共闽赣省委派出闽赣省委宣传部副部长兼儿童局书记黄知真、闽赣省军区教导大队教导员邱子明等与国民党江西省当局代表、江西省第七保安副司令周中恂和光泽县县长高楚衡，就"停止内战，一致抗日"，在寨里镇大洲村举行谈判。闽赣省委驻地在光泽县寨里诸母岗，山下的大洲村为游击区的核心区，高山密林，地势隐蔽，谈判双方选定了这里。"9月下旬，双方代表经过多次谈判；10月1日，黄道代表闽赣省委与国民党方面签订协议……谈判之后，闽北的内战停止，10月下旬开始，在闽赣边区的红军游击队陆续到石塘集结。根据中央指示，红军游击队改编为新四军第三支队第五团。1938年2月25日，五团从石塘出发经河口到横峰开赴皖南抗日前线。"至此，闽北的国共战争停止。

大洲谈判，是闽北抗日形势深入发展的一个转折，也为这片土地增加了红色亮点。早在 20 世纪 30 年代初，在闽西和赣东北革命烽火迅猛发展的影响下，光泽发展为革命苏区。据记载，1931 年 4 月下旬，方志敏率领红十军入闽，25 日到达光泽的司前村。1932 年 11 月，朱德、谭震林率领的中央红军，连克黎川、建宁、泰宁之后，胜利占领了光泽。在第四、第五次反"围剿"中，中央红军曾在华桥乡牛田村陈家排建立军事指挥行营，后又在扫尾村成立最早的中共光泽县委会。1933 年 5 月，中央苏区在江西与福建边界设立了闽赣省，管辖闽北及赣东、赣东北 26 个县。光泽加入红军的人数上百，后来修建红军烈士陵园时统计，仅在几次反"围剿"的战斗中，光泽籍的烈士就有 30 多人。

大洲谈判的中共代表、年仅 17 岁的黄知真是时任闽赣省委领导人黄道的儿子。在革命斗争中，亲人家人共纾国难，书写了壮烈的一页。1939 年春，黄道陪同南方局书记周恩来在金华召开闽浙赣三省负责人会议，并在吉安等地考察，随后，从上饶往皖南会见陈毅将军，不幸于铅山县河口镇染上重病，被敌特买通医生毒害，遇难时年仅 39 岁。噩耗传来，陈毅写了《纪念黄道同志》一文，悼念战友："在与我党三年隔绝的

在乎
山水间

情形下，在进攻长年围剿下，黄道同志能独立支持，完成了保持革命阵地，保持革命武装，保持革命组织的任务，而后，能够以一支强有力的部队编入新四军来适应抗战之爆发，这是黄道同志对革命对民族的绝大贡献。"

春寒料峭，小雨淅沥，让人心情沉重。旧址远离集镇，寂静的山村，冷清的屋子，展品和实物还在陆续整理中。80 年前，参军，支前，送情报，一时间，光泽成为闽北革命中心。小小屋宇见证了一场革命壮举。为了人生理想，为了奋斗目标，洒热血，献生命，年轻的共产党人，义无反顾，成就了人生光彩，坚韧而壮烈的背影，定格在历史的时空。对于他们，虽然有了这样的纪念地，资料和实物还原了当时的情景，可是，今天的人们，特别是年轻朋友知晓多少，理解多少？红色精神，在众多的纪念节点和相关的主题行动中，如何切实地继承和发扬？或许，已成为时下青年思想工作的一个课题。如今，保存和修建大洲谈判旧址，其现实意义，自不待言。

墙上的记事簿，登记来访者资料。我特别注意到留言，有多条出自中小学生手笔。面对祖辈一代人的壮举，谈判之事、"革命"一词，他们幼小的心灵可能并不完全明白，但是天真的话语、孩子式的表达，是真诚的，令人欣慰。"珍惜今天，不忘过去，做红色接班人。"是的，红色、奋斗，不褪的本色，不变的初心；红色的历史，是记录，更是精神的传承和激励——我想，没有什么比这更能告慰革命的先行者的。

2017 年 5 月

在乎
山 水 间

汶川读碑

川西高原上，深沟大壑间，有巍峨的邛崃山，幽幽的岷江，还有羌人祖地、红色历史、商旅古道和传说中的禹圣灵迹，以及熊猫繁殖地，丰富、特殊的人文风华，在悠悠岁月，留下印记，熠熠生辉。

而八年前那场锥心之痛，让世人把更多目光投向汶川。

八年了，时光并没有磨蚀那沉痛的记忆。那年5月，山崩地裂，满目疮痍，人类灾难，世界震惊。八年后，来到汶川，回忆和感叹，让大家心情凝重，复杂而纠结。

旧貌换了新颜，基础设施得以高效地重建。通衢大道，让人感受到现代化的速度。都汶高速追着岷江，逆流而上。这条依山傍江的高速公路，平整、宽阔，路面泛着乌亮光泽。沿线风景，秋色明丽，村落俨然，除了有山体残留垮毁的痕迹外，几乎看不到地震肆虐过的影子。从成都过来，100多公里行程有数个大小隧道，长的近10公里，平缓、敞亮，畅通无阻，把这举世瞩目的地方，与外界快捷而有效地联结。

往事不堪回首，往事刻骨铭心。

映秀镇，当年的震中。垮塌严重的漩口中学，有43名学生和12名教工罹难。这个秀丽古镇，背靠山谷，面对岷江，是进入阿坝藏区的门户，其地理风貌与人文风情，为川西一带知名。一场灾难，让人们记住了这个川西小镇，特别是漩口中学。这里曾举行悼念遇难者的公祭。重建后，学校另迁，现为地震遗址，校门上一行"深切悼念汶川特大地震漩口中学遇难师生"黑色大字，刺目揪心。院内左侧，高10多米的纪事墙上刻有碑文和雕塑。后侧是数间倒塌的教室，裸露的砖块钢筋零乱地支棱着，屋檐上残留着民族风格的图饰，依稀可以看出当年样貌。一尊偌大的时钟雕塑，赫然平卧，指针定格在地动山摇的那一刻。在它背后，一杆国旗高扬在坍塌的二层楼上，耀眼红色在空旷峡谷中猎猎生动。

时间凝固，心沉如铅。肃立在纪事碑前，默诵、祈祝，人手一捧白菊，轻轻安放台阶上，与早已绽放的簇簇黄花，长长黑帐，形成小小的祭奠。之前，刚刚在新建的地震纪念馆参观，众多的图片、文字和实物，记述了那场惨烈的地震，也记录下无数的温情和感动。在那间模拟地震现场的黑屋子，声、光、电，还原了天崩地裂时的情境，数万条鲜活生命逝去，美好家园毁于一旦。几分钟的实景体验，让人喘不过气来，悲伤和心痛再次袭来。幸好全社会鼎力救助，同胞友人的爱心善举，使经历了地震浩劫的人们，生产和生活得以迅速恢复。

爱心接力，大爱善行，业已镌刻在汶川人心中。不远处的大爱文化广场，将这一理念具象化。在峡谷空旷间，一双由数十只手叠加而成的巨手造型，开启了"爱之门"。它有四五层楼高，在"让世界充满着爱"的巨幅标语衬托下，双手相对，手心向上，像是祝福，也是宣言。"巨手"之后是"爱立方"馆，长宽各30米、高20米，用900多块花岗石砌成，四面墙体刻有上百个不同字体的"爱"字。在馆内，铜铸的生命之树，爱神飞天，以及古今中外关于爱的箴言、雕塑、图像，立体地描述了爱与生命、爱与人类、大爱传承的故事，将爱的理念立体而高迈地张扬。

生死考验后，危难相助中，尊重生命，奉献爱心，就有了更为深入全面的理解。大爱广场，体现了创立者的初衷。"爱，是心与心的交流，是生命的托付与给予，是信任，也是动力，它超越时空、民族与国别。"同时，表达出经历地震劫难的汶川人，对全社会的真诚感念与回报。面对突发灾难，有政府强力领导，有八方支援，短短两年时间，家园重建，水磨镇等一些旧街老村换新貌，特别是像萝卜寨等偏僻羌寨，废墟断路得到修护和改造。本土诗人羊子在长诗《汶川羌》中写道："亿万颗心温暖支撑的，崭新的一个家园，汶川……受难的，疼痛的，苏醒的，回来的，笑的，汶川。"是爱的力量，仁义善行，让奇迹发生。

最早进入灾区重建的是广东省直队伍，时间在当年 8 月 7 日。汶川人把全国 19 个省市和军队支援的事迹，铸成碑，用赋文形式，存留下来。全县立有 10 多个碑刻。仅广东省就有广州、东莞、中山、佛山、珠海、湛江、汕头、江门、惠州、潮州、茂名、肇庆、揭阳等 10 余个城市参与援建。在县城所在地威州镇，一块"广东援建汶川纪念碑"，耸立在县文体广场。"山崩裂裂，灾难泱泱。广东援汶，令发中央。举省共发，大爱无疆……"碑文以县委、县政府的名义，用仿赋体文字，简洁介绍了广东省方方面面付出的心血。在县城一些地方，分布着写着援建单位名号的铭牌，昭告世人，大爱暖流涌动在汶川大地。在《草坡乡重建记》的碑文中，我读着这样的句子："其时草坡，余震不断，滑坡飞石，交通堵塞。冒险蹈死，攀岩涉流，走村入户，解民困厄。"震后，汕头市的一支测量队，冒着震中乱石，勘测河道数据，19 岁的秦春利，不幸跌落江中，殉职他乡。汶川人民在他牺牲的地方植树，建"青年林"，以志纪念。

那天清晨，汶川县府威州天气晴好，我沿岷江行走，往东来到玉垒山的姜维城上，可以一览全景，狭长绵延的城市街道，依山形，傍水势，街面簇新，民俗凸现，大禹像高耸，红军桥巍然，光鲜中不乏朴实。穿城的国道上不见车流，清静得可闻行人声息，那些或高或矮、记录当年援建的标语和铭牌，时而可见。就在我脚下，古姜维城边一条公路的通道尚未完工，那"广州市援建工程"的红色字牌，在晨曦光照中，格外醒目，几处施工场地还挂有"向汶川人民问候"的标语，不觉心生暖意。我甚至想到，这个岷江古道上多灾多难的小城，独特的人文风景，让人沉思，然而，地震后一些新建筑和碑刻，汇入这古朴而独特的风景中，更令人回味。

2016 年 4 月

湛江三章

湛江，广东西南港口城市，地处南海之滨、中国大陆最南端，与海南岛一苇可航。特殊的地理区位，使它成为大众耳熟能详的一方名胜。烟波浩渺的南海，丰饶美丽的北部湾，幽深迷人的雷州半岛……湛江有幸，天地造化，物华风流。

湛江之名何来？它本是远离大江大河的滨海城市，历史上曾属椹川，1945年，改名为湛江。据说当年林木多而少雨水，主事者心有寄托，改木字为水旁，以江代川，更显气象。

如今，湛江的名头响亮。为"一带一路"海上合作战略支点城市，首批国家海洋经济创新发展示范城市之一，北部湾中心城市和全国性综合交通枢纽。2018年，习近平总书记视察广东时，要求湛江"打造现代化沿海经济带"。在振兴广东沿海经济的格局中，湛江的地位举足轻重。

夏季的南海，热浪、台风是热词。当整个南海裹挟在季风肆虐中，湛江的气候也变得闷热多雨。不过，这里有着南方最热烈明媚的骄阳，用当地人的话说是高纯度无一点杂质的阳光，还有丰富的岭南佳果、葱茏的植被、柔细的沙滩。此外，这个名声了得的美丽的海滨城市，还深藏着悠久的历史文化与人文风华。

在乎
山水间

玛珥湖——一湖清碧流古今

大隐隐于市，如果不是亲临其境，是不会知道离市区18公里处有一座火山湖泊，静卧了亿万斯年。十四五万年前，地壳运动，沧海桑田，湖光岩玛珥湖横空出世。来到湖区才得知，这个火山口湖，是有些来头的。它是"因水灌入火山口，导致局部地区水蒸气过多，排不出去，爆炸后形成的"。湖的直径约2公里，周长约7公里，面积与景致可与另一类似的火山口湖长白山天池媲美。不过，它与市区仅半小时车程。它隐卧在平缓山丘上，有茂林修竹簇拥，数处陡峭如削的石壁，经风雨剥蚀留下了大自然的生命印记，故有"地质年鉴"之称。

"玛珥"一词，源于拉丁文音译，意为沼泽和湖泊，是德国莱茵地区对火山形成的湖泊的称呼。2004年，湖光岩玛珥湖与德国的艾斐尔玛珥湖建立协作，签署了《中德玛珥湖友好合作协议书》。东西方两大典型的玛珥湖就此携手，共同探讨自然神奇之秘。

午后的湖面，清碧如洗，不见杂草浮物，水线与草地花丛几乎平齐，对面山林历历可见。亲水近岸，掬一捧湖水，入口甘甜，说是因有多种矿物质，含有远古的"地质养分"，有人笑言，一口清水可品古今。据科学测定，湖水深30米，而底层有数百米的沉积层，经年不断地变化，形成特有的"水底运动"，对洁净湖水起了重要作用。这湖水源自何处，仍是一个谜，考察研究也没有定论。更神奇的是，经过长年的自然沉积，湖底形成厚厚的火山泥沉积层，但湖水无论干旱还是涝灾，水位变化都不大，湖水封闭，与外界水源并没有交集；特殊的自行净化功能，使湖水长年澄碧清澈，树叶花草落入湖中不见所踪；老乡们说，湖中多有鱼虾和龟，却不见蛇蛙、蚂蟥等。因此，玛珥湖被当作"有灵性的湖"。一行人中，多是走南闯北的，却少有人听说过这陌生的湖名。文人发挥想象，说，顾名思义，是一只圆形的马耳，还有人说是只翡翠耳朵。众人表示赞同，这恰与湖的形状相合。沿湖观光者，或骑行或电瓶车代步，湖面不见游船。这得益于志愿者们及时的宣传。环保第一，守护好这方"圣水"，让这特别的玛珥湖，永葆美丽。

湖边有当年的火山遗迹——巨大的石壁废墟，可上前观看。层次分明的肌体纹理，是涌流凝灰岩石剖面。它们由亚黏土、亚砂土构成，或暗红，或赭褐，或土灰，色泽不一，凸凹光滑的远古遗存，诠释着大自然的威力。而此刻的玛珥湖，微风吹拂，静如处子。

湖边的火山博物馆，记录了火山口湖的历史，也记录了近年来关于此类自然现象的研究成果。周围有隋代的寺庙、宋代的道观，还有当代的清风林、望海楼和诗廊。老旧与新生，古雅与时尚，具象与文字，林林总总，共时共生。自然生态能满足大众旅游休闲的需求，而馆堂庙宇、碑林诗章，对于求知者则是一个难得的科普殿堂、文化学堂。

"菠萝的海"——半岛物产自风流

从没有见过如此大面积的菠萝地，而且冠之为"高大上"的词——"菠萝的海"。据说是经济学家厉以宁参观后脱口而出，便成了徐闻菠萝产区一个响亮的名号。像海一样的菠萝世界，形象、诗意、上口且好记，取了世界名胜的谐音，但凡听闻，心向往之，多好的广告词。

雷州半岛徐闻曲界镇，有一偌大的山野阔地，沟岭坡梁间，有菠萝的大海，一望无际。这些沟沟岭岭也是菠萝们的家，它们就像一个个听话的孩童，匍匐在自家院中，乖巧地迎接主人们的青睐。因到了生长晚期，没有旺果时的鲜亮色彩，但那坚挺昂扬，如剑如戟、蓬勃向上的叶子，一丛丛的，团团紧围，密密匝匝，形成苍茫如海的气势，装点着夏日的半岛景色。菠萝的海，一个名字叫活了一个果品。

这"海"的形成，名副其实。徐闻是中国大陆最南端的小县，生产中国三分之一的菠萝。曲界是重要生产基地，约有26万亩。菠萝产区的景观也十分迷人："大地曲线优美，田园四季斑斓，村庄散落在绿树花丛，巨大的白色风车群在瓦蓝的天空中悠然转动，村道蜿蜒，空气中飘散着菠萝的清香，怡然的风情为'菠萝的海'，添上无限诗意和美好情怀。"无论幅员还是景观，这海的称谓，当之无愧。

南国的水果，多在盛夏疯狂，个头上也一个赛一个。而菠萝却低调地长成，树枝也是矮壮植物，二三年生，因为皮实，无多骄娇之气，遂成了岭南大地果品的主角之一。

雷州半岛是岭南水果丰产地，拥有良好的气候条件和土壤条件。一些名优水果是这里的专属，也成为地方经济的支柱。七月流火，果品飘香，雷州半岛上各个乡镇享受着"甜蜜事业"的幸福。

在去往愚公楼果园的路上，一个休闲凉亭内，摆放着几排关于徐闻特色产业、名胜典故、百姓日常与半岛风情的铭牌，图文并茂，吸引人们。徐闻早在汉代就成为海上丝绸之路的通道。班固的《汉书·地理志》中记载："自日南障塞，徐闻、合浦船行可五月，有都元国。……"历史上诸多名臣先贤如寇准、苏东坡、李纲都逗留过雷州半岛。1990年，汉代瓦当的出土，证明了这里历史的悠久繁华。

这里也是临时的交易平台。我们尝着不同品质的菠萝、名贵的黄金果，感叹其美味名不虚传。未动口先出汁液，酥脆甜蜜，香气袭人。几块下来，一改以往菠萝酸涩的印象。近年来，徐闻县打造特色果业，科学种植，产供销一体化，培育了"愚公楼菠萝"品牌，收益上了台阶。利用互联网，信息互通，在销售与文旅上做文章，开发名牌，打开思路。县里的领导说，偏远的徐闻，因为一个佳果的生产，逐渐有了"旅游文创"、特色产品，还有"互联网＋"的新型营销模式，以及小而快的行销模式。热销的鲜菠萝、便于携带的菠萝干。营销是门学问。也许这才是菠萝的"大海"，保持不竭的"水势动能"。

树荫下，几位从果田出来的果农，头戴半岛居民特有的斗笠帽，随意地在石凳上，或坐，或趴，闲聊歇息。在手机镜头下，他们有点不好意思。一位年轻的男士与我们说着种菠萝的收成。前几年，菠萝丰收运不出去，都烂在地里，成本收不回，价贱伤农。今年雨水不太好，挂果有的差一些，天热也经不起折腾，运不出去坏得快。好在有了先前的教训，政府早有安排，想办法保证他们的利益。

问及他们的经济来源，说是种果品，以菠萝为主，也种甘蔗，还有的养殖、打工。说起这块地方，这个有意思的名字，他们说，菠萝的海，我们也开了眼界，就想着，等收成好了，去国外那个"波罗的海"，看看那里是不是也有我们这么好这么多的菠萝。我们笑着说，祝你们好运。

海边橡胶林——关于美丽及其他

那天，从"菠萝的海"出来，在南华农场食堂，享用过地道的农场餐后，大厅里一本《突破北纬十七度》的书吸引了我们的目光。这本书写的是广东农垦人当年创造条件，种植橡胶，为国家分忧，为民族争光的过往故事。成千上万的农垦人，用智慧和汗水，以至生命向帝国主义的封锁宣战，也向自我发起挑战。他们的丰功伟绩，因为这本不经意邂逅的书，让我们有幸知晓。

揣着这本书，闻着墨香，我们就近来到了一片橡胶林。这是南华农场除了现有天然橡胶基地外，特别保留的原初面貌的橡胶树林，据说是湛江市有关领导的思路，既为了缅怀那些艰苦年代不怕困难、顽强拼搏的农垦人，又可作为思想教育基地，让今天的孩子知晓过去的艰辛和奋斗。

这方与居民区比邻的林子，在岭南常有的高大繁茂的树丛中并不显眼。阳光下，橡胶林森然茂密，树并不古老，有二三十年历史。因是原生胶林，横竖间隔，规正齐整。几位工

在乎
山水间

人选定几棵已有刀痕的树，唰唰几下，有规则地划出线路，不一会儿，乳白胶液浸出，先似人体冒汗，再慢慢成一丝黏稠白线，从划出的线路涌动，再流到专用容器中。弯弓形的胶刀在师傅们手中轻轻舞动，有人靠近，闻着这白色黏液，又问及橡胶树和橡胶的故事。好奇心让初次见此阵势的人们，抛出一个又一个问题。我曾在西双版纳景洪农场的大片橡胶林干过半天胶工活，那是原始森林旁的原生态橡胶林。此时，趁大家围观，闻着胶汁香味，我走往胶林深处，寻找那些相似的记忆。一棵棵，一丛丛，枝干挺拔，笔直向天，抬眼往上望，枝叶纷披，绿荫接天，偶有阳光筛下斑斓，在杂草丛生的树下，幻化为各样图案。一株大点的树，霜皮溜雨，仿佛可见风雨斑痕。并不粗壮的身板，却孕育了丰富乳汁。看着体内奇特的乳汁一点一滴渗出，有人说那是向人类奉献精华。与树的无私相比，人类如何？于是，也有诗人说，橡胶树是流泪的树，是忧郁，抑或是哭泣的精灵。

信然，从形象看，橡胶树没有娇艳的相貌，没有出彩的肤色，然而，它无私奉献，除了天然的胶汁，它还可以抗击台风，可以涵养水土，可以遮风避雨，籽也可以食用。它或许其貌不扬，但心地美善。回返的路上，同一文友从橡胶树说到美，说到自然物种的奉献。能剖开肉身，敞心袒怀，还献出乳汁精华的，可能唯有橡胶树了吧。

晚上，正好读到湛江文友黄彩玲的散文集，头篇恰是《流泪树的记忆》。文中说及这橡胶树被认为是流泪的树，说到年少时在树下玩耍，有树下的花朵和茶树，有树籽可餐，有小鸟们相伴，亲情、爱心、童年都与这树和自然相关。这是农场子弟们记忆中的大美，也是一个与橡胶树多有交集的作家发自内心的对此物的敬重。

这也是湛江南华农场有这样一块地方，让我们见识自然的情怀，让我们更能辨识世间美丽要义的原因。

2019 年 8 月

在乎
山水间

杂色蒙自

每一个城市都有一种特别的色彩呈现，尤其是那迷人的秋天，城市的表情是容易被捕捉的。以此证之蒙自，可谓斑斓驳杂，精致灵动，有如秋叶之绚丽，夏花之灿烂。

蒙自是云南红河州的首府，居住的多为哈尼族、彝族等少数民族。本来，彩云之南，就赋予云南多彩多色的含义。蒙自又被认为是"滇南之心"，是北回归线穿过的地方。那秋天的景色，有高原湖泊和人文风华的加持，美丽多彩，杂色斑驳，其情其景，可想而知了。

蒙自县城不大，在一个四面环山的盆地上。如同云南大地上到处绿意葱茏、花红叶绿一样，造化钟神秀，自然的厚爱，让人们在这里充分享受着绿色氧吧和天然的美景。那天，在蒙自恰遇一场秋雨，被看作城市心脏的南湖，烟雨迷蒙，光鲜清亮，岸边各有特色的亚热带植物，临风沐雨，周围一些近百年的老洋楼，一些古雅而庄重的建筑，浸润在秋意的洗礼之中，自然的风情与人文内涵和谐相融。县城的建设整洁而讲究，宽大广阔者有八车道、数十里长的红河大道，有新颖而巍峨的建筑，比如学校、工业园区、博物馆；精细小者如路灯、雕塑、垃圾桶、行道树等，体现出城市建设的雅致和品位。从自然的景色看，蒙自与云南众多的少数民族自治州府一样，四季春色，景色绚烂。

然而，蒙自的历史让这个边地小城颇富内涵。据考证，"蒙自"一语来自彝语音译，作为县制，它已有700余年的历史，清末民初曾是云南省对外贸易的最大口岸。当年，清政府在中法战争后，被迫签订了一系列丧权辱国条约，其中1887年《中法续议商务专条》中，将蒙自作为中越通商口岸，法国派驻领事。于是有了这"众多第一"：云南的第一个海关、第一个电报局、第一个邮政局、第一个通商口岸、第一家外国银行、第一条民营铁路，等等。还有，1928年，中共云南第一次代表大会在蒙自查尼皮村召开。这些近代历史上特有的印记，或沉重，或深刻，或蜚声全国，或闻名省内，成就了蒙自的名气。而今，耸立在城市中心南湖一带，有各式洋楼——呈宫殿古式木质结构、两层楼的海关税务司署建筑，留下了当年商品经济初期的繁荣景象；也是两层建筑，却有着法式转角风格的砖木结构的是哥胪士洋行，曾经营达30年之久，这个由法国建筑滇越铁路的职员哥胪士开设的洋商行，也是中外经济贸易发展中的一个景象。如今，在秋日的阳光下，这些留存当年历史印痕的建筑，成为来访者首访之地。

因开埠而发展，因修铁路而繁荣。当年，第一条民营铁路——个旧到蒙自碧色寨，于 1915 年开始修建，留下了富有特色的边地小站——碧色寨车站，设在离县城 10 多公里的一个山坡上。车站建筑也是欧式的，一些辅助的建筑如大通商业公司、洋行、商店、站房等，设施配套完整，只是长年无人管理，有些破败。站台上那座停摆的西式老钟，也在冷风中飘摇着。

1938 年，抗战紧急关头，西南联大文学院和法商学院从昆明迁到蒙自办学，合并为"文法学院"，又称西南联合大学蒙自分校。当年的哥胪士洋行就留存有闻一多教授的故居。陈寅恪、钱穆、金岳霖、潘光旦等名家当年曾在这里授课读书。朱自清先生在他的《蒙自杂记》中写道："蒙自小得好，人少得好。看惯了大城的人，见了蒙自的城圈儿会觉得像玩具似的……城里只有一条大街，不消几趟就走熟了。"西南联大的老教授们在这半年时间里，让这个最早吹拂商品经济之风的南湖畔飘出读书声。教授们踩着石板路，流连在南湖边上西洋风情的老房子里。蒙自，以至于滇南边地，有了新文化的熏陶。当年历史的足迹，成为今天的骄傲，成为一笔财富。蒙自人也许有了较为明确的意识，无论如何，这杂色的蒙自，富有文化历史的蒙自，将吸引更多人的目光。

2006 年 9 月

监利三看

监利，地处荆楚水乡腹地、江汉平原南端，与长江沾衣带襟比邻。

据载，县制历史可追溯到三国时期，县城所在地容城镇古时为水上要冲，曾上演过战马嘶鸣、战舰连绵的历史场景。监利紧临长江、洪湖，商埠云集，码头绵延，渔业和盐业发达，故县名有"监守鱼盐之利"的说法。

秋冬之际，江湖水枯，斑驳萧瑟，这里却有诸多可观之景，故为"三看"。

古镇红馆

出城关 20 多公里，水乡平原中静卧着周老嘴镇——一个特别的名字。这是一座古镇，旧景俨然，青石古巷，黛瓦白墙。街头的牌号"红色文化乡镇"，昭示着这里的不平常。

新民主主义革命时期，这里是湘鄂西苏维埃区域的中心。因当时战事所需，渐成规模，现今留下 48 处革命旧址。1988年，国务院公布湘鄂西革命根据地周老嘴旧址为全国重点文物保护单位。

周老嘴镇地处洪湖西岸，南与岳阳相连，鱼米之乡，革命

在乎
山水间

地缘，20世纪二三十年代，成为湘鄂革命的摇篮。贺龙、周逸群、段德昌、柳直荀等革命前辈，在此开始了湘鄂边游击战争，后成立了红军第四方面军（后改称红二军）。不久，与洪湖的红六军在公安县会师，正式开创湘鄂西革命根据地。

镇上的周老嘴湘鄂西革命根据地纪念馆是最重要的革命旧址之一，内有贺龙、周逸群的旧居和中央分局的旧址。这是一座清代砖木结构的建筑，四进四出十数间房，是江汉平原典型的富家民居。20世纪70年代末整理开放，经多年维护扩充，现已成为全国重点文物保护单位。

当年，贺龙从湘西转战而来，动员群众，组织武装，又来往洪湖、石首间，留下了许多故事传说。打土豪，惩奸商，恤民众，英勇豪放的"贺胡子"的故事至今广为流传。在馆里陈列有红军的衣物用具、锈损的铁炮土铳、运输支前的渔船桨橹，以及数十名献身于此的英烈名录、墙壁上的斑驳标语等，无不让观者动容。作为早期的平原水乡上的"革命红都"，它为中国革命留下了宝贵的精神财富。

与这宽敞的纪念馆紧邻的，是当年的苏区各部门——中共湘鄂西分局、湘鄂西省委、省苏维埃政府等林林总总数十个不同的旧址，密布在这个乡镇的小街上。一条长千余米的街巷，各种纪念铭牌，依次镌刻。几乎是一条红色的历史街巷。有参观者留言：48 个旧址，48 盏灯火，是先辈们的精神之光。周老嘴，小小偏远的水乡，扬名于世。

古村乡愁

田园阡陌，绿树人家。中午时分，一阵嘹亮的男女声合唱，欢快、委婉、自然。在柘木乡赖家村，两株 600 多年的重阳树下，四位农民歌手以原生态的清唱，哼唱着"秧田号子"——啰啰咚。

歌手纯一色绣红唐装，平均年龄 65 岁，声音清脆，节奏感强，忽高忽低，有穿透力，劳动小调，自然音色，轻松地演绎农事，倾诉心情，让这个村头演唱，极富水乡文化元素。

这支原生态"秧田号子"，是监利一带流传的乡土民歌，深受老一代人的喜爱，因其单调的词曲，一度有些式微。近年来，一些专业人士挖掘整理，啰啰咚 2008 年入选了国家级非物质文化遗产名录。农民歌手组成的乡土乐队到各地演出，还上了省市电视台。乡土小调，农民演唱，原生态表演，成为守望乡土文化的保留节目。

或许，这劳动之歌、乡村小调，源于生活的热情抒发；或许，为了留下先辈人的情感记忆，寄意乡愁，感念物事，让水乡文化得以流传。

在乎
山水间

在赖家村，有热心人的帮助，守望坚持成为绝妙景致。50多岁的赖晓平，是一个乡村医生，20多年来，潜心收集当地文物。他广收各类匾牌、服饰、雕像、木刻、图书等，在自家的楼房专辟一层，取名为"农家博物馆"。一些藏品，其文物价值高，被省市博物馆和武汉有关院校，借去做课题研究。

村中一条小河旁的空地上，村里规划出农具收藏馆。馆中有各种农活用具，如犁耙、水车等，达150多种，也有一些生活用品。如今，新农村建设，老宅屋场渐渐变样，一些旧式农具家什、生活资料渐渐消失，新的也无以往的模样形制，有心者去收集，殊为不易。为了让更多的参观者体验农活，屋前的草丛中，放置一个大石碾，几位捷足先登者，一试身手，从观赏到体验，感受乡村旧时物事，留住心中的乡愁。

不远处，一栋偌大的木质房屋，如堵如墙静卧在学校操场旁，远远望去，黑褐色的躯体，见出风雨剥蚀的光泽。据说，这是一座有六七十年历史的古建筑，全木质的板房，结构精巧，有10多间屋子，进去可闻松木气味。因为受到河水侵蚀，为了保护它，从原来处移置到此。没有细问，这个庞然大物是怎样到这里的，又是如何安置它的？而保护旧老物件，无疑是人们的共识。

古调新曲

甫到监利，已是华灯初上。急于穿街寻路，来到长江大堤的边缘，走进一个老旧的建筑，是为了"赶场"。这个有点陈旧的楼房，里面是县文化局办公地，再里面稍宽大点的是剧场，高亢的鼓点和清脆的京胡共鸣，监利花鼓戏让这个有点陈旧的剧场充满生气。

演出的是几个折子戏，有保留戏目《站花墙》《秦香莲》等，有新创作的描写现实生活的现代戏，也有表现监利人赴台任职的原创荆州花鼓《海峡两岸情》。清代，监利人朱材哲受命赴台湾，先后任噶玛兰厅通判、台湾知府。他兴学重教，守边卫疆，开荒地，擒海盗，深受台湾人民爱戴。地方戏，表现地方生活，描写乡亲贤达，又有人们喜爱的唱腔俚曲，观众的笑声是最好的评价。

从地域看，江汉平原，尤其是荆州一带，花鼓戏早已有之，最早名为天沔花鼓，是天门、沔阳两地，湖乡与平原缔结的文艺之花。如今，传统剧、地方戏如何发展，传统形式如何反映时代内容，如何吸引观众，对于县市级条件有限的剧团，是一个难题。"内容为王"，好的剧本和有创意的节目是关键。面前的这台节目，给了我们许多启示，一批地方文艺人，致力

在乎
山水间

于挖掘乡土文化资源，打造重点剧目，是良策，也是传承地方文化的重要举措。

"坚持于做，致力于行"，或许是监利文化人的执着。一本《监利人》杂志，印制得考究不说，开辟的栏目，也是致力于地方文化和时代文化建设。撰写在外人的乡愁，记录奋斗者的脚步，描写时下新农村的变化，展示时代人物的精神风貌，同时，着力宣扬平原水乡上的"红色"（革命）文化、"绿色"（生态）文化，以及"古色"（历史）文化。"三色花"齐放，琳琅满目，如此，这个平常小县的文化生态，有了炫目的亮点和看点。

无论是活态的文艺，还是静态的书章杂志，水乡的平原文化，具体说江汉的大众文化，在富庶的鱼米之乡、江汉平原，有传统，有活力，源远流长。

2019 年 12 月

风华万掌山

那天，天晴日丽，四野翠绿，亚热带植被群在盛夏季节，显出活泼生气和激昂生机。高大的棕桐，葳蕤的灌木，杂花亮眼，绿意盎然，簇拥着一方平坦坝子。偌大的草坪上，一尊巨石横于青青草丛，披着大红布，如一头卧兽。

云浮的心

盛夏，在云浮，这个绿意葱茏的城市，你会有别样的感觉。作为粤西门户"广东大西关"，铺天盖地的绿色像一张大网，覆盖着这片大地上无数的山峰、河流、村庄以及各种生灵。置身其间，你可以充分感受到被植被呵护的山岗、道路以及建筑物上散发出来的绿色气息，那是众多现代化大都市所忽略和缺少的。

市区的"世纪大道"，是一条长近10里的林荫路，两旁有上千盏路灯，简洁的灯杆中部配有中国结造型的红灯，精妙而得体的装扮，为一大景观。在与云浮友人交谈时，我说这是很有新意的细节，令我们这些见惯了大都市类型化路灯的人感到颇为新鲜，我还注意到它们悉数安然，整齐地守护着、装点着这条通往城区的门户大道，成为城市文明的象征。

我们曾在众多城市，有一些还是重点旅游城市，看到过在路灯上过度装饰，不伦不类的铺张；曾目睹南北许多城市都流行过所谓"槐花灯"，既费电，又不实用；见过时髦彩灯在大小城市、大小街道泛滥，炫目刺眼，与周围环境不相谐。云浮不是这样，以简单的主灯，独特的灯结，装饰了近10里的林荫道。我们多次路过，夜幕下，明亮的灯光洒落，两排绚丽的中国结造型掩映在绿色中，恬淡、自然、喜性、和谐。小小物件，顿生亮点。

这就是云浮，淳朴而内敛，平实有创意，相谐相生。甫一踏入，你就会觉得细节温馨。我们住宿的迎宾馆，也是用木头装修，其外观格局有如森林中的木屋，内中修饰是颇具复古情调的木格状家具，色彩也是沉稳的深黑。这些，或许就代表了这座城市的性格。年轻的云浮，1994年才设立地级市，是全省最年轻的城市，以一种质朴的实在，打造特色，有了渐为人们熟悉的荣光。

如果不是亲历目睹，你会知道这里有着百里长廊似的石材城吗？如果不是眼见为实，你知道这有重过百吨的花岗岩、来自东北的巨石之王吗？那如山的石头，整齐码放，等待开掘，让我们大开眼界。这些石头出身不凡，远的来自巴西、东南亚，近的出自国内一些名山大原。

浮云，很早就有石头开采的历史，这里为喀斯特地貌，形成了各类质地的"云石"，黑白相间，与云南大理石相近，用之雕琢各种产品，是制作家装的上好原料。随着资源的减少，现在这里大多转型做加工、集散的生意，从外面进来原料，进行各种深加工。由天然的石头，到建造人工石，一条石头产业的经济链，方兴未艾。沿着324国道，走安唐到围底，2000

在乎
山水间

多家商铺，形成了十分壮观的石材城。这"百里石材走廊"，前店后厂，琳琅满目的家庭企业，展示了这个石材城的繁荣，名目繁多的石材样品，摆放在公路旁的门市上，任各地商人选购。从车里浏览，可以看到 10 多个不同类型的牌子，有中国红、巴西绿、印度黄、珍珠白等，广而告之，吸引路人。云浮的百里石材走廊，勃兴于改革开放之初，近些年渐成气候。这些规模宏大、产值可观的企业，尽显民营资本的能耐。他们把生意做到了海外，与老外谈生意，与大亨阔佬们做买卖，深山小城里的人经营着外向型经济。更令人惊奇的是，这些石头不少来自国外产石之地，外国的名牌落户于这偏安一隅的山城，然后，又从这里远走四方。这都是有着经营头脑的民营企业家所为。从外面采购石材原料进行加工，或成为建筑材料，或成为装饰艺术品。看到各种功能的石头在技工的手下修削打凿，变成石材，化为艺术雕像、人物、动物、器皿、小品，花样繁多，供不同的消费者选择。蓦然想到，或许日后，可能就成为你家华堂的材料，说不定你会在哪个装修市场与它们不期而遇。我们走进公路边的一家企业，老板姓区，多年从事石材生意，是一位能工巧匠。他擅长人物雕像，其代表作《鲁迅》被放置在中山大学鲁迅故居前。他雕塑的一些外国人物头像，如《爱因斯坦》等，惟妙惟肖，令人称奇。另一家名为图强的企业，主人姓苏，擅长因材施艺，以制作工艺小品见长。他的石南瓜小品，受到各界的青睐。他利用近乎玉石般华美的原料，制作了一个双瓶器物，瓶上天然生有一女性肖像，双瓶上举，洁白透亮，纹理清晰，同行的作家蒋子龙为之取名"举世无双"，博得大家称道。正是这艺术之石，出自民间高人，形成团队气势，才让这个石材之城有更为广远的声名。或者，一个不断打造经济强势的石材走廊，与艺术联姻，有文化内涵，才是生存发展的根本。看到这些，你不得不感叹云浮的内涵，藏而不露。

云浮有"城中有山，山中有城"之说。四面环山，难得有较平缓的开阔地。进城区的路上，几栋巍峨的大楼错落有致，显出几分气派，因视线较远，没见到挂没挂牌子，听说那几栋是市政大楼。有意思的是，这里都不见篱笆、围栏，也没见门卫，楼前的偌大草地伸向远处，与前面的文化广场相望。一个"没有围墙的政府"之说，在来访者心中油然而生。我们从门前过，正值傍晚时分，只见许多百姓在大楼前草坪上打球、游玩、休息，或在对面的露天广场上跳舞。山城的夜色，充满着活力且和谐，让人感叹良多：没有围墙，显示了一个建设者的高明和管理者的自信。

这路灯，这长长的石材走廊，这个没有围墙、开放式的大

在乎
山水间

楼和亲近百姓的绿地草坪，展现了一个实在的云浮、质朴的云浮和不一样的云浮。这朴野山城的云浮，接地气，懂得与民生相洽相谐，有一颗民本的心。

2010 年 10 月

石上平潭

听其名，平潭是风景名胜，让人联想到水光潋滟、山色空蒙、一潭平如镜的湖山景致。不错，它声名远扬，堪比内陆的湖光山色。然而，作为中国第五大海岛，海上风情，人文景观，广袤深厚，独具奇妙，岂是一般湖山景色所能比拟的？

平潭岛隶属福州，东海、福州、海峡，组成了它特殊的方位。平潭由 126 个小岛和 700 多个礁岩组成，南北长 29 公里，东西宽 19 公里。岛上地名多带有山、洋、岛、村、湾、墘的字样。独特的自然风光，人文风华，近来国际旅游岛的建设，使它被誉为中国的度假天堂。

平潭的名字，有多种说法。一是城南曾有一岩石，巨大如砥，顶部平展，故名平砥，因两音相近，砥简为潭。二是岛上最高峰名君山，明成化年间《八闽通志》记录"山势远望如坛，故名"。由"坛"演为"潭"，得名平潭。

"忽闻海上有仙山，山在虚无缥缈间。"当年，诗人想象中的仙山，其实是岛，大海的奇美，在苍茫浩渺、明灭有无之间。平潭的山，是真实的存在。主岛平潭岛上，耸立着几个山丘，君山至高，达 400 多米，另有将军山、牛寨山等，在岛上居民眼中，高者为山，矮者为岩。

一

岩石是岛上散漫的子民，构成了多彩景观。平潭岛石头独特，有品相，耐观赏。亿万斯年，自然威力，时间磨洗，成就了平潭岛上几大岩石风景。"半洋石帆"双峰耸立，"海坛天神"安卧静穆，"南寨奇石园"宏富奇雅……无一不拜石头所赐，千姿百态，灵性造化，留下了大自然的生命痕迹。

"东海仙境"集大成，其名虽直白俗套，却令人好奇、神往。位于王爷山麓的"滨海公园"，有一处悬壁高耸的海岸，名为仙境，有仙人谷、仙人井、仙人峰等景点。高耸的山岩，小路崎岖，石阶蜿蜒，海浪喧嚣，海风强劲。正午的秋阳，在海水的反射下格外火烈，上下几遭，浑身燥热。有人笑言，寻"仙"之道，殊为不易。好在，登高可近观远眺，湛蓝的大海，飞翔的鸥鸟，波光帆影，悦心怡目。

忽然，近处涛声如雷，从悬崖底部的岩洞传来，如霹雳炸响，水拍石洞，卷起千堆雪，这就是传说的仙人井？屏息往前，旁无依扶，井底幽深，石壁陡峭，测试众人的胆量。与几位同行者小心前探，只见井底的海浪翻作一团，前浪涌起，后浪凶猛，撕扯撞击，水柱高扬。导游介绍说，仙人井是平潭岛特有的"海蚀洞"现象，井深 41.7 米，底部有两个大洞通海，大潮时，巨浪可高达井壁中部。气势磅礴，不可一世，当地人俗称为"仙井吼涛"。

这一带陡峭悬崖，绵延数里，岩石多为火山石。大自然地壳运动，海水侵蚀，岩壁抽空，特有的倒灌反流，形成海岸少见的高深"海蚀洞"。奇特，壮观，惊心动魄，唯天人可为，故命名仙人井。传说加演绎，才可解释这自然的神奇。"造化钟神秀"，留给人们关于自然的力与美的想象与思考。

仙人不见，造化神功。

二

平潭岛，多为火山岩石，石垒成山，聚石为景，礁石岩块妆成各种生动的物象。其肖像逼真，雕像天成者，当数猴岩岛。

猴岩岛是"岛中岛"，一个花岗石的世界，所谓"光长石头不长草"的海上石山。海风侵袭，种子在岩上存留不住，水分流失，根基不固，偶有几许草木，也瘦骨伶仃。猴岩岛的制高点光秃秃的，只有石缝中的几株植物，天可怜见，挣扎生存。然而，偌大的黄色或赭红石头，与蓝天、白云、大海，形成曼妙的色彩组合，显示又一生命意象。一片泛金黄的巨大石山，匍匐在阔大的海天世界，湛蓝与金黄，在天地间交织辉映、亮丽、鲜艳、纯雅而高古。光光的岛石上，虽缺少自然的生命，岩石却以它另一种生命形态，展示出多彩和丰饶。

猴岩岛的制高点是梦山，为主岛景点。顶端一堵大石，独成山丘，秋冬之交，阳光强劲，放射出金黄光泽。一巨石横亘于前，导游说是岛上的老黄牛雕像。为什么是黄牛？是因为色彩，还是因为黄牛的秉性？回答说，也许两者兼有。稳重、踏实、韧劲，是海边人们的性格，也是海岛人的生活向往。这里的石山，取名梦山，梦里依稀，有所寄寓。风雨如晦的年月，大海凶险无常，人们的梦想是，风调雨顺，海晏河清。

地处东海的猴岩岛，与台湾的新竹隔海相望。团圆聚合，好梦月圆，是两岸同胞一直以来的愿望。就近的平潭客滚码头，是大陆与台湾通航的口岸之一，先进的"海峡号"客滚船一天多班与台湾通航，2014年，习近平总书记考察时就已通航达1000航次。澳前镇专门建造了"台湾小镇"，成为与台闽商贸的重要集散地，闽南风格的建筑，为梦回家园的同胞，提供了寻亲归家的服务。在仙人谷景点，几株葱茏密匝的乔木，引起我们注意，问及树名，是相思树，说只有这东海一带才生长。大树也有灵，乡愁动相思。

在梦山之巅，一个邮票式的门框造型，嵌有中国地图，上面"中国邮政""68"字样醒目，数字代表此处与台湾最近的距离，邮票造型取自诗人余光中的名句，"乡愁是一枚小小的邮票"。诗意情怀深植于几代人的心，68海里的距离，难以阻隔。天高气清，视野很好。倚靠"中国地图邮票"，站在离台湾最近的点上，不禁打油几句："浅浅一湾，隔海相望。那边新竹，这边平潭。猴石山头，风轻水蓝。海晏河清，何时团圆？"海峡两岸一湾水浅，团圆的心愿，有石岛做证。

三

"平潭岛，光长石头不长草，风沙满地跑，房子像碉堡……"这句民谣，说的是平潭的石头厝。

厝，就是房子，普通民居。筑庐为居，是人类生存之需。海上的台风和恶劣的气候，成就了岛上特别的民居文化。岛上筑屋，多就地取材，因地制宜，岩石是天然的材料。平潭石头厝，最早的已风雨百年，有民国的大石头厝，也可见清代中后期的老屋。石厝结构奇特，有独特的建筑美学效果，是研究闽南海洋文化的活化石。

平潭岛石厝，结构简单，做工简易。从"东海仙境"下来，转角不远的坡下，一排石头人家吸引了我们的目光，正好近距离地从上往下观赏。石厝屋顶，条沟清晰，石块压实屋瓦，以防风雨冲刷，讲究一些的，用水泥固定。最值得称道的是石头的巧用，横竖间距得当，大小视觉得体，不经意间，天成为别致图案。材质上，花岗岩毛石或条石，灰白素雅。一般沿坡而起，有四扇厝、排厝、竹篙厝的分类。老旧的房子，多是单层。一些石厝，在墙角收尾处，留有榫头式的墙头，好像没有完工似的，当地叫"虎齿墙"或"留码头"，说是盼望出海归来的船顺利回家；也有的是因为经济原因，留有后手，以便来日续建。给人以没有完成的感觉，其实是有意为之，岛上民居文化，浸透着生活的智慧。

东北角的南澳渔港，是一个古老村落，在明代就建有港口，当年海上倭寇屡次侵犯，石头厝见证了不屈的海岛人的血性，抗倭名将郑成功在这一带留下了许多佳话。最北端的青峰村，百十户人家，古旧格局，原汁原味。面向海湾，错落有致。晴空丽日，海天湛蓝，屋顶上，浅灰黄、淡黑色、赭红色，大过拳握，四方形或菱形的压顶石，静静地坚守。这些年生活环境改善，不少厝屋改变了旧结构窗户小、透风差，岩石造成的屋顶自重大的不足，改建后的厝屋，材质和格局大致保持原样。

四

山清水秀，面朝大海，厝屋精巧，石头唱歌。这是对君山脚下北港文创村一个门店的点赞。平潭的朋友说，如果从飞机上看，石头厝点缀海岸景观，色彩斑斓，古朴雅致，如同一座彩色城堡。《环球人文地理》介绍说，平潭岛的石厝，不仅是中国，也是世界上独一无二的彩色城堡。由于近年来国际旅游岛的建设，这些古雅石厝成为旅游者的打卡地，也吸引了一些有心人。

2015年初，台湾的林先生来到平潭旅游，奇妙的建筑，别样的人文风情，特别是北港的70多栋石头厝融入周边的海上风景，让他流连忘返，心有所动。他租了一栋石厝，改造为咖啡厅，置办文创空间。之后，偶然听说君山上有一处石头，敲击可发出动听的声音，他几番寻找，运回这些特别的石头，挑选出10多个可以演奏的石头，编号、试音、练习，几经尝试，组成一台特别的"音乐会"。2017年，这些"会唱歌的石头"，被搬上由东南卫视主办的"华侨华人春节联欢晚会"，一曲《茉莉花》引起轰动。从此，"平潭岛的石头会唱歌"，传诵一时。

沉默的石头，有灵性，也是时间与历史的证物。浩浩时空，悠悠历史，平潭的前世今生，这些沉实、厚重的石头具有发言权。

壳丘头，一个特别的名字，是平潭新石器时代的遗址。平潭岛上，自 20 世纪 80 年代开始进行考古挖掘，壳丘头遗址出土了 20 多个贝壳堆积坑和一座墓葬，出土石器、骨器、玉器、贝器、陶器等。2019 年，被公布为全国重点文物保护单位。研究表明，距今 7500 ～ 6000 年前，平潭地区就有人类活动。

壳丘头遗址初具规模，正待挖掘的施工现场，与在建的遗址展览馆、遗址公园等，增加了海岛的历史分量。遗址公园对面，是国际南岛语族考古研究基地。南岛语族是东南沿海主要的南洋岛国的特有族群，是一个海洋族群，是研究新石器时期海洋文化交流和族群迁徙的一个课题。作为实验区重点文化旅游项目之一，壳丘头考古遗址公园以国际南岛语族考古研究基地为核心区域，深挖平潭海洋文化，以"旅游＋考古"打造文化旅游新名片。

2020 年 12 月

焦作近读

认识一个地方，犹如认识一个人，最怕先入为主。比如，焦作。

焦作，一个很特别的地名，名缘何来？问当地友人，也查阅资料，都语焉不详。不过，地处中原，为河南省西北重镇，历史悠久，人文深厚，其名气相当了得。以往对焦作的印象是黑色煤城，所谓焦，黑乎其貌，土里土气。产煤之地，污染严重，多是对北方小煤城的印象。错了，焦作的风采和美丽是被误读了的。或者说，它的景观与特色，是在作为现代旅游城市华丽转身之后才渐为人们所知晓的。

城市的名气首先是人文内涵。有记载，焦作早在 8000 年前就有人类活动，东周时为京畿之地，汉代为河内府，唐为怀州、怀庆府。所以，焦作所辖的温县出产的山药取名为怀山药，颇有名气，却少有人知其来历。

焦作的名称、归属，历史上多有变更，后于 1956 年建市。作为中原文化的一隅，文脉深远自不待说，其自然优势也很突出。平原广袤、大山雄崎、大河纵横。焦作有幸，它扼太行之雄伟，挟黄河之气势，借古都洛阳、郑州之名，华夏文明在这里积淀为别样风华。

在乎
山 水 间

云台山是焦作最亮丽的名片。其景瑰丽，丹霞地形，山水交合，山峰耸峙，细腻与粗犷、力与美的杂糅，构成了它的丰富与厚重。在北方高纬度的地段，少有这一方山高水长、潭幽谷深的江南风景。那天，我们从焦作市区驱车一小时，听说快到山下，却不见身影轮廓，不经意间，一马平川上，突兀挺拔，高台入云。"悠然见南山"，没有任何的过渡，一尊巨峰，如虎背龙脊横亘于前，惊喜中又觉神奇。有人笑言，这山的特别，恐怕就是在不知不觉中与你邂逅，与你亲近。

云台山有景有形，有特别的红石峡。它骑着太行山的尾巴，在这里切成一个横断，神工鬼斧，造化天成，红石峡是其集大成者。红者，壮丽，鲜艳，像上帝以朱红彩笔，涂抹成亮丽的色彩，近看是一堵堵的巨大丹霞石，遂有了这数里长的红峡谷。而谷底是一汪长长的清流，林泉幽深，峡谷蜿蜒，在黄土高原上，实属难得，那赭红的岩石，又形成不同的景区，有九龙潭、潭瀑峡、茱萸峰等，逐一展开，笑迎访客。

拨开莽莽苍苍的树丛，沿着峡底清流而上，在时隐时现的石头栈道上行走，花叶纷披，涧水沾衣，苔痕阶绿，瀑泉鸣唱，观石桥、石梁在阳光与溪水的作用下变幻出的各色光影，让你感受到大自然的奇妙，山水的柔美，花草的温情。此行不虚，游兴得到相当满足。因为，很多的时候，哪怕是所谓的国家 5A、4A 级的风景名胜，也多是"不如意事十之八九"，徒有其名，诚实是时下对风景点的一大考验。这丹霞石组合的峡谷，垒垒石块，潺潺清潭，无疑让峡石景观的成色有足够的斤两，老少无欺，这岂不是游者最为快意的？

焦作的山水得上苍厚爱，除了云台山，还有青天河、神农山、峰林峡、青龙峡，五大名胜组合为广义的云台山风景区。它们或水域广阔，或山形惟肖，或峡谷深幽，或峰峦峻峭，或历史人文奇特，各擅其长。博爱县的青天河原是 20 世纪 60 年代修的"红旗水库"，如今，巧妙地运用了革命年代的精神遗产与自然风光的结合。行船于长长的青天河水道，夹岸风光中有三姑泉、鲸鱼滩等。年轻的导游在文学想象中推介，我却对由水库变景点的历史颇感兴趣，沉浸在当年兴修水利时的故事中。如今，山清水秀，林草修茂，是多少建设者的血汗换得。同行中的当地文友曾是当年建设大军的一员，他不无激动地向导游讲述当年的往事，并提醒可以增加这方面的内容介绍，引起了观者共鸣。是啊，自然山水固然是上苍的厚爱，但更重要的是护养它的人。

我对山水的兴致其实是可有可无的。虽然，古人的"我看青山、青山看我"之说，表达了一种主客互为的关系，一种天人合一的哲学精神，但我总觉得自然的面貌状态，大小高低其

在乎
山水间

实难分，只因时间不同、心绪不一而有别，领略和欣赏时的主体精神才是先决条件。所以，杏花春雨小桥流水，与大漠孤烟古道残阳，于观者都是一种外在客体，而景点上的人文历史，更是让我等甚为在意的。当然，信史有据，或文献可寻，更能引起共鸣。沁阳的神农山，说是远古遗存的一座山峰，因了神农氏的传说，让山的韵味有了别样的情怀；比如茱萸峰，说是王维当年的千古绝唱"遍插茱萸少一人"在此咏出，地名因此而来，为世人瞩目；又如，云台山的百家岩，因为"竹林七贤"的隐居，不同凡响。这桩史上极具个性的文学故事，颇为后人所敬仰，七名贤达，既有同气相求的和善，又有孤绝清流的耿介，又有惺惺相惜的友情，他们生活过的这方土地，当年的遗存何在？据说，只能留在想象中了。

缺少史料，难以明证，这是当下众多旅游景点的共性问题，但既有的资源不利用也可惜。于是，挖掘历史，放大旧迹，渲染组合，是时下某些名胜为人所诟病的现象。"匆匆到此"的大众游人，或许并不太在乎那些久远的、传说中的人（古人）事（没有太多故事的事）呢！而我们费力并不讨好的这种挖掘和整理，多大程度上是经得起检验和证伪的？无论如何，焦作的景观丰富博雅，自然人文，既成规模，风华别致——这里还没有说到唐代文宗韩愈的陵墓"韩园"，祖籍沁源的唐代大诗人李商隐的故居。

　　由过去的煤城，到如今的现代旅游城市，管理者善为能为，在细节上多有亮点。云台山地形复杂，园区防火是重点。火种看管极严，消防提示牌随处可见。景区门前设有一个宽大的吸烟室，内有各类手机的充电插头，有沙发式的坐垫。那天，从景点出来，与作家聂鑫森兄见此，享受一番后感叹这著名景点的人性化的设置。

　　有人感叹，景观人文两相宜，才是一个景区发展的硬道理，诚哉斯言。

2015 年 11 月

在乎
山　水　间

英德三日

"粤北有佳地，英德不虚名。"这是我参加了广东英德文学采风后，口占的两句。来英德之前，我对此地仅有的了解是，这是广东北部的一个县级市，相较发达的岭南有些闭塞，也有点落后。

然而，错了，当你行走于这个有着喀斯特地貌的城市中，就会发现这里有着奇异的人文风光，有着华南第一溶洞，有着变幻无穷的奇石，还有2100年建制的历史——这粤北小城，不可小觑。面对这个全省地盘最大、人口最多的县级市，你会赞同这个说法：英德是一个有内涵的小地方。

初夏的南方燥热，而在英德，清凉宜行，三日盘桓，看山、看水、看石，赏"英德三宝"，更觉其"英名"不虚。

英德水丰，有三江汇流于此。北江源远流长，穿城而过，与翁江、连江，臂膀相连，形成丰富的水资源。大江流日月，造化钟灵秀。英德人有幸，大自然留下了幽深迷离达千余米的仙桥暗河两处，中间与五公里的地上明河相接。坐船而行，可在地上河面看乡野风光，也可在地下河中赏钟乳石。游北江水系的河湖暗流，听哗哗流水，让人感受到水的魅力。亿万斯年，水滴石穿，万物添彩。因了这水，英德物候气象，得天独厚。这水大者有三江逶迤延绵，小者有长湖精细如镜；暗有岩洞水石奇巧，明有湖塘澄丽清幽。长河暗流，泽被万物，遂成为刚刚兴起的旅游胜景。也许是这南国丘陵之地，水汽易为积蓄之故，那天，我们在英德西部峰林景观上流连，山峦迷蒙，雨水沾衣，观远山，游近水，更见南国湿爽之气，仿佛水汽伸手可掬。因水资源丰茂，人们变水能为电能，这里的水电工程众多，大的有白石岩水电站，发电 9 万多千瓦时，其大坝巍然，成为北江中游一景。

粤西北多山，在人们印象中，山区多是蛮荒化外之地，然这英德西部之山，并不高却有形，虽众多但排列有序。远看巍峨如仪，万千气象，各秉异质。有独峰自成体系，也有连体相依相拥，衬以周围田畴农舍、林木水渠，形成闻名的英西峰林走廊。身入其间，方见这走廊之壮观，在绵亘 20 多公里的风光带上，有大大小小的数百座山峰，围绕着九龙、明迳、岩背数镇，成为一个绿色的长廊大道。沧海桑田，山谷为陵，造物主恩惠，有了山峰惟妙惟肖的形貌。在观赏者的眼中，这些山峰状物绘形，自成一格。有的如猛兽匍匐，有的如巨轮出海，有的似皇冠戴顶，也有的似伟人高卧。这些喀斯特地貌的山，多是石灰质的结构，山中有溶洞。市区不远处的宝晶宫，是英德溶洞的翘楚。其洞四层相叠，如入高楼大宅，所谓"洞中有洞，楼上有楼，河上有河"。其"大厅"宽敞，高达50米，倒挂着千奇百怪的钟乳石，如迷宫仙境，而底部的一方水面，平如镜面，映照出倒影，让人叹服大自然的鬼斧神工。

有山，有水，仁者、智者均可得到慰藉，然而，英德最为突出之宝物，要数这"英石"。在英德市入口，两旁的行道树中夹有或高或低的石头，扁平而瘦削，有铁灰重色，有清灰水泥色，即是英石，竖立如仪，仿佛迎宾的石人。英石为阴阳两种，深埋厚藏者为阴，外露于地者为阳。阴石为黑青之色，如煤；阳石多是浅灰色，如水泥。自古以来，英石被当作与太湖石、黄蜡石齐名的江南三大园林石材。宋代大书法家米芾曾为古英德县令，将英石的特点总结为"皱、瘦、透、漏"，至今为人们所引用。英石是石灰岩经内部碳化、钙化和外部分化、溶蚀而成，故其形状呈不规则状。英石天然生成，却有众多惟妙惟肖的形状神态，令众多收藏家青睐。英石纹理清晰，以深色为主调，或夹以白色，纹理清晰。其形体大小不等，高的可盈十数米，小的仅可掌握，为奇石爱好者们所看好。英德人因材就形，精细的做盆景，阔大的独立成石。我们在望铺村一带英石长廊，见到了即将送往北京奥林匹克公园的一块五羊模型的巨石。远看头羊昂首，形神俱佳，高达两米多，数吨重，为近年来的佳品。

英德三日，所见所说最多的就是这石头。早在北宋的记载中，英石就成为贡品，享有极高的声誉。据说，从宋代开始，文人雅士与英石结缘，苏东坡、杨万里、米芾等曾在这里行脚，并留有诗文赞颂英石。深厚的文化底蕴，为人们弘扬英石文化奠定了基础。受市场经济大潮的激发，英德人打石头牌，张扬英石文化，让这件古老的自然宝物焕发生机。仅在公路两旁，就有数个大小不等的石头长廊，仿佛石头的博物馆，在青山绿草间，数间瓦屋前，摆着一溜石头，有如巨石阵，置身其间，你懂得了英石文化的广阔气象。

英德地处发达的岭南的后院，也许，从开放的沿海来看，英德还只是刚起步，可是，他们提出的活力英德、和谐英德，以至打特色文化、绿色旅游之牌，恰是把住了区位经济向上发展的命脉。从那些稍欠规模，但却不搞铺张奢华的城市建设来看，从那个斥资建全省重点的安居工程来看，也从他们提倡环保与尊重自然，拉开经济引擎的思路来看，一个生动、活力的城市，其前景是无限量的。

2009 年 11 月

在乎
山水间

活力定南

山区，老区，客家地区，"赣粤门户"，这是人们对赣州定南的印象。

相对薄弱的经济基础，如何迈上新时代发展的快车道，争取后发优势？这是定南面临的选择。

做好人无我有、人有我优，这就有了"活力定南"的精彩。

一

清晨，阳光透过浓密的香樟行道树，照在车水马龙的街面，山城繁闹的一天开始了。

中巴车七拐八弯，来到一个背街后院。略显旧式的楼群中，一幢七层灰白建筑，远看像是居民楼。不大的卷帘门出口，偶见汽车出入。这是定南县智能立体车库。一年前，智能车库在繁华的建设西路建起，解决居民停车刚需。新鲜事物，引人关注，为赣州市第一家。智能化的停车库，除了有些管线轨道外，看上去并没有很多高科技的设施。可是，它做到了高密度空间利用，自动化智能操作，能停放近200辆车，快、准、稳地存取汽车。眼前，一辆大众牌小车悄然驶入，司机退出，电脑控制，车子在车道上稍作挪移，径直找到空位，接着跟进的另一辆小车，自动对位，被提升至二层，在人们的注视下，车子安稳入库。出口那边，一辆红色小车轻轻驶来，在车位上待命，司机遥控开锁后，车子缓缓驶离。这立体车库，智能、便捷、高效，泊取自如，熟练程度堪比老成的司机。不一会儿，又有车子，或进位，或驶离，短短一分多钟，风轻云淡，一一搞定。人们笑言，电脑比人脑强。如今，这样的智能立体停车系统，在大中城市也不多见，偏居一隅的山区县城定南，得了风气之先，令人赞叹。

由此，定南县对智能科技的运用可见一斑。

理念指导，行动出彩。乡村振兴提升人们的幸福指数，改造旧俗陋习，除了文明素质的引领，也要有硬件措施的跟进。智能技术的运用，显得更为重要。用智慧点亮生活，成为定南科技智能化的一句实在的口号。

龙塘镇新村，碧绿农田环绕，苍苍青山衬托，村道旁一大块草地，山坡旁竖有"智慧环保公园"的牌子。说是公园，却没有围墙，花草扶疏，近农家，接田畴，亮敞养眼。图文并茂的多个展板，介绍智能科技、环保知识，赫然醒目。既是休闲场所，也是科普园地，而更重要的功能，则是乡村污水处理。

一个 10 多平方米的水池，微风中波纹轻漾，水龙头滴答作响，阳光下水汽氤氲，用手掬起，清亮无味。这本是近处农家的生活污水、人畜废水，引流过来，经智能污水处理系统去污，达标再利用。仅龙塘新村几十户人家，污水收集率就达 90% 以上，水质按标准达到 "I 级 A 类"。用大数据、互联网，通过远程操控，利用光伏发电设备，"三位一体"，打造公园式景观。以科技促环保，因地制宜，研发出适合山村的智慧环保项目。这片不起眼的污水处理设施不占农田，田边地头，平地一角，竖上封闭的箱式污水处理装置，连上储水池，远程控制，加上太阳能发电，既节省人力财力，安装维护也十分方便。

智能环保，一改过去污水横流的村容环境。看得见的效果，受到村民热烈欢迎。家住附近的吴先生，不时带着孙子过来看图片，见环保池水。他说，现在，污水脏水被管道收走，处理再利用。环境好了，旧习惯也得改一改了。

美丽乡村建设，环保是硬指标。为此，定南县推广 "智能环保" 的项目，初见成效。集镇规模的，有龙塘、崀美山等地；村子规模的，有木杨村、洪洲村等地，形成了环保治理的规模效应。建设新农村、振兴乡村，环保卫生是突出重点，硬件条件至关重要。智能科技的运用，对分散型山乡村落的环保治理，很有借鉴。

智能科技，服务民生，有如无形之手，无远弗届。在县城的智慧医疗服务中心门口，一台写有"公共卫生服务车"的医疗车，是为解决偏远乡村看病难配置的，随时待命。如今，通过"互联网＋"形式，开设有远程医疗服务，智能化的诊疗使一些疑难病得到医治。医疗下乡，医疗扶贫，有了大数据、互联网的运用，农村医疗水平得到极大提升。

在定南县智慧医疗服务中心大厅，咨询终端屏幕荧光闪烁。这些设备，可以通过互联网医疗平台远程问医、咨询、会诊，延请各地名医。启动电源，荧屏出来个卡通式小人，礼貌地说："您好，请问看什么病？"答："慢性病。"问："怎么不舒服？"答："全身皮肤瘙痒……"同行的老王好奇，直接在远程服务器上与屏幕里的漂亮小人对话起来，其温情人性，令人颇有点开怀。他已是古稀之年，生活在北方干燥气候下，皮肤顽疾多年，随口问了这些后，他感慨，真没有想到，能直接与浙江乌镇的终端平台问医对话，汇总多方信息，大有帮助。他说："大城市里都没有见到，却在赣南小城出现，真新鲜，不能不说互联网、大数据神奇！"

近年来，定南县推进县级公立医院综合改革，建立了定南互联网医共体平台，建成了100多个智慧医疗服务点，辐射全县各个乡村，想让村民们"不出村社，能看名医"。除了远程问诊，还开展流动的"智慧医院"，为村民体检，争取做到早

在乎
山水间

发现，早治疗。通过远程服务，让许多久不出村，难上大医院的乡村患者，享受到发展带来的便利，得到医疗共享的实惠。

搭建医疗平台，解决民生难题，受益各方。历市镇富田村的魏羽，患有急性眼角炎，在村卫生所医生的帮助下，通过会诊平台与苏州市立医院专家实时连线会诊，指导乡镇医生用药，前后几分钟，问诊开方，节省跑路时间，同外地专家沟通，对本地医生也是学习机会。龙塘镇长富村是全省贫困村，也是医疗空白村。以前村民发热感冒，最近的诊所也有 5 公里路程。2017 年底，县里组建了长富村智慧医疗服务点，有专人管理，为村民提供远程问诊、公益药箱、快捷体检、健康课堂、便民理疗、送药下乡等多种服务。一些年长的村民多年顽疾得到治疗，群众看病难得到缓解，民众幸福指数大大提升。

二

如火如荼的经济发展大势，增强输血功能，展示出活力、动力与魅力，工业园区如同强有力的孵化器，引进和研发的各类新材料生产线，拓展了定南经济的生长点。

走入定南城工业园，各类规划数据和不同的效果图，让人直观地感受到这里是一片热土，是一个高精尖技术竞技场。高科技、智能化、新材料，一应成为县域经济腾飞的助力。

在一家材料科技公司，有人递来一张名片，上面的姓名、电话等，看上去，与平常名片无异，"这可是不一般的纸，是用芳纶复合材料制作的"。芳纶，是特殊的材料，像纸不是纸，以其超高强度和超轻重量等优良性能广泛应用于多个领域。再看这小小薄薄的名片，它手揉不折，水洗不变，火烧不烂，轻如羽翼，可永久保存。听了这话，众人纷纷将这小小的芳纶纸片放在手中摩挲着。这家公司半年多前引进新产品，市场反映良好。目前，高标准的芳纶产品世界上只有少数国家生产，作为重要的战略材料，该公司有完全自主知识产权的"圆网生产技术"。近来更是与高校联手，建立科技重点实验室，研发新产品。在公司展厅，从工业材料到日常生活用品，大者如飞机、列车配件，小的如消防服、运动衣、居家饰品，无论生产还是生活中，芳纶材料都大显神通。

培育经济发展新动能，既要有阵势，也要有高端的创意。2019年夏，海内外不同地区300多人来到定南，参加首届中国（定南）新材料高峰论坛，研讨新材料生产的前景。这是定南县向新技术进军的一次大动作。材料企业选在定南落户，形成产业群落。除了芳纶制品外，硅纤维、聚酰胺和石墨烯等新材料产业，形成了多品种、多类型的阵势。而一些动漫产业、立体视觉创意基地、智能助残科技产业，逐步上马，成为打造

在乎
山水间

智慧经济的诸多抓手。

在富田工业园区立体视觉中心，站在漆黑空旷的体验厅，耳边动听旋律回响，眼前幻化各种风景影像。一会儿草地繁茂，一会儿海洋宏阔，从任意的角度都可与屏幕上绚丽的图像联动。蓝色大海中，一个个鱼群旋涡在眼前翻动。讲解员说，你可以同屏幕上的鱼类互动，操纵声电影像等多维知觉，融入自然。新的业态彰显了新的生机。人的创意，高科技运用，让梦想变为现实，生活增添无限诗意。

三

这里，活泼、明丽、生动，一派生机，一道风景。

夕阳暮云，隐隐青山，苍苍树丛，成为一个背景板。偌大的定南文体中心广场，人声鼎沸，身着各色服装的人们，练太极、骑滑板、甩操舞等，各类大众体育、休闲运动竞相亮相，张扬出生命活力和生活精彩。

不远处的草坪上，一群少年在上足球训练课。十来岁的小队员，一招一式，像模像样。走在操场环形跑道上，抬头可见大型广告牌子上的海报，写着县上举办少年足球赛的信息。发展少年足球的规划，在山区定南县得到共识重视。

作为江西南大门的定南，与广东山水相连，与客家祖地梅州毗邻。文化多元，融合共存。这里有体育运动的传统，足球深受人们喜爱。近年来，县上注重发展足球运动，着力打造"足球新城"名片，不少中小学校都开设了足球课。从娃娃抓起，培养足球后备人才，做足"小县大足球"文章。

场地设施的考究，印证了主事者的决心。县城北部，锦绣大道与三南大道间，占地近 400 亩的江西定南（国家）足球训练中心，一年零五个月建成。草坪、场地、运动员休息室……一一按标准制定，现代化的足球场筑巢引凤，得到了多方的关注。2019 年夏天，首届定南足球文化节暨江西省第五届百县青少年足球运动会在此举行。这是一个山区县级难得的体育盛事。

定南人从中国足球的现状与青少年体育事业的发展前景出发，结合当下青少年学生身体素质的现状，下大力气抓县乡青少年足球事业。"户外运动产业"作为全县五大产业之一，通过差异化竞争优势的比较，定南选择了以足球项目为"一县一品"发展路径，打造青少年校园足球运动品牌，从培训后备力量上为足球发展做实事。体育设施上高标准，选材施教，提高师资水平。作为一个山区的边远县城，这样做不是没有疑虑，不是没有困难，不是没有各种质疑，但为了体育事业和学生体质，他们没有后退，而是努力做好每一个细节，着眼于从小培养，发现苗子，重点培养。2019 年春天，中国足球发展基金会主办的"菁英杯"青少年足球联赛女足赛区 U10 组比赛中，定南的五年级小学生陈燕萍，进球 13 个，被评为"玫瑰之星"。在"足球明星看定南"的活动中，小明星陈燕萍的扎实球技，赢得了范志毅等人的称赞。

　　下午的训练中心，年近八旬的章老先生正在等待他的学生们放学归来。20 多名不同学校、年龄在 10 岁左右的小女孩，利用课余时间刻苦训练。一年半前，他应邀担任少儿女足培训教练，从一开始的 5 名女孩到现在的 20 多名，从零开始到取得了大赛奖牌，白发苍颜，稚气活力，成为一道风景。

　　每逢假日，在客家古老围屋"明远第"前，会有定南传统的瑞狮表演，鼓钹声中，坐落在田畴阡陌的清代建筑，古色古香，又活力无边。此刻，铿锵的舞步，洒脱的节奏，昂扬的精气神，融入这古老而年轻的山城前进脚步中……

2020 年 1 月

风华万掌山

万掌山不大，在如雷贯耳的普洱，在七彩云南众多名山大川之中，它算不上什么。然而，最近一个不大不小的动静，聚焦了人们的目光。

那天，天晴日丽，四野翠绿，亚热带植被群在盛夏季节，显出活泼生气和激昂生机。高大的棕榈，葳蕤的灌木，杂花亮眼，绿意盎然，簇拥着一方平坦坝子。偌大的草坪上，一尊巨石横于青青草丛，披着大红布，如一头卧兽。中午时分，在热烈的掌声中，红缦徐徐揭开——"亚太森林组织普洱森林可持续经营示范暨培训基地"的大字，熠熠生辉。

亚太森林组织，全称"亚太森林恢复与可持续管理组织"。顾名思义，亚洲、太平洋、森林、可持续管理，几个重量级关键词，汇成一个新奇的"身份联盟"，为时下人们提倡的生态文明，维护自然环境，践行"碳中和"等可持续发展的社会理念，形成区域化、联谊性的合作。这个名头响亮、鲜为人知的组织，总部在北京，6年前，由中国林业部门倡议发起，旨在通过示范项目、能力建设、信息共享、政策对话，促进亚太区域森林恢复，提高区域森林可持续管理水平。现已拥有31个经济体和国际组织成员，是区域内比较活跃的国际组织。

在乎
山水间

万掌山有幸成为生态文化发展的见证者、参与者，成为跨地区、国际化的一个践行生态文明的试验场。

这里是万掌山的腹地，普洱市生态保护重点。20年前，"国家森林城市"普洱成立了万掌山国有林场，林场甫一成立，秉承"培育为主，生态优先"的理念，走上生态发展的快车道，变砍伐销售为养护培育，成为自然生态的守护者。万掌山海拔高有2000多米，低处在澜沧江边为800米，有热带季节性雨林、落叶季雨林、季风常阔叶林等，形成了丰富的物种群落。作为哀牢山的余脉，北回归线上的"生态绿洲"，特殊区位成就了物种的珍奇多样。仅植物，就有国家一级保护植物藤枣，二级保护植物金毛狗、中华桫椤、大叶木兰、黑黄檀等。蕨类以上的高等植物有2000多种，兰花一科达240余种。物种丰富，加上特有的高负氧离子地带等，生态、自然、环保优势凸显，万掌山成为亚太森林组织南方基地建设的首选。

晴天丽日，基地铭牌背后，一方小小湖泊，四周绿树成行。湖畔一侧，30多面彩旗迎风招展。山溪叮咚，微风涟漪，树影婆娑，动静相宜，张扬了森林组织绿色环保的生态理念。

围湖一周，八九年前栽的树，如今可遮挡不时出现的太阳雨。每棵树底立一石刻，可辨识树名、树龄和植树人信息。树多为名贵种类，如金丝楠、石楠、蓝果树、华盖木、清香木、腊肠树等，而植树人，有现职官员、外国友人、院士教授等。2012 年，万掌山下一次关于森林自然、人文生态的对话，聚集了业界精英和政界大员，栽树纪念，倡行生态人文。如今，留下幽雅的林带风景，也加持了森林基地自然环境的美好。

森林基地建设，着眼于生态，是森林优质优化，是人与自然的和谐共生，当然也是人性化的、人文化的。不用说那森林深处，一排排幽静的小木屋，诸如，以"云南之家"命名的尖顶小屋，集合云南 25 个少数民族元素，让民族文化与自然和谐展示；环湖而建的 20 栋特色各异的"亚太森林小镇"，体现各组织成员国家建筑特色和文化元素；以及那独特的"木文化体验馆""普洱南亚热带植物园"等，彰显独特森林文化的基地设施。走入密林深处，在六七公里长的生态体验步道，感受万掌山的幽深，普洱森林的奇瑰，不禁想到一联：普洱胜景何处寻，万千风华一掌中。

雨后，小小山溪冲洗山体红土壤，穿流于深绿植被，分外显眼，间或有腐木阻隔，形成回流，水色混杂，更显生动。溯溪而上，想体验苍莽森林中的静寂，故独自在大队伍后，恰与基地维护处的主管同行。眼前是树的世界，亚热带雨林植被，斑驳纷披，高大者直挺云天，粗壮者虬枝横斜，间有苔藓攀附，异株合体，原始生态的奇异古怪，可见一斑。讨教主

在乎
山水间

管，这些不知名的树，说是樟树、栎树、高山榕、栾树、大果叶等。野花灿烂者，有巴西野牡丹、铁线莲、黄蝉花。那白蕊蓝紫花色的巴西野牡丹，第一次听说，必须有手机留照。行数公里至一拐弯处，声响轰然，不知是雨丝还是水汽，反射在阳光下，氤氲迷幻，有如彩虹。忽而，野果迎道、花草牵衣、鸟鸣深涧，因道上积水缓行，这才打量脚下一路的步道，顺溜的圆石，均匀整齐。又行千余步，石道依然，圆石齐整。主管介绍，这些都是百公里外的澜沧江石，专门挑选，不用水泥、木头修路，是为了与大自然相合，也是为了经久耐用。细看那光溜的、有风化印痕的石头，是远方来客，落户密林，自然造化，臻为景致。

山路有些陡峭，溪流渐成细流。高台上是一个圆形平地，建有生态植物园，种有十数种雨林植物。园内棕榈主干上细下圆，曲线有致，蒲葵扇形大叶，如凤展翼。林下有各类蕨类植物，也有大小各色花卉，张扬着夏日的热烈。一棵高山榕树上，挂着三四团嫩鲜绿植，茎叶鲜嫩，长梗散须，像是兰花绿植，是与普洱茶、咖啡齐名的"仙草"——石斛，近年渐为人们所关注。一般种植石斛是在树上嫁接，或大棚栽植，这样容易毁树，又有化肥农药的污染。万掌山林地雨水、养分、树种等条件优越，适应石斛的野外附生培植。先是培养出幼苗，再移株野外，附生大树上。普洱的石斛，是生态的、环保的。因它不是寄生，是附生物种，攀附在自然母树上，吸附母体的水分和氮分子，不用肥，不施药，"取天地灵气，聚日月精华"，自然生长，成为真正的生态食品。这对森林保护、优化林带，是一个善举。

植物园后院内，数十棵石斛幼苗在培育中，其形各异，或散卧盆中，像蒲草盆景，或悬于木架，如豇豆挂果，待成熟后移附树上。走近偌大"母体"树丛，各类附着青嫩石斛，与大小不等的母树，结亲连体，蔚成风景。一棵栎树老枝，霜皮溜雨，离地半人高的树干，几串嫩枝张挂，枝蔓散逸，如吊起的长臂蜘蛛。鲜嫩小叶，依附在老树上，苍老之中多了几分芳华，寂静的林子有了生气。石斛花艳丽耐看，为普洱的市花。在中心城区，花开时节，数公里的石斛花附着行道树上，或淡紫或明黄，斑斓迷人，为春日一大胜景。

终于见到了思茅松林。松树的种类在我国有数十种，以一个城市名命名的不多，常以地域、形状、质地等划分，如华山松、云南松、红松、马尾松、油松等，而以思茅最为特别（以普洱市别名命名），这棵思茅松，究竟承载了多少内容。

阴沉天气，不减人们对一棵思茅松的热情。万掌山乃至普洱林区，思茅松的意义不一般，它的"故乡之子"身份，它公益林的社会意义，它的观赏性，以至材质、油脂、皮质、果籽等的经济价值在林木中不乏口碑。

万掌山林区松树群，多为云南松和思茅松，成片的公益林多是思茅松，为了生态保护，水土保持，防风固沙，厥功至伟。多年来普洱林区森林建设不断发展，为了优化养育和更好地发展，林区多方探索，与亚太森林组织合作，提出了"优化森林经营"——通过开展人工林综合经营示范，普及科学的抚育技术，推动森林生态系统逐渐恢复健康与活力，充分发挥森林的多种服务功能。

在林场公路边，一株高约20米的思茅松下，云南省林科院的张教授为大家解惑：思茅松的年轮是从树干的枝丫中辨识，每两节换算一年。它长得瘦小，比起那些混交、杂交林带，单薄得有些发育不良；它是三叶针状，飞籽成林，少有人工造林，是本土适应性好的物种；它的树干笔直不扭曲，与云南松的区别是材质优良；还有松脂（松香）和可药用的树皮叶子……

来到林区一个路口，几株割过松脂的思茅松，格外醒目。树体一侧裸露肉质，树皮的伤口已结痂。天可怜见，不禁唏嘘。据说，松树长到十年可收割松脂。记得年少时学胡琴擦松香，清香可人；知青时上工地点松明火把，记忆犹新。那像眼泪一样从树体上滴下的透亮松脂，黏糊糊，不易洗掉，余香在手。眼前的思茅松林，多是三五十年的老树，油脂芬芳，不禁忆起过往的松树情结。《松树的风格》曾是一篇咏松的名文，松树的情怀，则是我们平常人生都能体会到的。张教授说，思茅松是普洱公益生态树，是万掌山森林的主角，也是建筑、矿山、桥梁等上好的施工材料。如今，公益林建设，森林的保护，以及经济林的发展，思茅松功莫大焉。

我仍然琢磨这树名，有了云南松，又有思茅松，同一科属，在同一地区得两大命名。据说，以北回归线为界，北面是云南松，南部多思茅松。本来，思茅是普洱的旧名。普洱，一说是少数民族哈尼语水湾寨子之意，思茅，也是由傣族思摩部落之名谐音转化的，先是思茅，再是普洱。无论如何，两个地名独特雅致，相得益彰。而普洱有茶，思茅产松，岂不是这方土地独具之物！

苍莽的万掌山，林地广袤，南北48公里，东西64公里，约29万亩森林，支撑起了云南的生态屏障。这里离普洱城区仅5公里，是普洱生态后院。或许，林木繁茂，主打生态维护，森林保护，这普洱的名片，担当起"北回归线最大的绿洲"之盛名。

2021 年 8 月

在乎
山 水 间

黑土地的花朵
——北安杂拾

印象中的东北是个大概念，东三省的黑吉辽，黑土地广袤无垠，寒霜时节长，物产丰饶，有歌唱道，"到处是大豆和高粱"；东北人急公好义，质朴沉实，所谓"东北人都是活雷锋"，然而具体到某个地方比如黑龙江的北安，全然是印象模糊的。

盛夏在北安，这黑河所辖的县级市，荒野广袤被气派新颖的商品房、各类规划有序的街头公园和小区所代替。华灯初上，进入市里，耀眼的马路霓虹灯和建筑物轮廓灯，让人仿佛置身大都市。一轮初升明月，清亮硕大，在街市明亮的灯火中，亮得那样高光，圆得如在眼前。这大自然夜之精灵在北国天幕中兀自气定神闲，你才觉得，这是中国最北端。在高纬度的北方气候中，恍兮惚兮：这东北的一隅小城，其实也融入了喧闹的现代都市的洪流中。

作为南方水乡人氏，记忆中，偌大的东北是黑土地的世界，旷野无疆，田畴阡陌，苍茫万顷，庄稼密实；是林莽草甸，牛马成群；是粗犷野性，博大宏阔的。然而，这些在北安只是一种想象，或者是昔日的景象。往事越千年，几经变易，北安仍保持着一份执着和固守。1911 年建县，1945 年成为当时的黑龙江省省会，为中国北大门的重镇。现在的城区虽不大，却应和着现代化进程的潮流，置身其中，"景中不知身为客"，北国小城尽显南方城市的繁荣。

住宿在城北的凤凰城宾馆，门前一条宽约三五十米的小河缓缓流过，清清流水，游鱼可数。一早就有人垂钓，这种随意在其他地方，即便是水乡泽国，也不多见。整洁的人行道旁，晨练客如织，背音箱的壮汉高调地踩着节奏，两岸竖立的各类时事语录宣传牌以及路灯柱的雕花装饰上，刻有人们熟知的唐诗宋词，组合为斑斓的城市色调。偶见雕塑，用鲜花组成几何或动物的图形，展示丰富的想象空间。河边林荫道有耀眼的树，似花似果，明黄间淡红，花果合体，有着特殊的品相和深意，装点了小城的喜兴与火红。

沿小河溯源而上，不多远可见荷花池，又有回环往复的小小水渠流入。不知因为水的浸漫，还是本色之故，幽幽石板路，池塘边各类树干，霜皮溜雨，均为褐色。这深褐近黑的小树小路，与池中盛开的莲花形成强烈反差。继续向前，一条宽大的马路是国道。到了城市的边际，时间是早晨五点半，我看到一片开阔地，一大片有点枯黄的庄稼，是麦子，也有高粱、野草，因了大风的吹拂，往一个方向倒伏。脚下不知名的野花，高低不一，在风中摇曳，松软绵实的草丛，于我有亲近黑土地的感觉。极目远眺，只见天光熹微的东方，一抹红光在云层中时隐时现，多时不见的城市天际线，无限地延伸，让人不禁倦眼大开。

这是一个可以见到天际线的城市，让人兴奋。在北安的那个晚上，与县一中的同学们座谈散文写作，我脱口而出，在北安我看到了久违的一景，一个有天际线的城市，不就是写散文的好标题吗？

黑土地，天际线，我喃喃。当晚，读到了同行作家蒋建伟为北安写的一首歌词《黑土颂》，"土里流着金，土里流着油"，让人联想；而本土作家武瑾的《北安赋》中，白山黑水，崔巍浩瀚，古时僻壤百里杳无人烟，女真游牧渔猎，放荒移民，就有清民垦殖拓田，黑土生金……斗转星移，沧桑巨变……勾勒了这块土地上的历史。千年以降，沧海桑田，深沉厚重的黑土地迈出了前进的步伐。

大地，厚德载物。皇天后土，民胞物与。源自土地的滋养，世界才有万物；源于一种特别情怀，万物才有分量。我寻找着这块土地上的旧时景物，那黑土地的情结曾是多少人心中的一个记忆！

走过市区不多见的老景旧街，在新建筑的鳞次栉比中，一些农垦单位牌子，仍然留存。有朋友50年前曾是这里的插队知青，在微信朋友圈中见到北安景致，急切地询问当年他们的师部、团部旧址。同行的当地朋友多是80后青年，只依稀说出大致的方位。据说，当年这里的知青仅北安农场就有数千人，一个师部曾建在离这里不远的二龙山。北安是北大荒边缘，是黑土地的"西北角"，计划经济时期，人们的热情高昂，听命召唤，年轻的学子用青春热血战天斗地，与冰雪世界对抗。当年，在遥远的南方水乡，我同样过着"修理地球"的知青日子，后来从有关文学作品中领略黑土地上的知青故事，引起了我们的共鸣。如今，在北大荒腹地三江平原、松嫩平原一带，多有知青点的纪念馆。多年前，我参观过富锦市的一个知青纪念地。在大片的庄稼地中，小小四方院落恢复原貌，收藏着知青的物品。印象最深的是应时的标语和高调的文字，特殊年代的特别记忆，回想过往，不禁唏嘘。

　　记忆也可变为财富。

　　这是一个旧的兵工车间，门口"庆华军工遗址博物馆"铭牌赫然。当年是庆华工具厂，被誉为"共和国枪械的摇篮"。现在，是枪械主题博物馆。展厅有一尊朱德雕像，复原了朱老总视察时与工人们的合影，像座下一排数字，表明枪支生产的

在乎
山　水　间

总数。展厅由两层楼的旧车间改成，多台车床、铣床等错落排开，还原当年生产时的景象。高科技的利用，将半个世纪以来厂里为国防事业贡献的历史完整展现。

展览通过灯光透视效果，将各类枪支组合成不同的方阵、图案，形象生动地展示着研发设计、成品校准、用途及特点等，表明了一个时代兵器工业的特殊荣光。四个展厅，众多型号的产品，在不同时期发挥作用。当年，这些保密的兵器工业，壮了国防和军威，如今成为历史，辟为遗址，应和了世界和平主题的潮流。这也许正是当年用过这类武器的英烈的愿景。在荣誉室的图片中，一把五四式冲锋枪，在英俊的雷锋照片中，显得气势不凡，还有中国奥运会上第一块金牌得主许海峰的气手枪，以及其他运动枪械也多出自这里。

这个枪械厂原在沈阳，始于1921年，1950年北迁于此，这与当时的地缘战事和国防战略考虑有关。在中国的大东北，一个举足轻重的国防兵工企业，为北安大地增添了光彩的一页。而今，作为一个有特色的博物馆，为黑土地革命文化书写了精彩一章。

在北安，今夏一台特别的主题晚会"从延安到北安"，在简朴的宾馆会议室举行，来自全国各地的观众沉浸在红色文化的缅怀和敬仰中。延安与北安，西北与东北，有什么样的关联？县委宣传部部长介绍说，抗战时期，北安是东北抗日联军第三路军的指挥中心和后方基地。抗战胜利后，延安干部队伍团来到北安创建了老黑龙江省根据地。为了纪念当年从延安到北安开辟东北革命根据地的壮举，县里组织了一台缅怀历史传承红色基因的主题文艺晚会，节目是业余表演，群众自创，接地气，正能量。

这是中国革命史上的重要一笔。1945年，中国的抗战进入全面反攻阶段，党中央高瞻远瞩，提出建立巩固的东北根据地决策，为解放全中国奠定基础。为实现这一战略目标，从延安、晋察冀和山东等地抽调大批干部挺进东北。1945年11月15日，受中央派遣，延安干部近200人历时72天，经过几千里的跋涉，来到北安。

这段历史的重现，成为延安和北安两个城市合作的一个契机。北安市委主要负责同志在《人民日报》发表了《在"传承"上做实文章》。"北安是革命老区，红色是永不褪色的底色。"继承延安精神，挖掘北安的红色文化资源，正当其时，于是，在美好的春天，两个有着相同红色背景的城市友好结缘，被誉为传承红色文化的佳话。

结缘促进了行动。北安现存多处红色文化纪念地，展现了从延安到北安后的革命斗争成果。当年黑龙江省委、省政府旧

在乎
山水间

址，记录了中国共产党领导的第一个完整的省级人民民主政权；东北军政大学总校，前身是抗日军政大学总校，东北的工兵学校、黑龙江军区卫生学校等，都在这里成立，是新中国成立后一些重点军事院校的人才摇篮。黑龙江报社于1945年12月1日在北安成立。因为军政大学培养人才的需要，陈云、李富春、彭真、蔡畅等一大批革命家，来到这里工作并辅导学员。还有，抗联将领赵尚志领导的冰趟子战役的遗址、白皮营子抗联指挥部纪念地等，经过修整和充实，成为北安传承红色文化的响亮名片。

"总感觉北安太像延安，小兴安岭与杨家岭山挽着山。"在两个城市文联举办的原创歌词征集中，一首词中写道："黄土地的山丹丹，黑土地的达子香，征途再远，经不起脚步丈量；黑暗再长，终会有破晓曙光。"讴歌历史，缅怀先辈，启迪后人，薪火相传。办专题展览，创作纪实文学，排演歌舞剧，组织民间剪纸绘画等多种艺术形式，红色文化的延安精神与北安人民的日常联系，成为这个夏天北安人文化生活的一道风景。

这是一个普通居民区，门口山墙上设有一块壁报，红红的标语和彩绘的宣传画，醒目亮眼。家风民俗、传统经典语录，以及"从延安到北安"的革命故事，用图画、语录、漫画的形式，庄重而温馨地展现。在一个单元门口，遇到放学回家的一名初中生，随她进楼，墙上儒家语录抢眼，就问，你进出都见，有什么感觉？她说，很好的，我们上课也在学它，正好可以联系在一起。一位老人笑着说，北安本来是老根据地，黑土地也是红土地，这样做是对的。讲得好，说到点子上了。有人附和。是啊，黑土地上绽开红色的文化之花，是因为同本同源。

北安的母亲河叫乌裕尔河，为东北有名的无尾河，令人想象。盘桓几日，我总想一睹芳容，因离住地较远，未能如愿。但是，那天正巧遇见了一大片格桑花地，正是盛花期，色彩艳丽，仪态万千。这些黑土地上的"花仙子"，装扮了北国的夏日风采，不知它花期能有多久。我想，它的美丽、妖娆，是因为黑土地的养分滋润，更是因为红土地的精神洗礼。

2018 年 10 月

在乎
山 水 间

格丼村的"珍珠"

此刻，初夏的阳光映照在一个绿色的山坳里，四周喀斯特地貌高低不一、形状各异的峰脊，勾勒出这片山区的基本轮廓。一条时隐时现的小河，一片植被葱郁的平坝上，田畴阡陌，错落杂陈的农家楼房，星星点点掩映在绿地山坡，间或夹有苗家旧式屋场，构成了这个民族村寨的大致环境。

进得村头，看见一个大牌子：格丼村。这个"丼"字令来访者好奇、不解，有人介绍说这个字是苗语，从会意上看，是在井里扔了一块石头；旁边又有人插话，是往井里放了一粒珍珠，岂不更好？是啊，这里原是国家级贫困县，一个偏僻封闭的山地，经过几年的精准扶贫，已经大为改观，发展势头向好，土块石头要变珍珠宝贝，值得期待。

这里是贵州紫云苗族布依族自治县格凸河镇的格丼村。

想象中的苗乡，多是隐居在深山中。贵州西南一带的麻山地区是苗族集中地，他们世代"喜于深林僻野结屋以居"，房屋为"杈杈房"，即用木板或篱笆围圈，结构简单，易于搬行，落后的自然条件使得发展滞后。

造访这里，是想见识一下作为全国精准扶贫难度较大的黔西南地区扶贫工作的新变化。三年前，习近平总书记在贵州考察扶贫工作时提出，要科学谋划好"十三五"时期扶贫开发工作，确保"贫困人口到2020年如期脱贫"。在这一战略思想的指引下，作为全国扶贫工程重点地区的贵州，扶贫工作精准化、科学化上了新台阶。紫云，作为全国唯一的苗族布依族自治县，地处滇桂黔石漠化集中连片的特困山区，也是苗族居住带的麻山腹地，脱贫致富的路充满艰辛，也有新收获，逐渐为外界所认识。

眼前的格丼村，虽离县城一个多小时车程，因临近著名的旅游景点格凸河风景名胜，在发展旅游方面有了心得，抓住产业扶贫龙头，拓展思路，政策对路，取得显著成效。从民居就可以看出，多是高层楼房，"白墙壁、灰线条、黄飘带、挂牛角"，坡形屋顶，青黛瓦片，结实宽敞，很见气势。村前田边，绿荫密匝，林果绕屋，观景大道上杂花生树，来往的摩托、小汽车，池塘中的鸭叫鹅欢，一派盎然生机。村容村貌是门面，彰显着形象和气质。过去闭塞的穷山村旧貌换新颜，就有了不一样的精气神，极贫困地区脱贫致富奔小康，步子欢实，足音铿锵。

当然，这个变化对世代生活在贫困山乡的苗族兄弟，是一个艰难的过程。也许因穷困、安闲、守成而懒散，"安贫乐道"成为某些穷山僻乡的人们的常态、习惯。破除陋习需要政策的指引，需要文明的春风吹拂。可以想象，思想的转变是复杂艰难的，也是脱贫工作的重点。在村委会的楼前，看到标语牌子，有各类宣传内容，让村民们有了精神思想上的提升和行为规则上的约束。有一块牌子写道，扎实开展"行之顺心，住之安心，食之放心，娱之开心，购之称心，游之舒心"的"六心"行动，包括了现代生活的全部内容。脱贫致富，建立高标准，在起点就设高标，体现了主政者的现代意识。与村里干部们说起这个变化，他们无不感叹。一位从县里下派帮扶的干部认为，精准帮扶，思想认识很重要，主要是让年轻人带头，调动他们的积极性，起到榜样和表率作用。

行走村中，在一户屋前，挂满果实的樱桃树吸引了大家，只见红黄相间的小小樱桃，十分可人。樱桃好吃树难栽，哪里见过这么水灵灵的果实，这么大的母树！这时，几位女客人捷足先登，伸手拨弄，男主人迎过来招呼大家说，吃吧，吃吧。主人姓伍，40多岁，身材微胖，脸上黑里透红像是"高原红"。他家门面上嵌有"三宝农家旅馆"匾额，并注明"扶贫项目辅助建设"。有人就调侃地问，三宝，你可要发了，家有吉祥三宝不得了啊。他笑答，那是，那是。上到二楼，有客房和卫生间，干净整洁的陈设，比照城市旅店的标间布置。问："这里客人多吗？"答："多啊，有一间还是包租给长客呢！"

他指着锁上的另一间房子说，"客人中也有你们北方来的啊！我们村离格凸河景点不远，再说，我们这儿的苗寨，风光是自然美景，秋天有秋景看，夏天可避暑，且空气清新，气候好。"他一一道来。下楼时，我们问他，开旅店也是门学问，要不要借助互联网？当然啦！他笑了。村干部说，村里有多个家庭旅店，因为我们这名气慢慢大了，客人也多了起来。每年的生意虽然分淡旺季，收入也都不少。村干部姓黄，也是苗族，平时除了村上的工作，他还种地。近来，精准扶贫，科学扶贫，发挥山乡特点种了药材和经济作物，他家种的是独角莲，三年可收获，因为技术要求较高，价格也贵，销路不错，但是产量不太稳定。

　　一同来的县上领导吴晓敏说，科学技术是关键，特别是苗族兄弟，提高文化水平的需求很迫切。扶贫工作也对传统农业生产提出了新要求，文化扶贫，科学引领，偏远的山乡苗寨，发展刚刚上路。即便这样，种植和旅游两大块，使这里的收入打了翻身仗，摘掉贫困帽子，人的心气也高了。我们说，是不是这样子的，每年一小步，三年一大步。从县里下来的驻村干部说，村子基本上脱贫，接受新事物，改善生活质量才是最大的收益和进步，过去破乱脏差的环境和不讲卫生的习惯得到了改善。村干部点头，是啊。环境好是基础，只有环境好，才能

在乎
山水间

将成绩保持下去，吸引更多游客来。

这是明智的选择，脱贫致富，建设美丽乡村，相辅相成。三年前，由政府出资修建了文化广场，大型浮雕《格凸怀古》，以仿古文化石作装饰，通过神话传说亚鲁王浮雕、苗族先民的牛角号浮雕等，用历史故事和史诗传奇表现麻山地区经典的苗族文化。有关先民的人文历史，通过乡规民俗、家风道德、邻里乡情、读书求知等，得到有趣生动的展现。特别是九年前，年轻学者杨正江等人经多年田野调查整理，发现的苗族先民史诗《亚鲁王》，再现了苗族英雄亚鲁王的不朽传奇，成为国家级非物质文化遗产。高高的四根圆柱雕塑，分别表现了创世纪、战争、迁徙、拓疆等英雄的不凡创举。这个渐为传诵的苗族史诗，源自这一带的"东郎"口头传说。英雄回到"故乡"，先民精神让后人敬仰，也为当下苗乡文化注入了厚重沉实的内容。

离开格丼，我又想起了这个特别的名字，想起了村名中关于石头和珍珠的说法。这个远离尘嚣、山清水秀的苗乡，如同一块璞玉，乘着新时代乡村振兴、脱贫致富的东风，发生着巨大变化；我们有理由相信，有政策的指引，带头人努力，思想到位，措施得力，明天的格丼，将成为一颗亮丽明珠，收获更多美好。

2018 年 5 月

春天的前海

前海，深圳的一个新园区，在南山半岛西部，伶仃洋和珠江口东侧，与香港毗邻。曾经，这里是一片泥泞滩涂；如今，气势恢宏的 14 平方公里新兴产业园，卓然挺立，堪称"特区中的特区"，其灼灼风华，绰约丰姿，令人刮目。

南国春早，二月深圳，春和景明。从住地前海君璞书院酒店十楼远眺，蓝色海湾船帆点点，浪涌潮回，近处，透过密集的楼群，前海大道青葱欲滴，花团锦簇，三角梅、龙船花、光叶子花，红艳欲燃。春天，在深圳，在前海，绽放无限锦绣。

深圳地处大鹏湾，俗称鹏城，大鹏扶摇，长风破浪。改革开放以来，深圳雄姿英发，勇立潮头，在现代化征程中，保持勇毅前行的气势、活力。

2008 年，《珠江三角洲地区改革发展规划纲要（2008—2020）》正式出台，首次提出了"前海概念"。2010 年 8 月，国务院正式批复《前海深港现代服务业合作区总体发展规划》，明确了进一步深化粤港、深港合作，对接国际贸易制度新规则，构建开放型经济新体制，定位于世界眼光、国际标准、中国特色的目标；以现代金融、高科技、物流信息、现代服务业等产业为主导，成为深港现代服务与自由贸易合作区示范区，改革试验前沿窗口。

新时代 10 年，日新月异，"深圳速度""开荒牛精神"引领不断创造奇迹。如今，数百栋高楼拔地而起，前海梦工场，香港青年创业团队，众多世界五百强企业、龙头企业、高成长企业等纷纷落地前海。人们这样描绘，前海从"荒滩涂"到"聚宝盆"，在"袖珍海"做出了大文章，以"蚂蚁的体格"释放出"大象的能量"。前海"横空出世"，"让滩涂荒野变成了恢宏的高楼大厦和产业集聚区，变成了一大片奔涌着激情，生产着财富、希望和梦想的大地"。

桂河湾畔，园区的核心区，玲珑温馨的前海石公园，波光粼粼，阳光和煦。一尊黄蜡石上，"前海"二字格外耀眼，大石矗立，棕榈树和杂花簇拥，一个"磐石搏浪""扬帆远航"的"前海石"意象，吸引游人，成为网红打卡地。

不远处，著名的前海国际会议中心，播放着纪念深圳经济特区 40 周年庆祝大会的视频，热闹庄重的场面，激昂高亢的氛围，领导人的谆谆话语，在偌大的报告厅里回荡，关于前海形象的定位，催人奋进。前海展厅，现代科技的声、光、电辅以文字图片，记录了前海的前世今生。建设之初，这里是一片荒凉海滩，没有像样建筑，10 多条小小渔船和两间边防武警值班岗亭，伴随着海草丛生的泥土堆，裸露的黄土水坑。没有现成办公地，几十个集装箱组合成指挥中心办公场所，新成立的前海管理局租用某大学研究院，后来扩大规模，搭建几幢简陋的铁皮屋办公。特别是，在海滩水域填埋负载数十层高楼的地基，有许多技术难题需要攻克。沧海桑田，百变创新，艰难玉成。前海人经受了考验，创造了奇迹，这里成为一块依托香港的深港现代服务业的创新平台，一个服务内地的新时代全面深化改革高地，一座面向世界的高水平对外开放门户枢纽。

前海的发展，有赖于高层决策谋划、顶层设计的引领。2012年，前海开发两周年，习近平总书记亲临前海，在"前海石"旁，对刚刚起步的前海寄予殷切期望，他指出，"精耕细作，精雕细琢，一年一个样，一张白纸，从零开始，画出最美最好的图画"。要精准把握中央给予前海"依托香港，服务内地，面向世界"的战略定位。党的十八大以来，习近平总书记先后三次来到前海，为前海的发展把脉定向。特别是2020年，在深圳经济特区建立40周年之际，习近平总书记又一次来到前海，鼓励前海人以国际视野和胸怀，学习先进的管理经验，深化前海深港现代服务业合作区改革开放。2021年，《全面深化前海深港现代化服务业合作区改革开放方案》发布，"深化"了人们改革开放的理念，如虎添翼，前海发展进入新阶段。

创新，智能，高科技，前瞻性，国际化，人文精神，敢争

在乎
山水间

一流，这是前海人的目标追求，也是行事风格和前行动力。前海有十数座百米以上的高楼，气势恢宏，形成了巍峨的天际线。核心区的"十大建筑"，各呈风采，有266米高的恒裕前海国际金融中心，有250米高的华润大厦与人寿大厦"双子星座"，有深港梦工场二期的立方楼，深圳改革开放干部学院的教学楼，其"开放之门"的设计，传递了"特区元素"，匠心独具。

在妈湾片区，高达300多米的前海世茂中心大楼，45度旋转的顶层，可饱览园区风景：前海综合保税区、深圳西部港区、桂湾国际金融城、妈湾现代自贸城……次第显现，车流、人潮、海风、花木、春色、市声，汇成了城市特有风景。而不应忽略的是，鳞次栉比的大厦，高耸的立交桥边，树木簇拥，花草点缀，打造前海园区"一湾、两山、五区、四岛"的布局。生态与自然，人与城，创业与宜居，相得益彰。在喧闹纷繁的都市风景中，"打造最浓缩最精华的核心引擎"红布大标语，每每在不同地段甚或是施工的楼墙上张挂，耀眼醒目，寥寥数字，像是誓言，揭示了前海园区的地位和使命。

位于前海中心的前海国际会议中心，虽是两层楼高，却是建筑群的大亮点，曾获得鲁班设计奖。2019年春动工，一年时间建成。其主体设计用岭南民居瓦片式彩釉屋顶，透明的玻璃内饰，阐释了"薄纱翘首，彩云追月"的理念，如同一本书脊立起的书册，民族性、时尚化的融合，颇受好评。2020 年秋天，深圳经济特区建立 40 周年庆祝大会，在这里隆重举行。

前海园区目前已进驻了 10 万多家企业、公司，这是一个庞大的数字。高、新、尖的新业态，创新型的产业，以新理念特别是人文理念高效赋能，增加了效能，扩大了影响力。一些行政办事机构，发扬"特区精神"，从"先行先试"到"先行示范"，改革创新。前海合作区人民法庭，一个有些影响的法庭，地处深港大湾区，涉外的经济案件复杂，影响也大，在经济活动"保理"方面，创新办案机制，在深圳乃至全国法院系统名列前茅。法院大楼巍峨肃静，门厅里一座介绍世界法制演变史的电子触摸盘，十分抢眼，不同时期的古风图画，解读法制历史，这些画作都是员工手绘的。在办公楼甬道墙上，一些法律知识、法理故事，图文并茂，形成了特别氛围。前海基金小镇，是国际化、市场化、专业化金融特色小镇，作为基金项目、金融企业的高端聚集地，办公场所不大，与周围的高楼大厦比有些简陋，不大的服务窗口，略显逼仄的门厅一角，却有一个休闲书吧，书香、茶香，人性化服务，人文化气息，别有一番滋味。

前海园区有三大板块名为青年梦工场。青春的梦想，在这里腾飞。小魏是一名 90 后，在东北上学，毕业后在银行工作，后辗转深圳，来到前海，重新"学艺"。八年前，他创办"来画"——动画和数字人智能生成平台。来画的 App 页面上，是一棵郁郁葱葱的、挂有五粒金黄果实的大树，文字说明是："通过科技和艺术双核驱动，以 AIGC 人工智能生成技术，以动画数字人创作平台，以科技平权理念，致力于视频、数字人、LP 内容创作的自动化、数字化。"他从用手绘画，到如今使用手机、电脑创高科技智能人、仿真虚拟人、数字人。小魏介绍，来画通过 2D 技术虚拟出的数字人，可用于真人秀、平台直播，除此之外，影视节目中的人像，广电、教育、营销、旅游等也广泛运用。青年梦工场，聚集了一大批像小魏这样的才俊。前海是追梦者的广阔舞台，也是高端人才的孵化器，大湾区的地理和政策优势，吸引了众多追梦者。近年来，一些香港的人才也被吸引。小魏说，前海有良好的平台，吸引高端人才，互为成就，未来可期。

春风骀荡，风鹏正举。春天的前海，一派生机；大鹏湾下的深圳，好风正扬帆。

2023 年 5 月

黔北石海

　　向晚的风，吹在高原，柔和而清爽。汽车奋力在山道上前行。一条蜿蜒而上的碎石路，考验着车子的耐力。而在颠簸中，又因满眼绿色和起伏山峦组合的高原风光，让疲意顿消。

　　我们早晨自毕节出发来到赫章，这一带为黔西北的边地，所谓乌蒙山一脉是也，崇山峻岭锁黔地。"乌蒙磅礴走泥丸"，念及此句，何等气派，行走于此，更是对高原上苍莽的绿色和奇巍的山势有了足够的认识。到了这个被称为贵州北地最高点——韭菜坪，簇新的物象和特殊的风情，让人们识见了高原景象的多彩丰富。

　　真应了"风光之奇多在于路途之险"的说法。路，虽平缓，却蜿蜒曲折；虽不逼仄，却坎坷颠簸。山边顺势挖出的土坯，多是核桃大小般的石子铺就，好像刚刚开成，越野吉普像小船浮游于大海，忽而上下翻腾，忽而左右摇摆，考验行者体力。车窗外移步换景，有如画幅展开。青青的草场坡地，一畦畦梯田，茂密的无名小花，觅草悠闲的马儿羊群，间或有三两路人匆匆，边地风景，别样生气。

　　汽车打个弯，停在一个稍微平宽的地方。路也到了尽头。眼前，周遭群峰耸峙，绿茵如海，有流云薄雾飘来，更显生动。而近处远方，草地高坡，可见无数白色的物件，其实是一个个、一堆堆或躺或卧的石头，如各种形象逼真的小动物，在旷野的绿色中，零星散落，其生动的姿势，可以想象出任何生灵于草地嬉戏模样。同伴比喻最多的是像吃草的小羊之类，是的，羊儿与草地，生命与大自然，是宇宙间的浑然天成。

感觉有点凉意，但欢快让人们忘我。流连拍照之际，隐隐地传来一阵阵的欢笑，夹杂歌声。主人们招呼向山那边进发。

没有路，踩在草甸子上，柔柔软软的。眼前是一条山谷，灌木杂花密匝，寻路而行。远处，数十只牛马组合的阵势，在几个小伙子的鞭策下，疾速奔来，擦身而过。或许暮归性急，或是看到来客惊异，放牧人鞭子响起，牧羊狗欢跳着，马儿们嘶鸣着，远离了黄昏的草场。

循着声音，到了另一个山坡。迎面，几根赫然而立的石头，据说这是"山门"。由此方进得这赫章境内闻名的石林。

我们一行，正是被这贵州高原上奇异的石林吸引而来。在贵阳，在毕节，在赫章县城，听说这高原上的石头阵，绵延十数里，生长在高原草地，景象各异，奇绝精美，值得一看。于是，从赫章出发，盘桓10多公里的山路。此时，在暮色苍茫中，这广袤的青草绿地，这众多的白玉似的石块，和空旷辽远的自然景象，尽收眼底。

天色已晚，踏入石林之门，享受主人们安排的一场特有的节目。彝族男女着鲜艳的民族服装，跳起获得过山花奖的"铃铛舞"。这是一场表现劳动习俗的舞蹈，大地为舞台，石头为背景，歌声悠扬，鼓点激昂。民族兄弟们的热情友好，在大自然肃静之中添了几多欢乐。高大的石块旁，绿茵茵的草地上，着民族服装的少男少女，歌声舞蹈应和着自然天籁，别是一种新奇。

说是这赫章的山中，多有石林，然而又与闻名于世的云南石林截然不同，一是它们不集中；再是它们与草地紧依，是草地上的生命。它们不垒石成林，多是散见于不同的山岗高坡，或分散在一个开阔地带，或藏身于草地灌木，与树木草花相拥相偎。绵延数公里的山中，石海茫茫，石柱高耸，形成了独特的景观。这里，石头高大者，风雨剥蚀，棱角分明，有如神殿立柱，尖顶上长着小树，如生命雕塑。小巧精细者，匍匐在绿色草丛，掩映在杂花中，与草地杂花相谐共生，形成生命的景观。

赫章地处贵州北部，属黔北高原喀斯特地貌，亿万斯年的造山运动，化谷为陵，有了这石头漫坡；风雨经年淘洗出这白玉似的石山石海，生长于高原草地，散落于山间谷中。时间洗刷着大自然物种变化，时间也凝滞了这块有生命的土地。多少

在乎
山水间

年来，山民们少有涉足，即使偶尔在这里放牧、耕种，也是见惯不怪，习焉不察。因山岗阻隔，而有茫茫的山坡树丛，成为荒野僻壤。这些年来，民族地区的经济迅猛发展，打"山字牌"，念"石头经"，这里作为彝族兄弟的自然村镇，打开了发展民族旅游，搞建设的思路。

夜幕不觉降临，遗憾的是，我们没能深入石海深处，可是仅这一路上的"石头风景"，这广袤如大海似的石头阵势，我们便不虚此行。更何况，一场彝族山野中的风情舞蹈，飘荡在大自然中的歌声，让我们领略了山地民族兄弟的盛情。离开时，不免祝福，愿这个长在深山人未识的石海风景，为更多世人知晓。

2008 年 11 月

大美乡贤

5月初的南方，阳光和雨水如一对冤家，你来我往，特别是在丘陵地区。

湘东南的攸县，或许挟有罗霄山脉的气象，长成了这初夏气候的变化无常，让人感受特别。眼前的石羊镇谭家垅村，被细雨和阳光洗礼得格外鲜亮——明镜似的水田，一块块，一畦畦，阔大平整；近处屋场水面，几许嫩娇的小荷含苞待放，与细密的浮萍聚合成或圆或方、或大或小的水上图案；不远处，长腿苍鹭在禾田中觅食。四周村落远近错杂，白墙黛瓦，绿意葱茏，风烟俱净，倒影幢幢，正应了唐诗"绿树村边合，青山郭外斜"的意味，一派水乡生动的自然风景。

盘桓攸县数日，游酒仙湖，听"攸女传说"，看宝宁寺、阳升观佛道二教深植的人文故事，访石山书院，林林总总，见识了这个湖湘文化浸润下的小县悠久的历史、优美的自然。现在，来到这田园阡陌、水汽淋漓的乡村，更是别有一番意味。

天地有大美，哲人如是说。如今"大美"一词被看重生存、注重生活质量的我们经常引用。但是，这大美，与其说是一种景观形色、环境生态，不如说是一种精神。我们是被一种精神吸引，来寻访一位乡贤，被亲切地称为"种文化的赤脚

在乎
山水间

教授"的夏昭炎。那天，县委宣传部部长说，我们去见一位退休回乡"种文化"的老人。这就到了县城不远的石羊镇谭家垅村。

掩映在绿色水乡中的这座院落，是村子里的文化活动中心。只见乐曲高亢，人声鼎沸，十数位大妈大嫂随着节拍跳着舞着，一位身材瘦削、满头银发的大娘，举着麦克风，麻利地招呼众人，洪亮又幽默地说着欢迎词，调节现场气氛。后来得知，这位"民间主持"是夏教授的夫人杨老师。曲调快节奏，动作训练有素。据介绍，这亦舞亦操的运动加娱乐，修身养心，是村里文体活动中心的保留节目。参与者各得其乐，读书、听课、舞蹈、健身，有家人陪同，是参加者也是观众，民间文化和大众娱乐相得益彰，颇受村民特别是年长者的喜爱。我们好奇，就近询问一位大妈，您跳了多久？回答说，至少也有三年，身子骨练得有劲了，坚持下来身不由己，上了瘾。然后哈哈一笑，又说，你们也来一下，好玩啊！随着音乐的节奏，大妈们伸臂提腿，一板一眼，室内电扇风吹拂，各种彩色服装，飘飞出一道道运动的风景。

乐曲欢快地弥漫，舞者精神抖擞。闹中取静，我观察四周，几间大小不等的房屋贴有匾牌，各派用场，有农家书屋，有小小会议室、教室，有国学馆、图书馆，是村民们所说的学与玩的场所。中间这个稍大的厅堂，除了文体娱乐，也有展览和告示。有意思的是，在各位手舞足蹈的招式下，一尊孔子大半身坐像和几幅关于儒家的语录联句，肃穆庄重，轻快中透出历史感。从孔子像望去，前面墙壁上立有几大展牌，是关于乡贤文化的。有人像照和事迹介绍，展现出湘东南历朝历代乡贤仁人的故事。前面一张彩色照，笑容可掬，正是刚刚荣获"第七届全国服务农民、服务基层文化建设先进集体"表彰的乡贤达人夏昭炎。

"种文化"的教授，好一句亲切的描述，是乡亲们对夏昭炎服务家乡文化建设的最好认可。14年前，他从湖南科技大学退休回村，看到乡亲们有了高楼新居，农村有了车水马龙的繁华，可是，休闲文化和儿童教育仍然滞后——农闲时节，不少村民无所事事，有的还惹是生非，一些留守儿童沉迷于游戏，老年人寂寥度日，物质的富裕与文化的贫瘠矛盾突出。对此，夏昭炎十分揪心，作为一名文科教授，他想用自己的能力帮助家乡，让崇文重学的湖湘文化传统得以发扬，帮助那些家庭条件差的儿童得到更好的教育，养成好的读书习惯。那年春天，他手术后不久，与老伴杨莲金商议，自掏腰包，在村里建起文化活动中心。找场地，看房子，请帮手，募集书本……2010年，谭家坳高桥小组文化中心成立，如今，老年学校、

在乎
山水间

少儿假期学校已成规模，乡村书屋成为攸县农村文化的响亮品牌。10多年来，夏昭炎践行自己的诺言，以文化人，兴学育人，让老年人学时事政策，学现代知识，跳舞健身，让孩子们有个"第二课堂"。在乡村"种文化"，重点是儿童，近年来，以农家书屋为依托，设立"高桥奖学金"，办"成语大赛""才艺培训比赛"等。夏昭炎还联系长沙和株洲的一些学校对口帮扶，乡村的文化场所又成为大学的实验基地，教学相长，提升了乡村文化的质量。

艰难玉成，名播四方。2018年1月，在中宣部等单位主办的"第七届全国服务农民、服务基层建设先进集体"的评比中，谭家垅的农家书屋榜上有名。夏昭炎参加了北京的颁奖会，并做了题为《只为播种文化的那份初心》的发言。他收获了不少荣誉，对于各种名誉称号，他都看得很淡，说自己是一个赋闲老人，发挥余热，反哺乡梓，"一个从家乡赤脚走出来的人，回报家乡和社会，是晚年最幸福的事"。

来到书屋，这个约20平方米的地方，几排书架，文史、科技、少儿、经典，不同分类，大小书籍拥靠依偎，低矮的桌子，便于儿童阅读。一个10岁左右的女孩，翻读一本童话故事，桌子上还有一本励志书。据说，这里藏有约7000册图书。在这村办图书室，算是够分量的了。何况，以此为依托，书屋办起了流动的读书室，惠及周边数个村民小组，有所谓"一鸡生五蛋"之说，通过书屋这只"母鸡"，专人定点，把一部分图书流转到周边的五个借阅点，辐射开去，让更多人插上知识的翅膀，受益于文化启迪。这正如夏老先生所说："我最大的理想是让家乡农村到处飘散着文化芳香。"

见到夏昭炎，听他介绍文化中心的初创历史和多年来的顽强坚持。我们坐在长条桌旁，他站着面对大家，背景是一幅孔子画像和两联《论语》摘抄。他带着便携式麦克风，一袭运动装扮——黑色背心加牛仔裤，说话细声细语但有气力，记忆清楚，干练智性。这装束做派，这语速和表述，以及坚定的身心，让一行中的年轻人也称奇。

离文化中心不远是夏教授的家，我们造访，并得到了一本他的文艺学著作《境界概说》。他的书房一角，放着一堆剪报，足有半人高，码放得整齐，还有多种杂志和一些图书。周围绿树和农田包围的这座普通二层民房，陈设简朴，用具陈旧，一些荣誉牌匾和书香气息增添了独特亮色。

在回高桥文化中心的路上，鲜艳的国旗与写有标语的白墙，耀眼夺目。标语上墙，直面人心，是乡村文化的一个特点。多是关于乡风德行、修身仁义的古训。那个"乡贤馆"的铭牌，在中心大院的门楣上高悬，夕阳光照下，古铜沉木般的质感，显得别样厚重。县上乡镇，也从夏教授的乡贤义举中得到启示，致力于乡贤文化的开掘，打造谭家坳村形象，一幅幅国学大师的语录，一尊尊儒家先贤的塑像，在这个快节奏、功利化的眼下，发散出不一样的味道。

尊崇传统，推崇乡贤，注重文化，体现了管理者的眼光和情怀。小村的魅力和乡贤的影响力，让人感触深长。

2018 年 7 月

记忆沙家浜

沙家浜，与其说是地名，不如说是一个符号，一个曾经在 40 年前，红遍大江南北的名字，在国人心中，业已成为特定时期的一个记忆。那时候，谁人不会几句"朝霞映在阳澄湖上，芦花放，稻谷香，岸柳成行""摆开八仙桌，招待十六方""开茶馆，盼兴旺"的唱腔歌词呢？

那时，我刚初中毕业，在遥远的江汉平原"修理地球"，几乎对这个美丽的故事和美丽的地方没有什么概念。但是，那几场戏、几多唱词，是经常哼哼的，也曾与一伙知青排练了《沙家浜》的片段，给那枯燥的农村生活带来了一些快乐。为了戏演得逼真，我们的腿部打上绷带，还做出划着船的样子，就是为了心中那个特定的水乡，那些为民出生入死的新四军。

后来，这些"文革"时期的样板戏，在人们印象中渐渐淡去，但是，阳澄湖、沙家浜，却如一个记忆符号，吸引人们说不清道不明的关注。多少次，想象中的沙家浜、新四军，和那个春来茶馆，成为一个期待和向往。没想到一个活动，促成了这次一日之游。

我们是在一个中午时分，从常熟市区到沙家浜的。沿途大幅的沙家浜广告十分抢眼，冠以天下、国内等字眼，让人觉得

在乎
山水间

这地方气势不凡。苏昆一带的富足，水乡河湖的绝佳景观，令我们一行造访者颇感兴奋。既然有那么一层往昔心情，我们期待的这个名胜，它的面貌究竟何样？

还没来得及多想，就到达了住地，一个单位的培训中心改造的宾馆，设施都很时尚，环境也见出江南水乡的幽雅。让我感兴趣的是，在房间推窗就可以看到一片水面，问当地朋友，这是不是沙家浜？答说，这就是阳澄湖的一角。问，那么沙家浜呢？答，沙家浜是一个镇名。这才弄明白，我们所说的沙家浜为常熟的一个镇。

因为是个镇名，就有了更多的内涵负载，就有了比大自然更多的人文内容。我们稍做休整，即来到新四军纪念馆和沙家浜的几个景点参观。60多年前，36名新四军伤病员隐蔽在沙家浜的茫茫芦苇荡，老百姓掩护子弟兵，鱼水深情，共斗敌顽，留下了佳话。现在，在当年新四军浴血奋战的地方，开辟了一个纪念地，有广场、纪念馆，也有烈士雕塑群，还放置了一架退役的军用飞机。同大多此类纪念性的建筑一样，图片和模型，以及现代科技的手段，强化了视觉效果，体现出物质丰富、科技手段发达后的实力。这里的重点是郭建光、阿庆嫂形象的大型雕塑和几尊烈士像。广场上大书的"芦荡火种""鱼水深情"题匾，十分醒目，令观者遐思。听着解说员的介绍，我不禁想起，借一台蜚声全国的戏，让一个水乡小镇扬名于世，其蕴涵与资源是多么的重要。

从红色景区过去，我们来到春来茶馆，来到复原当年郭建光们与保安队长胡传魁们周旋智斗的地方。这是一条仿古街道，空旷无人，只听得一位歌手引吭高歌，曲子好像是西部风格的，也许是为了迎宾而设的节目。在歌手高声部的反衬下，那茶馆、铺子等一溜建筑，更是悄然清冷。我们借景拍了些照片，逗留了片刻，看了仿造的一些街景，大家寻觅当年郭指导员、阿庆嫂们的遗迹，想来这些新建的景物，多是为拍摄新的电视连续剧而用来做道具的，就没了太多的兴致。

那边，不远处有一方宽阔的水面，青青的岸边有造型各异的民居和一些建筑。我们中多有写作的好手，走南闯北，乐山乐水，为一大癖也。特别是听闻阳澄湖就在近前，岂能错过。于是，有人大呼小叫的，坐船向着芦苇丛中划去，急急欲见识水中的沙家浜，体会当年那个唱响南北的歌词之韵味。

据介绍，这里的芦苇占地 2500 亩，是江南仅存的最大的芦苇荡。因其广袤而阔无边际，方称之为"荡"，其意境不可道也。小船在青青的芦苇丛中，忽而水道弯弯，幽深逼仄，无路可寻；忽而柳暗花明，欲见烟波浩渺的壮阔。初夏的水乡，正午的阳光和温度都很宜人。问及船工，这地方的芦苇丛，就

350

在乎
山水间

是当年新四军们来往之地方吗？没有得到明确回答。物是人非，或人非物亦非，岁月流转，日月淹忽，60多年，找到准确的答案也不是易事。

沙家浜是阳澄湖边的一个镇，原来的名字叫横泾，是个古镇，20世纪80年代初才易名为此。它并不是一片水域，但它在人们心中是一个红色的记忆。水乡古镇也好，湖水一域也罢，都不重要，都是个符号。因为它经历了那么多的故事，有众多的侧面，来这里，可以获得不同的感受。红色记忆，绿色赏游，这都是一个真实的沙家浜。

2010年3月

大坝巍峨佛子岭

望得见山，看得见水，记得住乡愁。一句大白话，为时下人们行旅的最好注脚，最简单的理由。

"巍巍大别山，主峰在霍山。"秋初，穿行在绿植纷披的皖西霍山县境，淮河的支流淠河一路相随，这条历史悠久的河流，九曲十折，分流汇合，沿幽深的沟壑、林莽、屋场，成为大别山腹地一道流动风景。山高水长，林深路隘，省道国道，起伏盘旋，一条名字别致古雅的河流，闪现萦回，不弃不离，匆匆霍山之行，如同一位新结识的朋友。

顺着淠河指引，在离县城约20公里处，一个林深路隘、浓荫蔽日的地方，一堵暗灰色水库大坝，掩映在群山中，不闻水声，没有铭牌，唯见一字排开的20个厚实的水泥墩，如挽臂大力士，守护崇山峻岭中的一方水域。大坝为水泥钢筋混凝土结构，其规模、体量、高度、气势，令人感叹，磅礴傲立于天地之间。"一定要把淮河修好"，遒劲的大字，镶挂在大坝前脸，是毛泽东同志1952年的手书。午后光线背阴，斑驳的字迹，偌大的间距，需要仔细辨认，然而，其字体笔势，宏大瑰玮，昭示了大坝的不凡历史。

淮河水患历来为民生难题。70多年前，中华人民共和国成立之初，淮河洪涝频仍。1950年7月，特大洪涝使豫皖两省1300余万人受灾。10月14日，中央人民政府政务院颁布了《关于治理淮河的决定》，有关部门决定在霍山县佛子岭建成大型水库，实行"蓄泄兼筹"，防洪蓄水，灌溉发电，变水害为水利。经多方论证，周恩来同志亲自审议，华东军政委员会陈毅、曾山关注，水利专家钱正英等人参与，在淠河上游佛子岭建大型水库，成为新中国最早的大型水坝。皖西大别山，山高水长、林深人稀，水库的库容和地质结构等条件均符合要求。因交通不便，运输困难，负责总协调的水利专家汪胡桢团队大胆创新，在国内建坝史上首创"连拱坝"结构，以倾斜的拱形当水面板和支墩，建成厚度小、跨度大、阻力小、用料省的新型大坝。1952年初开工，寂静的山坳热闹起来。热火朝天，热情奔放，夜以继日，是当年建设者们的真实写照。经过两年多的奋斗，克服诸多难题，大坝于1954年11月胜利建成。工程质量，创新成果，规模体量，管理效能，都创造了新中国水利大坝的新成绩，佛子岭水库一举成名，被誉为"新中国第一坝"。

像是拜谒久违的老友，对于南方出生的我们来说，修水利，建大坝，多为常见，也有参与，然而，这"新中国第一坝"令人神往，还因为当年中学课本上，收录了名作家靳以的

《到佛子岭去》一文。

秋阳清朗，山区的水边林下，气温阳和，水面静谧，好风日光，登上高75米、长510米的坝顶，风光尽收。一汪静水连绵成数个水域，倒映出远山近树的倩影。右前方远处高大峰峦，形似卧佛，坐北朝南，说是佛子岭名字的由来。大坝20个拱形墩，回环相接，从空中俯看，20个坝墩呈U字形连体，有如一尊披铠甲的巨龙，躺卧在深山河谷，镇守一方安澜，也仿佛一管偌大排箫，在山野自然演奏生命华章。秋色斑斓，风烟俱静，长龙卧波，成为皖西自然生态的一大胜景。大坝上穿行，踱步回环，小心翼翼，身后百米深的河道，望一眼，心中怵然，不禁想到，当年兴建大坝时何其艰辛，要靠什么样的精气神？

建大坝时，是新中国成立后第三年，百废待兴，新生活的召唤，建设者的干劲，消除水患的决心，搞基本建设的决策，以及领袖的指示，家国情怀，点燃了淠河流域人们社会主义建设的热情。上海老作家靳以，第一时间赶往工地，采访写作了《到佛子岭去》《佛子岭曙光》著名特写。在《到佛子岭去》中，以亲历者视角描绘出一批来自川、鲁等地的工人和家属，有到工地看孙子的老妪，背抱孩童探亲的妇女，一车百姓，友好相助，谈笑风生，向往火热工地，并为有幸成为参与者、见证者而欣喜。"深山热闹起来了，在山冲里的山坡上，在淠河的两岸上，密密麻麻地结着茅屋"，作家的情感跃于纸上，"我们望着连接两座山的一面高坝，像许多巨人紧挽着脖子耸立着，苍鹰在那周围盘旋；那上面蠕动着细小的人形……在河的两岸，不断地上下跑着斗车，轰轰的声音，从铁轨上一直送到很远的地方。我们好像面对着一个虽然陌生而一直热望着的亲人，他们已经站在那里迎接着我们，不但是今天，就是千百年后，它们也一样挺立着……"

作为较早反映建设工程的名家之作，现场感，故事性，人物，对话，激情和真情，汇成生动细节，读来如临其境，成为当代散文大家直面建设者生活，书写大工程的优秀文本，对以后报告特写创作，也有引领作用。之后，一些文艺大家来到佛子岭。诗人田间、白朗，画家吴作人、关山月，京剧大师周杏芳、李玉茹，评剧名家新凤霞等人，都曾到过水库工地。小说家陈登科甚至长住下来，当上"灌浆队教导员"，创作了长篇小说《移山记》和电影剧本《水库》。有记载，佛子岭水库大坝，创造了多个第一，是新中国第一坝，也是自行设计施工的第一个水利工程。为解决建设中疑难问题，指挥部多次举办培训班，《安徽日报》当年曾以《佛子岭学校》为题报道了培养人才的措施。大工程效应也有了后续反应，后来，霍山县先后建成了响洪甸、磨子潭和梅山水库群，有了淠河、史河、杭阜河三大河渠的枢纽工程。如今，新中国早期的这批重点工程，仍发挥着重要作用，佛子岭水库被收入第一批中国工业遗产保护名录。文化名家走出书斋，到田间、工地，特别是全身心地投入建设的一线，践行了新中国文学为时代、为人民的宗旨。靳以的先行之举，对当代文学的影响，如同佛子岭大坝一样，弥足珍贵。

从大坝下来，路过杂树丛中一幢小楼，说是当年的原始建筑，曾接待过苏联专家，工程后期有苏联专家数次来调研，称许大坝的施工设计，中国水利专家茅以升、黄万里等人也曾下榻过此。当年全国政协委员邵力子把毛泽东同志的题字带给水库指挥部时，这里还是靳以文章中写到的几间茅屋，后来，建起了略带欧式建筑风格的楼房。精神遗产影响无远弗届，现在，大坝作为青少年教育基地，实行文化与旅游结合，成为观山水、赏大坝、学历史、受教育的公益场地。大别山主峰在霍山，白马尖为其最高处，从淠河的一些角度，可以远眺山峰奇瑰。深山大坳深藏了不少古树，佛子岭下一些香樟、毛白杨、枫香树等老树密布。一株九桠枫香约有 400 年历史。作为见证者，它们也为当年建设者们记挂，数十年后，有人从省报上看到大坝新变化。不顾年高，返回当年曾经劳动过的现场，寻找

在乎
山水间

当年的记忆，探视那曾朝夕相伴、而今已苍老凋颜的毛白杨和樟树。

旧貌新颜，草木有情，一代人的精神记忆，历久弥新，挥之不去。高大巍峨的佛子岭大坝，在共和国水利史上是丰碑，也是文化的、精神的一座圣殿。

2022 年 11 月